DARIA BUNKO

夜明けの嘘と青とブランコ

朝丘 戻

ILLUSTRATION カズアキ

ILLUSTRATION
カズアキ

CONTENTS

この作品はフィクションです。
実在の人物・団体・事件などに一切関係ありません。

夜明けの嘘と青とブランコ

1　青い子どもたち

思い返せば、眞山《まやま》先輩とふたりきりで会うのはいつも夜だった。

左耳にふわりと他人の掌《てのひら》の感触が掠《かす》めて、意識が眠りから現実へ着地した。

ゆるく瞼《まぶた》をひらいていくと、視界に真っ先に飛びこんできたのは地面にある青い空。つくりかけのパズルだ。

「——あ、起こしたか。悪い」

ベッドの上で起きあがったら、眞山先輩がペットボトルのストレートティを飲みながらソファに腰かけるところだった。

ソファはこのベッド横のベランダへ続くガラス戸とむかいあわせに設置されていて、手前にテーブルなどはなく、かわりに床におかれたデスクライトとそれに照らされたパズルがある。

半分欠けた晴天の空、嘘っぽい鮮やかな青と雲の白と水鏡。

「先輩、いまぼくの頭撫《な》でましたね」

「寝てるかどうかたしかめただけだよ」

そう、と納得して自分もベッドをでた。先輩の隣に腰かけて、黄緑色のうすいカーテン越しにガラス戸のむこうへ目を凝《こ》らす。まだ夜が深い。

「楠木《くすのき》は寝てな。深夜二時だぞ」

「先輩は寝ないんですか」

「ああ……。みんなで呑《の》んで騒いだあとって目が冴《さ》えて」

「普通は疲れて眠くなるんじゃゃなくて？」

「逆なんだよ、俺は」

先輩はパズルに視線をさげて言葉を投げ捨てる。黒くて艶《つや》のある長めの前髪が鬱陶《うっとう》しそう。

数時間前、この人と恋人になった。正しくは〝とりあえずの恋人〟だ。

大学に進学して散歩サークルへ入り、今夜行《おこな》われた新歓で、ほかの先輩たちにすすめられて俺が受け容《い》れた。先輩はいやそうな顔で『せめて世話係だろ』と拒否していたけれど、終電を逃した俺をひとり暮らしの家へ連れてきてくれて、結局いま、ふたりでこうしている。

「この状況ってぼく、〝据え膳〟ですかね」

「あほ。……いいから寝ろって」

この人はゲイなのだそうだ。

――眞山は中学のころに学校でゲイってばれて、転校してるんだって。

――そうそう、こいつ傷心の身なのよ。まだ誰ともつきあった経験ないらしいの。

――楠木君、どう？　一ヶ月ぐらいでいいからさ、眞山に恋愛の幸せ教えてやってよ。

酔っ払った先輩たちが浮かれて口々に暴露してきた情報はそんなところ。

今年散歩サークルに入った一年がまだ俺だけだから、白羽の矢が立ったんだと思う。でも俺にはそれが別段不快なことじゃなかった。

「楠木」

「なんでおまえは俺とつきあってもいいなんて言ったんだよ」

「はい」

「先輩は特別な人だからです」

眼球だけじろりとむけて睨《にら》まれた。

「……女相手に言うもんだろ、そういうのは」

「女の人とはうまく接せられないんで、同性の先輩に恋愛を教わろうと思ったんですよ」

「踏み台かよ。恋人ってそんな遊び半分になるもんじゃないぞ」

「先輩は誰ともつきあったことがないのに、恋愛がわかるんですか」

「殴るよ」

ペットボトルがいきなり目の前に迫ってきた。うっ、と怯《ひる》んで身がまえたものの、先輩は「飲みな」とぶっきらぼうにそれをくれただけで、ぶたれたりはしなかった。俺が受けとると、ソファをおりてパズルの前に片膝《かたひざ》を立てて座り、デスクライトの角度を調整する。

「ノリでこっちに踏みこんでくるな。おまえが嫌な思いするだけだから」

色落ちした紺の長袖シャツに身を包む先輩の背中は、たった三歳差でも大人びてたくましい。

〝こっち〟っていうのは当然、同性愛の世界のことなんだろう。

「先輩は、どんな嫌な経験をしたんですか」

ぱち、とピースをはめる音がした。ぱち。……ぱち。

夜のしずけさを裂いて響く、そのかすかな音を聞いて返事を待ったが、彼はなにも言ってはくれなかった。

自分が踏み入っていい他人の心の範囲が摑《つか》めない。……また失敗した。

カーテンの隙間《すきま》に濃藍《こいあい》色の暗い夜空が覗《のぞ》いている。夜気はほのかに尖《とが》っていて肌に痛い。

魚の骨が喉に刺さったまま抜けないようなもどかしい鬱屈《うっくつ》が、室内に重くただよっている。


「よう、無断外泊は楽しかったか不良弟」

翌日は土曜日で、午後に帰宅すると兄の恵生《けい》が俺の部屋へやってきた。

「無断じゃないよ。母さんにメールしたから」

「そうなのか？　十一時ごろまで『志生《しき》から連絡がこない』って騒いでたぞ」

「十二時すぎにメールした。終電逃したあと」

「あー……まあンなことより、どこに泊まったんだよ。女と一緒だったんだよなあ、うん？ラブホ？　それとも自宅？　カラオケボックスでオールとかつまんないこと言うなよ～？」

「家。男の先輩の」

「ははっ、つまんねー」

座椅子に座っている俺の横に、恵生も笑いながら腰をおろしてクッションを尻の下に敷く。

「やっぱ大学いったからって、おまえがいきなり女とべたべたできるわけないか」

テーブル上のチョコクッキーの箱をあけて、恵生が勝手に食べ始めた。俺は恵生のふくらんだ頰を横目で眺めつつ、七歳年上の彼が言う〝べたべた〟について考える。

「しゃべったらべたべたになんの？」

「そうな、しゃべるだけでもおまえにしては進歩かもな。おはよう、さよなら、みたいンじゃねえぞ。趣味とか男のタイプとか、ちゃんとつっこんだ会話だよ。――昨日の新歓、外泊するぐらい楽しかったんじゃないの？　〝眞山先輩〟以外とちゃんと仲よくなれたのかよ」

「眞山先輩の恋人になれって言われてオッケーしてきた」

「は？」

恵生の表情が思い切りゆがんだのがおかしくて、笑ってしまった。

大学の入学式で出会った眞山先輩のことを、俺は恵生に話していた。

あの日、かまびすしいサークル勧誘の人波のなかで散歩サークルに興味を持って近づいていったら、『入ってみるか』と声をかけてくれたのが三年生の彼だった。

爽やかな人だな、というのが第一印象。

さらっと長めの黒髪を右耳にかけて淡白な表情と物言いで誘ってくれたようすは、いま思えばなかなかに無愛想だったのだが、あの瞬間だけはなぜか、涼やかで清潔で爽やかな人だ、と驚嘆した。春めいた明るい日ざしと暖かい風が、俺たちの周囲に優しくあふれかえっていたのも一因かもしれない。

隣には眞山先輩と同い年の、女性で部長の近江《おうみ》先輩と、男性の曽我《そが》先輩もいた。ふたりは強引で『入ろう入ろう』『みんなで散歩してお弁当食べるんだよ、楽しいよー』とぐいぐい迫ってきたから、戸惑って退いたら、横にいた眞山先輩は眉をさげて大人っぽく苦笑いした。その雰囲気にも惹《ひ》かれた。すぐ傍《そば》にいるのに俯瞰《ふかん》で見守られているような、超然としていて悪意のない、独特の余裕が心地よかった。

——散歩サークル、入ります。

好みの空気ってあるな、と思う。顔だちや容姿とはべつの、他人がまとっている空気だ。俺は言葉の選択を誤って人を傷つける質《たち》なので、性格も態度もゆるやかな人が相手だと安心する。傷つけても弁解を聞いてくれそうだ、と本能的に信頼してしまうから。

大学生になったら口下手を克服して社交的な人間になりたい、とひそかな目標をかかげていた俺にとって、眞山先輩は早々に見つけた希望のひとつ星になった。入学式の高揚感も手伝って、散歩サークルでこの人と接するうちに成長できるかもと、なんら根拠のない、夢みたいなまばゆい期待を抱いたのだった。

それも恵生はすべて知っている。

「いやいや、おかしいだろ。恋人ってなんだよ、相手男だよな？」

「眞山先輩はゲイなんだって。それで近江先輩たちが〝一ヶ月だけつきあってあげて〟って、俺にすすめてきて」

「ゲイだ？　ったたって、おまえがオッケーする意味がわかんねえよ」

「先輩とつきあえば社交性もはやく身につく気がしたから」

「いやいやいや、女の苦手意識をなくしていけっつの。その近江先輩は駄目なのか？」

「近江先輩は違う。眞山先輩をすすめてくる時点で俺をそういう目で見てないのもわかるし」

「冷静か。眞山先輩に懐《なつ》いてるのは知ってたけど、おまえゲイじゃないんだぞ。こっちは人づきあいの勉強のつもりでも、そいつはおまえのこと本気で好きになれんだってわかってんのか？　掘られるぞ？　……って、まさかもう掘られてるとか言わないよな」

「ないよ。眞山先輩には拒否られてる」

大学生活が始まって約二週間。まだ同期にはあたり障りない会話をする仲の人しかいない。でも散歩サークルは活動をしない日もサークル室に集まって散歩計画会議と称したお茶会をしているので、積極的に出席してきた。上級生のみの輪に加わるのは容易じゃなく、テンパって無口になりがちな俺をさりげなく助けてくれるのはやっぱり眞山先輩だった。

先輩は今週二十一歳になる四月生まれ。実家がコンビニエンスストアで、その上階のマンションも管理しているから、一室借りてひとり暮らしをしつつ店を手伝っている。

俺が先輩たちの会話を聞いて得ていたそれらの個人情報に、新歓があった昨夜、ゲイ、中学のころの転校、傷心の身、が増えた。

いまのところ純粋に〝知りたい〟と心惹かれるのも眞山先輩ぐらいしかいない。恋人なら手っとりばやく親密な関係を築けるし、どうせ期間限定だ。自分にはいい経験になると思う。

「はあ……拒否ってる眞山先輩だけがまともだわ。——あのな、志生。中学ンときのおまえの失敗は、おまえがゲイになったたって解決しねえんだよ。当然だろ？　どうせ酒の席でのばか話なんだし、真に受けてないで適当に流しとけよ。そんで女とつきあって大学生活謳歌《おうか》するの、わかったか？」

ロンなかがクッキーでぱさぱさんなった、と悪態ついて、恵生は俺の紅茶を飲む。

中学のときのおまえの失敗、という恵生の言葉が胃の奥に針みたいに突き刺さってひき攣《つ》れた。抜けない針だからこそ、俺は希望に縋《すが》りたかった。

「恵生。恋人ってなにしたらなれるの。キスしたら？　セックスしたら？　いまから恋人ねってふたりで口で約束したら？」

社会人三年目の恵生には、大学時代からつきあっている理沙《りさ》さんという彼女がいる。

「はははは っ」

真面目に訊《き》いたのに恵生は爆笑した。一階にいる両親にも届きそうな大声で。

「お兄ちゃんちょっと安心したわ……」

頭を無造作に撫でてわざとらしく子ども扱いされ、むっときてその手をふり払ってやった。

午後の講義が終わった室内の前方で、男女の輪ができている。

「じゃあさ、来週みんなでバーベキューしようよ」

「おっ、いいね！」

「連絡するから携帯メール交換しよ〜」

「オッケオッケ。メールもいいけどさ、なんかＳＮＳやってる？」

「やってるやってる」

「じゃそっちでも繋《つな》がろー！」

……ああいう輪を見ていると、自分はコミュ障の根暗な奴なのかなと情けなくなってくる。

昔はどうしていたっけな。友だちがいなかったわけじゃないのに、以前と違って話しかけたり遊びに誘ったりするタイミングが、いまはどうしてもうまく摑めなかった。

けど携帯メールも交換していない相手とバーベキューにいくのはしんどいし、俺SNSしてないし。たぶんあの人たちとは馬があわないだろうから、またべつの相手を探せばいいか。

講義室をでて、サークル室へむかった。廊下のガラス窓越しに春の午後の黄金色をした光が満ちていて、暖かくて眩《まぶ》しい。サークル室では、今日も誰かしらお茶をしているに違いない。眞山先輩はいるだろうかと考えて、彼の顔が脳裏を過《よぎ》るとすこし安堵《あんど》する。

「こんにちは」

「お、楠木君お疲れー。ほれ眞山、あんたの彼氏きたよ」

「やめろ近江。——楠木お疲れ」

「ぶっふふ」

サークル室は狭い。ドアをあけると中央に三人がけの長テーブルが縦にふたつならんでいて、その左右を背の高い本棚が占領しているから、圧迫感もあって息苦しかった。かろうじて真正面の一面のガラス窓が換気と景観美に役立ってくれている感じだ。

奥を陣どっている近江先輩は携帯電話をいじっており、左側にいる曽我先輩は漫画雑誌を読んでいて、右側にいる眞山先輩はタブレットPCを操作して眺めている。テーブルの真んなかには近江先輩が持ってきたのであろうシュークリームと、全員ぶんの食べカス。

この場合どこに座るのが正しいんだろうと逡巡《しゅんじゅん》して、まあ、うん、とひとり納得し、眞山先輩の隣へ腰かけた。

近江先輩が意味深ににやっと笑んで「楠木君もシュークリーム食べな」とすすめてくれる。

「すみません」と軽く頭をさげ、緑色のクリームがはみでている抹茶味のそれをとった。

俺だけ黙々と食べるのもなんだ。視線をあげると目の前には漫画を読んでいる曽我先輩の真剣な顔。男前で剛健でチンピラっぽい彼は、新歓やサークル勧誘では不躾《ぶしつけ》に他人を巻きこんで場を盛りあげていたのに、普段は〝お疲れ〟の挨拶もしてくれない温度差が謎すぎる。

近江先輩もペットボトルのジュースを飲みながら携帯電話をいじっている。肩までの焦茶色の髪と、液晶画面をタップしづらそうなネイルの細い指。

眞山先輩だけタブレットで公園や庭園を検索していた。……真面目で健気《けなげ》だ。

「そのバラ園、綺麗《きれい》ですね」

話しかけたら、一瞬俺を見返して「ああ」とうなずいた。

「ここは入場料が必要だけどな」

「いくらですか」

「五百円」

「お、ぉー……」

「なんだよその反応」

「高いのか安いのかわからなくて」

はは、と眞山先輩が笑った。

「無料で見られるところもあるよ。近場だったら代々木《よよぎ》公園とか日比谷《ひびや》公園とか。でもバラはこれからシーズンだから混むかな」

「ふうん……」

詳しいんだな。花の話をしてくれる男なんてとてもモテそう。

噛みつくたび抹茶クリームがこぼれそうになるシュークリームに苦戦しつつ、タブレットを覗き見ていると、眞山先輩が「ばっちいな」とそばにあったティッシュの箱から一枚抜いて俺にくれた。

「すみません」と手を拭《ふ》いたら、

「口の端だよ、ここついてる」

と、自分の右頬のあたりをつついて教えてくれる。しめされたところを確認して拭いてみると、「そうそう」と苦笑いしてうなずいてくれた。八の字にゆがむ眉と、優しくたわむ二重。見つめていると魂ごとすぅと吸いとられそうになる眞山先輩の苦笑いは、相変わらずシュークリームより甘い。

特別ハンサムってほどでもない適度に整った顔だちなんだけど、どうしたわけか見惚《みと》れた。造形が好みなのかも。それとやっぱりこの空気。ほかの誰とも違って、近づく隙をくれる。

「楠木はバラなんか興味ないか」

「え」

なんでそうなる？

「商店街のほうがいいかな。都内の華やかなショッピングモールっていうんじゃなくて普通の商店街なんだけど、面白い店がならんでて有名なとこがあるんだよ」

「はあ」

「戸越銀座《とごしぎんざ》なら聞いたことない？　東京一長い商店街で、コロッケとか食べ歩きするのが楽しいんだってさ」

「……あの、」

「横浜中華街の近くにもあって、そこはキムチ売ってる店が多くて種類も豊富でね。まあ散歩っていうよりほんと食べ歩きになっちゃうけど」

「先輩」

　話をとめるのは悪いかと思いつつ強く制した。

　眞山先輩は不思議そうに「え?」と停止する。

「ぼく、バラも嫌いじゃないですよ」

「……あ、そう?　興味なさげじゃなかった?」

「ありました、興味」

「……。そう。べつにそんな意地にならなくていいぞ」

「誤解されたくなくて」

「わかったから睨むな」

「睨んでません」

「睨んでるって」

　ぶっ、と吹きだしたのは近江先輩だった。

「やっぱいいコンビだねえ」

　眞山先輩が目を眇《すが》めて不愉快そうに近江先輩を見返したが、近江先輩は笑顔でながす。

「ねえ、楠木君はどうしてうちのサークルに入ってくれたの?　そこんとこちゃんと訊いてなかったよね」

「歩きたかったからです」

「ん……？　ああ、徘徊《はいかい》が趣味みたいな？」

「いいえ、えーと……知らない町を、自分の足で、歩きたいんです」

「ほう、冒険好きってことだ？」

「えっと、はい。内向的なのを、なおしたいと思って」

「うんうん。じゃあ眞山とつきあうのもいい冒険だね」

おい、と眞山先輩が割りこんだ。

「どうしてそうなるんだよ」

「いいじゃん」

「よくない」

「楠木君可愛くって最高でしょ。あんたにはもったいないぐらいだよ」

「あほか」

「そーやって頑《かたく》なにしてっからいつまで経《た》っても独り身なんだってば。――聞いてよ楠木君、こいつ好きな相手と手ぇ繋いだこともないんだよ。かわいそうでしょ～？　二丁目いくとかネットで探すとかなんか行動おこしゃいいのに、どーも潔癖なんだよねえ」

「余計なお世話だよ、ぺちゃくちゃしゃべんなっつの」

「えー全部眞山君に教わったことですー」

「あーあー、もうおまえにはなにも話さねえよ」

「ひっど！」

眞山先輩と近江先輩が「あんたのためを思って言ってあげてんでしょー」「どこがだよ」と言い争い続ける。

眞山先輩がゲイだと知らなければ、ふたりこそ恋人じゃないかと疑いたくなる仲のよさだ。俺はシュークリームの最後のひと口を食べる。

そのとき近江先輩が持っていた携帯電話が鳴り、「あ、ちょっとたんま」と会話をとめた。シュシュッと指を素ばやく動かして文字をうち、「あーもうっ」と苛立《いらだ》たしげに息をつく。

「メールってまじ面倒《めんど》い。すぐ返事しないとキレられるしさあ……眞山と違って彼氏がいても苦労は絶えないわー」

「はいはい、らぶらぶでよかったですね」

「らぶらぶっつーのかねこれ。便利だけど、会って話しゃいいじゃんって思っちゃう。既読機能のせいで変な喧嘩になったりするし誤解も多いし、そもそも味気なくって嫌いなんだよね」

「味気ない？」

「うん、このデジタル文字が。昔授業中に手紙まわしたりしたの楽しかったなー……小学生のときには交換日記が流行《はや》ったんだけど、あれ思い出つまってていまだに大事にしてるしね」

「メールのおかげで会話は増えてるんじゃないの」

「まあそれもそうなんだけどねえ、手紙と電話のほうがわたしは好きだな。――あ、そうだ。眞山と楠木君も交換日記すれば？」

「は？」

近江先輩の無邪気な提案に、眞山先輩がまた目をむいた。

「いいじゃんいいじゃん、おたがい言えないこと教えあえばすーぐ仲よくなれるよ。一ヶ月なんてあっという間なんだから有効活用しなくちゃ」

「おまえどれだけ俺らをからかえば気がすむんだよ」

交換日記か……。たしかに長文送信が憚《はばか》られるメールや、一方的に送る手紙よりいい手段なのかも。メールは変な誤解や喧嘩を生む、という近江先輩の言葉も重く響いた。

「からかってないよ、ほら楠木君もまんざらじゃないって顔してるよ？」

「はあ？」と眞山先輩が俺をふりむく。

「おまえまでノせられんなよ」

釘を刺されて俺が言葉につまったら、近江先輩が「あはは」と笑った。

「楠木君は優しいなあ。ほれ、シュークリームもう一個お食べ」

「はい……」

曽我先輩だけは知らぬ存ぜぬで、楽しげに漫画を読み続けている。


四時をすぎて近江先輩が「彼氏が待ってるからいくー」と帰ったあと、曽我先輩を残して俺と眞山先輩も帰宅することにした。

「バラ園にいくって、ぼくらで決めてよかったんですか」

結局ずっと眞山先輩とタブレットを眺めていて、次の散歩計画をかためてしまった。

「一応近江にも確認とるけど大丈夫。コースはいつも適当だから」

「はあ」

「場所よりいくことに意義があるんだよ。目的地は教えないでって言う奴もいるし」

「ああ……」

「今回は新入りの楠木の希望にこたえていいだろ。弁当なに作ろうかね。楠木も考えとけよ」

「……はい」

眞山先輩がなにか思うところありげな表情をして、俺の顔をうかがいながら正門をとおりすぎた。俺は首を傾《かし》げて歩調をあわせ、遅れないようについていく。

「楠木、べつに毎日サークル参加しなくてもいいんだぞ。俺と近江と曽我は暇持てあましてるからアレだけど、ンな義務も決まりもないんだから。おまえも同級の友だちと遊べよ」

「はあ……」

「なに。まだ友だちいない感じ？　それならなおさらだろ」

返す言葉もない。

駅までは満開の桜並木が続いている。花びらが雪のように舞ってアスファルトへ降りつもり、いつもは灰色に沈んでいる道路があでやかな桃色の色彩で輝いている。

「女だって、苦手って言ってたわりに近江とはちゃんと話せてるじゃないか」

「近江先輩は、幼稚園の先生とか看護師さんみたいな感じなんで」

「仕事で面倒見てくれてるって意味？　……おまえそれ絶対本人に言うなよ」

「違います、おたがい礼儀と気づかいの適度な距離があるから平気って……そんな意味です」

「馴《な》れ馴《な》れしいと駄目なのか」

「まあ……うん、はい」

「切れの悪い返事だな」

「馴れ馴れしいのもありがたいんですよ。ただ馴れ馴れしさにも種類があって、心地いいのと悪いのがあるから」

「あー……」

「うまく説明できる人間なら友だちがいたと思う」

「いやいや、拗《す》ねるなよ」

拗ねてませんよ、拗ねてるだろ、と二回応酬して最後にふたりで苦笑いした。

足もとに視線を落としたら、歩道に敷きつめられている桜の花弁が夕日色に染まっていた。

眞山先輩の顔や服や指も、温かくてまるみを帯びた橙《だいだいいろ》色になっていて、どことなく物憂い。

「……眞山先輩。先輩が〝サークルにくるな〟って言うのは、ぼくが邪魔だからですか」

「邪魔？」

「三年の先輩たちのなかに一年のぼくがいると、扱いづらいのかと思って」

「ばかだな。おまえが俺らにあわせて無理してたらかわいそうだなって心配しただけだよ」

訊きづらいことを口にできたり、自分の欠点を見透かされたりしても焦《あせ》らずにいられるのは、やっぱり眞山先輩のこのフランクな態度や寛容な性格のおかげだな、と感じ入る。

この人は俺がなにを言っても許してくれるし、誤解したまま激怒して去ったりしない。

「……フィーリングっていうんですかね、こういうの。ぼく、相性があわないっていう直感に敏感なんです」

「ん？　どうした、なにかあったのか？」

こうやって思慮のある言葉を自然とかけてもらえると、俺もつい頼りたくなってしまう。

「さっき講義を終えたあと、バーベキューにいこうって話してる人たちがいたんです。ああいうの自分は無理だなってなっちゃって」

「なんでよ」

「携帯メールすら交換してなかったような、なんにも知らない仲だったんですよ。一緒に料理したり呑んだりして、まるまる一日過ごすってハードル高いじゃないですか」

「一日過ごして知りあっていくんじゃないの？」

……そうだけど。

「どんなものが好きか嫌いか、愉快か不快かもわからない相手と長時間いたら、ぼくはものすごく気をつかって愛想笑いして、疲れます」

「考えすぎだって。気がひけるのもわかるけど、最近はみんなそんなもんだろ。参加してみたら案外楽しめるんじゃないか？　楠木はちょっと保守的すぎるよ」

ははは、と笑われて、ついカッとなった。

「ああいう軽いノリで生きてる人たちが、ぼくは苦手なんです」

〝おまえは世間と闘ってない〟と茶化された気がして悔しかった。

「ぼくは、軽くメール交換して軽く外食して軽く相談のって軽く友情語って軽く疎遠になって、それで寂しくもないような、雑な人づきあいしたくないんですよ。だってそんなの時間の無駄じゃないですか、脳みそ軽いばかのすることだっ」

周囲を包む綺麗な景色にふさわしくない、汚い反論が口からどろりとでた。

ばかなのは俺だ、と我に返って、動揺して焦って恐る恐る眞山先輩を見返したら、彼も瞠目《どうもく》している。

「……おまえがそういうこと言う奴だと思わなかったよ」

失敗した――。


自宅の最寄り駅につくと、駅ビルにある文具店へ寄ってノートを買った。

交換日記に使用するノートはどんなものが正しいのかわからず、そっけない大学ノートと、女の子が好みそうな可愛い絵柄のノートとを手にして見比べながらしばらく悩んだが、結局、変な冒険はやめて大学ノートを選んだ。

B5サイズで三十枚。

このページがどこまで埋まるんだろう。

――適当なこと言ってんじゃねえ。おまえみたいにいい加減な慰め言う奴が一番腹立つわ！

数年前記憶に焼きついた怒声と相手の厳しい形相に、くり返し責めたてられて焦りが募る。

あんなふうに人を傷つけたり失ったりするのは二度と嫌だ。

店をでると家に帰って早々に机へむかった。

ペンを持って、真っ白いノートにひかれた淡藤《あわふじ》色の罫線《けいせん》の一番上に〝眞山先輩へ〟と書いてみる。その瞬間にいたり、ああそういえば俺は眞山先輩の下の名前を知らないな、と、はたと気がついた。

眞山先輩へ

こんばんは、楠木です。

交換日記を書いてみています。


近江先輩にすすめられたときはすこし興味を持っただけでしたが、書くことにしました。

文章はうまくないので、わかりづらかったらすみません。それでもたぶん、口で話すよりましなんじゃないかと思うんです。できれば最後まで読んでください。


今日の帰りはすみませんでした。

ぼくは中学のとき軽薄な言葉で友だちを傷つけて、謝ることができないまま卒業しました。

それが忘れられずにいるせいで、人づきあいのしかたもわからなくなっています。


さっき先輩を失望させたあとも、ずっと考えていました。

いま思えば、先輩に言われた保守的って言葉が図星だったから、ぼくは反発したんです。

バーベキューの人たちのことも、上から目線で見くだすことで虚勢をはって、自分の弱さを正当化しました。汚くてすみません。

ぼくには兄がいるので、おなじように歳上で優しい眞山先輩とは接しやすいです。
つまりそれは、甘えているってことです。
昔みたいに、先輩ともこのまま切れてしまうのが怖いです。
これを読んでもらったあと、改めて謝らせてください。
お願いします。

2　つぎはぎの楽園

「眞山先輩」

サークル室のドアをあけようとしたところで声をかけられた。

「ああ、どした」

こっちにむかってうつむきがちに近づいてくるのは楠木だ。この体勢だとこいつの頭の面白いぐらいまるいかたちが際立つ。シャツの上に着ている草色のカーディガンも目に鮮やかで、なんていうか、まりもみたいだな。

「先輩、これ」

ずい、と腹のあたりにノートを突きだされて怯んだ。

「読んでください」

「読む？　なにこれ」

「交換日記です」

楠木の真剣な目と声色を前に、とたんに脱力する。近江の浮かれた顔が目に浮かぶ。

「楠木……あんなの本気にしなくていいんだって。冗談なんだから無視しろよ」

「いえ、読んでください」

なんでこう無駄に真面目なんだか……。

俺と目をあわせずにノートを持って停止しているから、しかたなく受けとってなにげなくページをめくってみた。一ページ目は空白で、二ページ目は文字が半分ぐらい埋まっており、一番上に〝眞山先輩へ〟とある。ひたむきな人柄とはミスマッチの、可愛いまる文字で。

「……このノート、わざわざ買ったの？」

「はい」

楠木が視線を落としたまま無表情でこたえる。

「わかったよ、あとで読む」

「いま読んでくれませんか」

「いま？」

「いま」

なんで急《せ》かすんだ、と疑問に思ったが、なにかしら必死なのは理解したので「わかった」とうなずいてサークル室の鍵をあけ、なかへ入った。

Ｉの字におかれた長机の右側の席に鞄をおいて腰かけると、楠木もついてきて左隣に座る。ノートをひらく俺の真横で、きちっとかしこまって微動だにしない。

「楠木、おまえ講義はいかなくていいの？」

「まだ大丈夫です」

「……そう」

どうしたってこっちを見ないんだけど、照れてるよなこれ。

「読むよ？」

「はい」

「おまえ緊張してるよね」

「……や」

「恥ずかしいならどっかいってろよ、読んでおくから」

「平気です、ともかく読んでくださいよ」

ちょっと逆ギレされた。

ふたりきりの室内で、なぜかぴったり隣りあって座りながら羞恥をたえるオーラをびしばし発せられていたら、こっちまで読むのが恥ずかしくなってくるじゃないか。

「じゃ読むけど、あとから怒るなよな……」

自棄《やけ》と観念が綯《な》いまぜになった勢いでいま一度ページをめくり、まるい文字に集中した。

——こんばんは、楠木です。

——ぼくは中学のとき軽薄な言葉で友だちを傷つけて、

——忘れられずにいるせいで、人づきあいのしかたもわからなくなっています。

——先輩に言われた保守的って言葉が図星だったから、

——上から目線で見くだすことで虚勢をはって、自分の弱さを正当化しました。

——歳上で優しい眞山先輩とは接しやすいです。

——甘えているってことです。

——昔みたいに、先輩ともこのまま切れてしまうのが怖いです。

——謝らせてください。

「先輩、読んでくれましたか」

「あぁ……はい」

驚愕《きょうがく》した、というのが素直な感想だった。まさに青天の霹靂《へきれき》で、内容をまるで咀嚼《そしゃく》しきれず茫然《ぼうぜん》として読み返していると、楠木がこちらに身体をむけて俺を見あげてきた。

「昨日の失言をなしにはできないけど、後悔しています。……許してください」

頭をさげるとかじゃなく、まっすぐ目を見て謝罪してくるから困惑する。知ったばかりでこんがらがっている楠木の過去と後悔と自分の動揺を、どうほどけばいいのか焦って唸《うな》った。

「うん、ええと……わかった楠木。じゃあ最初から整理して話そうか」

「はい」とうなずくようすも真摯《しんし》だ。

「いや、あのな、まず昨日のことでおまえがこんなにへこんでると思わなかった。どうして俺が失望したと思ったんだよ」

「『そういうこと言う奴だと思わなかった』って先輩が言ったからです」

うー……っと、それさえ憶えてないんだけど……あ、バーベキューの奴らの話が終わるあたりで言ったか？

「はい、わかった思い出した、あれは違うよ。おまえ大人しいタイプだから、結構きついことも言うんだなあって感心しただけ。べつに失望なんてしてない」

「そうなんですか」

楠木の表情が若干和《じゃっかんやわ》らいで、こっちもほっとする。

「そう。俺も言いかたが悪かったよ、ごめん。関係が切れるとかべつにないから。楠木が謝る必要もないし」

「……はい」

楠木も安心したのか、肩の力を抜いて息をついた。

俺に謝罪するために、日記を読み終わるまでこうやって横で待ってたんだよな。

男同士だし、人づきあいももっとさばさばしてていいんじゃないかと呆《あき》れるが、ここに書かれていた中学のときのトラウマが楠木を生真面目にしているんだなと得心がいった。

「……その、楠木の中学のころのあれこれは、俺が訊いていいものなの」

楠木の反応を注意深くうかがって返答を待っていたら、視線を横にながしてしばし黙考したものの、「はい」とこたえた。

「その相手とは一年のときおなじクラスの隣の席になって仲よくなったんです。片岡《かたおか》っていう剽軽《ひょうきん》で明るい奴だったんですけど、ただ、鼻の下のところに、誰でも最初にぱっと見るぐらい目立つできものがあったんですね。ホクロより大きくて、イボっぽいんだけど、片岡も気にしてるってわかるからみんな原因を訊いたりしない、そういう……」

「ああ……」

「でも本当に人気者で、人柄のよさで誰でも惹きつけるクラスの——や、学校のアイドルみたいな奴だったんで、ぼく片岡が女子と喧嘩して〝鼻くそ〟ってばかにされたとき、『気にしなくていいのに』って言ってしまったんです。笑いながら」

うつむく楠木の眉間にしわが寄る。激しい悔恨《かいこん》が伝わってきて気の毒になり、背中を軽く叩《たた》いてなだめてやった。

「わかるよ、その感じ。楠木に悪気はなくて、純粋に励ましたつもりだったのに、相手のほうは言われたくない言葉だったんだよな」

「……はい。ぼくにとってそのできものは片岡の魅力を損なうほどのものじゃなかった。けど『適当なこと言ってんじゃねえ』って激昂《げきこう》させて、それ以来さけられるようになりました」

「うん」

「自分が優しさだって思いこんでることも、相手にとっては不快だったり迷惑だったりするんだって思ったら自分の価値観が信じられなくなって、変に消極的になってしまって……高校時代も友だちはできたんですけど、こういう悩みを話したりはできませんでした」

「……そうか」

——歳上で優しい眞山先輩とは接しやすいです。

日記の言葉を反芻《はんすう》して黙していると、楠木が顔をあげて俺の目をじっと凝視《ぎょうし》してきた。

「軽蔑しましたか」

「え？」

「このことを話したら、今度こそ失望させるんじゃないかと思ってたから」

「失望って、そん、」

否定の言葉を遮《さえぎ》るように、サークル室のドアがひらいた。

「おーふたりとももうきてたんだー？　ってひろいのになにぴったりくっついて座ってんの」

あははは っ、と笑いながら入ってきたのは近江だ。タイミングの悪い奴……。

楠木が腕時計を見て「やば」と席を立つ。

「すみません、ぼくこのあとひとつ講義があるんでいきます」

「あ、時間切れか」

会話が中断されてもどかしくなったが、楠木もうしろ髪ひかれるような複雑な表情で俺を見つつ、鞄を肩にかける。

「先輩は今日、何時ごろまでいますか」

「悪い、店の仕事があるからすぐ帰るんだよ」

楠木の視線が落ちて、返答が途切れた。こいつはあからさまに顔にでるから残念がってくれているのが手にとるようにわかる。

「あー……っと。じゃあ、書くよこれ」

近江にばれないよう手もとのノートに目配せしたら、とたんに瞳が輝いた。

「わかりましたっ」

「う、うん」

「近江先輩もすみません、また明日」

うんまたねー、と近江が陽気に手をふって送りだす。楠木がでていってドアがしまると、奥の席からのりだしてきて「ちょっと」と俺の肩を叩いた。

「楠木君とちゃんと会話できた?」

「なんだよ痛いな、話せるよ」

「はあ~……あんたがいてほんとよかった。楠木君いい子なんだけど、まだなんかこう、いまいちなに考えてるかわっかんないんだよね」

「やめろって、そういうこと言うの」

「悪口じゃないよ、部長としての切実な悩みなの～……」

近江がうなだれて大げさにため息をつく。

「すごい一生懸命サークルに参加してくれるのも嬉《うれ》しいんだよ。でもまーだ感情が見えてこないっつうか、なに話したら喜んでくれるか謎っつうか……難しいわ、あの子」

「まあな。けどそういう短所は本人が一番よくわかってんじゃないの」

「なのかなあ」

近江は楠木がきてから接しかたに悩み続けている。自発的に会話を持ちかけてこないうえに、喜怒哀楽も希薄だからだそうだ。そのへんは俺も多少同意する。だがいましがた楠木からそれらの原因や内心を教わっているぶん、同情心は楠木側に傾いた。

「眞山はなんでしれっと話せるの？　いつも会話って楠木君からだっけ、あんたからだっけ」

「どうだったかな」

手もとにあった大学ノートの交換日記を、それとなく鞄にしまう。

「わたしが女だから駄目ってのもある？　男同士なら気軽に話せる、みたいな」

「そりゃ、おまえのその生活しづらそうなネイルの話とかされてもポカンだろうしな」

「なんでネイルだよばかっ、かわいーだろっ」

「スマフォいじってるの見るだけで疲れますー」

「あんたほんと、まじでむかつく」

近江が自分の鞄からなにかだしてこっちへ投げつけてきた。胸に受けた軽い衝撃に「いて」

と声をあげたのと同時に、膝の上に豆まんじゅうが転がり落ちてくる。「今日のおやつね」と不機嫌そうに言われて、「……ありがとうございます」と拾いあげた。

「あんた楠木君の面倒見てあげてよね。それでわたしらとの橋渡しして」

「橋渡しって、ンな大げさに……」

「必要なの、わかるでしょ？　いまのとこあんたしか楠木君とまともに会話できないんだから。それでほんとに恋人になれたら万々歳じゃん」

「おまえそれさ、」

「相手がオッケーって言ってんだよ？　入学して間もないしサークルも入ったばっかなのに、同性の先輩とつきあえってすすめられていいっつってんの。もう話うますぎて罠《わな》っぽいけど、あんたにとっちゃ奇跡だよ。とりあえず一ヶ月だけ、罠でも詐欺《さぎ》でものっかっときなって」

「……全然まったく気がのらないすすめかただな」

「文句あんの？　わたしらにとってもあんたにとってもいいことずくめでしょーが」

楠木にとってはどうなんだよ、と喉もとまででかかったが、近江に刃むかってもこたえはでないので無言でながしてやりすごした。

同性愛は自分も周囲も関わる誰もが必ず不幸を背負う。

そんなのわかりきったことだった。

サークル室の鍵を近江に渡すと、バラ園の件も話して「いいね、場所の資料だけちょうだ〜い」と言われ、了解して大学をあとにした。足早に駅へむかい、店へ急ぐ。

大学進学とともにひとり暮らしを始めたマンションは親が管理している物件なのだが、家賃は身内価格で自分持ちだ。実家のコンビニで働いてなんとかまかなっている。

親のマンション、親の店、というあたりに自立しきれていない歯痒《はがゆ》さはあれど、両親とも相談した結果、どうせべつの場所で部屋を借りたところで店は手伝うのだから、仕事先も家も近いほうが便利だろう、という結論に落ちついていまにいたる。

——あんた結婚できないんだもの、店とマンション残してあげるからさ。

——建てかえてマンションつきにしてよかったな。部屋数は少ないけど、家賃収入もあればなにがあっても一生食いっぱぐれないしな。

俺の性癖は両親も知っている。

中学のころの一件で、ふたりは『転校しなさい』と擁護してくれたときからずっと味方でいてくれた。ゲイだと噂《うわさ》されていじめにあい、ひどく憔悴《しょうすい》した息子を最初に目《ま》のあたりにしたせいで、〝なんで同性愛者なんかに育っちゃったの〟と責める隙を見失ってしまったんだと思う。それがいまだに申しわけない。

「お疲れでーす」

店について挨拶しながらスタッフルームへ入ると、バイトの美香《みか》ちゃんがいた。

「聡士《さとし》さんきてくれた〜。今日遠藤《えんどう》君が休むって急に連絡あって、困ってたんですよー……」

「知ってる。俺それで呼ばれたから」

「そうなんですねっ、ほっとしました〜」

美香ちゃんはでかい胸を撫でおろして小首を傾げる。

うちでバイトを始めて一年になる彼女は、現在高校二年生。女子校だから男に縁がない、とたまに嘆いていたが、去年のクリスマス前に告白されて断って以来、微妙な関係だ。

「とりあえず店にでるね」

鞄をロッカーにしまって着がえると、スタッフルームからカウンターへまわった。

レジに立って真むかいに見える壁かけ時計は、四時半をさしている。基本的に深夜のシフトを担当しているせいで、この時間帯の客足の多さと忙しさはひさびさだ。

「二番目にお待ちのお客さまどうぞー」

声をかけて客を呼んだ刹那《せつな》、列をはずれてきた相手の姿に息を呑んだ。

佐渡《さわたり》均《ひとし》——中学のとき俺が好きになった親友だった。

「商品、おあずかりします」

均もばつの悪そうな顔をしている。ついてないな、と心のなかでため息をついた。

転校する前にかよっていた中学は地元の公立だったから、結局おたがいの実家は近所にあり、時折こうして店や町中で鉢あわせることがあった。

以前見かけたのは何年前だったか。会計をしながら盗み見ると、昔と違って髪を短く整え、成人した男らしく精悍《せいかん》な顔つきと体軀《たいく》に変貌している。この髪型だと額の左側に俺が三十センチ定規でつけてやった傷がはっきり確認できた。

こいつが俺の実家の店へくるのは近場にほかの店が一切ないからで、俺と会わないよう姑息《こそく》に来店時間をずらしているのも知っている。

明日から夕方に来店するときも、店内で働く店員を入念にチェックするんだろうか。

想像するとすこしおかしくて、とても苦い気分になった。

「――ありがとうございました、またどうぞ」

中学の教室、中央付近にあった自分の席、出入口に立つ均たちが俺を指さして嗤《わら》う声、クラスメイトがむけてくる好奇な視線、自分の机から三十センチ定規を持って席を立ち、均を見据えてむかっていったときの憎悪、ガラス窓越しの日ざし、悲鳴、血――。

もう終わったことだと己を納得させようとするのに、あいつに会ったこんな夜は当時の光景がくり返しフラッシュバックして、幼い激情ごと生々しく襲いかかってくる。

パズルをしていた手をとめて背後のソファに寄りかかり、何度目かのため息をついた。

あのときどうして告白なんかしたのかと、いまでも幾度も後悔する。

均は親友で、どんな思いも真剣に受けとめてくれる男だと過信していた自分が悪かった。

いじめは肉体的なものではなく精神的な暴力で、均やほかのクラスメイトたちが『あいつホモなんだって』『均に告ったらしいよ』『体育の着がえとか超やべえじゃん』『プールの時間もおまえエロい目で見られてたんじゃね？』と毎日大声で嗤いながら噂した。

面白がる奴らのせいで人づてにどんどんひろまり、同級生はおろか、俺が所属していた山岳部の後輩の耳にまで届いて、気味悪がって距離をおかれた。

数日前まで〝この本、超面白いから読めよ〟と貸してくれていた友だちも、俺が傍にいくと飛び退《の》く。掃除のとき〝ちりとり貸して〟と頼むと、汚物をつまむようなしぐさで渡される。テストのプリントなどをまわすときもそう。体育の授業前に着がえるときは、俺以外の全員が噛いを噛み殺しながら交代でトイレにいってすませてきた。

教師が介入してきたのは、俺が均に怪我をさせた事件のあとだった。

教師も教頭も校長も、俺らの親も、みんな学校に集められてそれぞれ事情聴取された。

あとから担任経由で〝均は友だちに相談しただけだった。なのにその友だちが面白がってばかにしたから、自分までゲイだと思われるのが怖くて一緒にいじめてしまったらしい。いまは反省している〟〝ほかの奴らも単なる悪ふざけのつもりで、傷つける気はなかったそうだ〟などと聞かされたが、ひとつも心に響かなかった。正直、真実なんてどうでもよかった。

あの一件で俺が辛《つら》かったのは、自分が学校のほとんどの人間を敵にまわすような異常な存在だと知ったことだった。

昨日まで仲のよかった友だちもクラスメイトも後輩も、全員が逃げていく自分はまるで害虫だ。俺は生まれてきちゃいけない人間だったんだと、そう理解した。

他人の気分を害して脅《おびや》かし、怖がらせる害虫は、人間の彼らとともに学校へかよって勉強したり友だちをつくったりしてはいけない。ましてや恋をするなんてとんでもなく恐れ多いことなのだ。死んで詫《わ》びるべきじゃないか、と思いつめて食事をしても吐き、疲弊《ひへい》して衰弱した。

均たちが謝ってくれたところで、俺が害虫であることにかわりはない。

均を傷つけたのは鬱積《うっせき》が爆発したせいだったが、あのとき本当に切り刻みたかったのは自分自身なのだとわかっている。

おまえを欲しいだなんておこがましいこと言って悪かった、友だちでいてくれただけで充分だ、もうおたがい忘れよう——転校する前は、そんな塞《ふさ》いだ気持ちでいた。

高校へ進学したあとは大人しく過ごして処世術を身につけたつもりだったのに、大学へ入ったら近江に真っ先にばれた。

――眞山って女っ気ないよね。彼女の話とかもノッてこなくない？　もしかするとゲイ？

他人の口からひさびさに聞かされた〝ゲイ〟という言葉が〝害虫〟と聞こえて絶句し、すぐに否定できなかったのが敗因だ。しかし近江や曽我やほかのメンバーは嗤わなかった。

――あ、やっぱり？　なんだわたし眞山のことちょっと好みだったのにな～。

俺が怯《おび》えて二の句を継げずにいると、察したように曽我たちもなだめてくれた。

――おまえゲイか。俺高校のときラグビー部ですげぇモテたぜ？

――え～、ねえ曽我、ラグビー部って多いの？

――うちの高校は多かったな。身体触られて〝やめてください〟っつう一連のやりとりがコントみたいになっちゃって、しょっちゅうやられて部員も顧問もみんな笑ってたわ。

……そいつ、害悪だからみんなに嗤われたんじゃねえの、という俺の言葉に、メンバー全員がぎょっと目を見ひらいた。

――いやいや、害悪って。いまそこまで気にする人いないでしょ。

――だな。なに、おまえビビっていままで隠しとおしてきたタイプ？

高校時代は隠した、でも中学のときは駄目だった、とその後も彼らの質問にこたえるかたちで話しながら、俺は畏縮《いしゅく》しつつもすこしずつ心をひらいて当時の出来事をうち明けていった。

クラスメイトも後輩も豹変《ひょうへん》したこと、校内に居場所がなくてトイレで弁当を食べてそれも吐いていたこと、朝がくるたび死にたくなったこと、無気力感と孤独感、テレビの奴らが言う

『逃げればいい』の主張、どこへいこうと暴れようと害虫である現実から逃れられない自分。

そして均の明るさに憧れて、優しさに満たされて、不器用さに胸が震えてこの手で守ろうと誓った想いと、彼とふたりならゲイとして生きる困難ものり越えられると信じた日のこと。

——ばっか眞山、泣かせんなよな〜っ……。

近江は涙をこぼして聞いてくれた。曽我も俺の頭をがりがり撫でて慰めてくれた。ほかの奴らも『大丈夫だって』『中坊のいじめってゲスいわ〜』と庇《かば》ってくれて、彼らの笑顔と涙を見た瞬間に、俺はやっと泣けた。初めて自分の涙を見て、ああ辛かったんだ、とぽつんと胸中で納得したら、涙はとたんに堰《せき》を切ってあふれだしてきた。

嗚咽《おえつ》して号泣する俺を、みんな『泣け泣け、そんで呑もう』と受け容れてくれたし、近江は俺が泣きやんでも、笑いながら泣いていてくれた。『あんたの辛さなんてさ、わたしきっとなんもわかってないのに、なんかもうごめんね〜っ……』とはにかんで。

全世界に否定されたとしても、いま俺はサークル内の狭い輪で許されて生きている。

あいつらに会ってからは視野も徐々にひろがり、自分でも自分を許せるようになってきた。彼らの言うとおり、ゲイが世間に認知され始めていることにも勇気づけられている。

批判や嗤いの声のナイフに傷つけられて毀《こわ》れないよう氷塊みたいにかたく強張《こわば》っていた心が、だんだんほぐれてやわらかく変容していた。

このパズルもおなじだ。足もとにひろがる小さくて狭くて綺麗な楽園。真っ青な空と白い雲、水鏡にうつりこむ逆さまの青。これでいい、ここでいい。

生きていていい、と安心させてもらえる場所があるだけで、本当にもう充分だ。

「眞山先輩、お疲れさまです」

翌日の午後、サークル室へいくと、楠木があからさまに顔をほころばせてむかえてくれた。奥の席に近江、左側に曽我、と相変わらずの定位置でくつろいでいるふたりも、俺を一瞥《いちべつ》してにやける。

「……おう、お疲れ」

痛いぐらい俺を凝視してなにやらそわそわしている楠木を前にして、遠くの席に逃げるのも大人げないよなと考え、諦《あきら》めて隣に腰かけた。だが楠木はまだ俺から目を離さない。

「なによ」

「え。……いえ、べつに」

「べつにって感じじゃないよ」

近江たちのにやけたようすといい、全員でなに企《たくら》んでるんだ？

楠木は俺の目の奥を探るように見据えてくる。

「その……昨日、約束したでしょ」

「約束？」

なにを、と首を傾げてすぐに思い出した。交換日記か！

「悪い、忘れてたっ」

楠木は目をむいて、それからゆっくり視線を落とし、唇をへの字にゆがめる。

「ごめん、昨日バイトで疲れちゃって、風呂入ってすぐ寝たんだよ、ほんと悪かった」

「……いえ」

「今夜書くから、今夜」

「はい……」とこたえてくれるが、不服そうなまま機嫌がなおらない。

「ごめんって」

「べつに怒ってないです」

「怒ってるだろその口……むってなってるよ」

指摘したらさらにへの字に曲がって、顎《あご》の下にまるくしわができた。

「……だってちょっと楽しみだったから」

今度は俺のほうが唖然《あぜん》として閉口した。

――ぼくには兄がいるので、おなじように歳上で優しい眞山先輩とは接しやすいです。

――つまりそれは、甘えているってことです。

弟気質っていうのか……？　懐きかたがうまいなこいつ。

「わあったよ……。いまから書く」

「いま？　本当ですか」

また顔がほのかに明るくなった。やれやれとこっちも一安心して「ああ、ほんとだよ」とうなずくと、唇を左右にひいてやわらかく微笑《ほほえ》む。

「楠木は何時ごろ帰るの」

「先輩のこと待ってます」

健気かよ。

「じゃあ席はずすわ。図書室で書いてくる」

「わかりました」

近江と曽我がどんな表情をしているのかはだいたい予想がついたので、見ないようにしてとっととサークル室をでた。

ひろい構内を歩いて図書室へいき、人けのないテーブル席を探して腰かける。鞄に入れっぱなしになっていた交換日記をだすと、次に愛用の万年筆をとってノートをひらいた。

楠木の中学時代のトラウマについて、返事を書くんだったよな。

なんの因果か、おたがい似たような時期に簡単には拭《ぬぐ》い去れない傷を負っているのがおかしかった。とはいえ楠木のほうはまだ立ちなおっていない。

あいつにとってもうちのサークルメンバーが救いになったらいいな。たとえ小さな楽園でも、自分の存在を許されていると実感すればかなり生きやすくなるはずだ。俺はそれを知っている。多少なりとも手助けになるのなら、交換日記につきあってやるのも苦じゃない。

　　楠木
日記書いてくるって約束したのに破って悪かった。
楽しみだったたって言われて、驚いたけど嬉しかったよ。ありがとう。

一昨日の帰り道での無責任な発言も反省しています。

楠木が中学のころのトラウマを聞かせてくれたけど、他人を傷つけないよう慎重に言葉を選んでる楠木に対して俺は軽率だった。改めて、ごめんなさい。

よくよく考えると、俺もそれほど積極的に遊びに参加したりしないんだよね。

自分棚あげでいろいろ言って最低だ。本当にごめん。


新歓のとき近江たちが暴露しまくってたとおり、俺も中学のころにいろいろあったよ。

でも大学進学してサークルメンバーにああいうふうに明るく受けとめてもらって救われた。

楠木も気圧《けお》されないで、あいつらにももっと甘えてみたらどうかな。

同性愛だってすんなり受け容れてくれるような懐《ふところ》の深い奴らだよ。大丈夫。

だいたい、楠木のしたことにはなんの罪もないだろ。

たとえばこう〝昔不良で万引きもカツアゲもしまくった、いまは反省してます〟って感じで、悪行だって自覚して人を傷つけたなら真っ黒だけどそうじゃない。

楠木のは相手に伝わらなかっただけの真っ白な善意だから、みんなもおまえを軽蔑したりしないよ。

どんな失言しても俺が守ってやるし、容易《たやす》く見捨てたりしないから安心してください。

そこで提案だけど、まず〝先輩〟っていうのやめてみるのはどう？

最低限の礼儀は必要だとしても、大学は年齢もさまざまだし〝さん〟でいいと思うよ。楠木が歩み寄ってくれたら近江たちも喜ぶはずだから、考えてみてください。

まやま

3　ブランコで空が飛べるって信じてた

――帰ってから読めよ。……ちょっと、なんていうか、アレだから。俺の前で読むのは禁止、わかったな？

と、眞山先輩に何遍も念を押されたから、じゃあ今日はもう失礼しますと辞去して帰宅したのち、自室へこもって交換日記を読んだ。

――楠木のは相手に伝わらなかっただけの真っ白な善意だから、

――どんな失言しても俺が守ってやるし、
読み終わってからほうけた。それでもう一回読んで、やっぱりぼうっとした。

期間限定の恋人になれなどと言われていたせいだろうか。男が男に抱かれてもいいと思うのはこういう瞬間なんだろうなとしみじみしてしまう。

どの言葉に感激したか、その気持ちをどんな文章で伝えるべきか、真剣に考えて読み返しているうちに夕飯の時間がきて階下から母さんに呼ばれ、いったんノートをとじて部屋をでた。

テーブルにならんでいたのは母さん自慢のとろとろ卵のオムライスで、このことについても日記に書いて眞山先輩に教えてあげようかなと、ふと思う。ちょっと甘えすぎか。

「なんだよ志生、にやけちゃって。飽きるほど食べてるオムライスが嬉しいのか？」

隣の席にいる恵生がからかってきて、俺が否定するより先に母さんに「飽きたんだったら食べなくていいわよ」と拗ねられ、「すみません大好きです」とへこへこ謝った。ばかめ。

「でも志生、本当に嬉しそうだね。大学でなにかいいことあったの？」

父さんまで、斜《はす》むかいの席からサラダのレタスとプチトマトを刺しながら指摘してくる。

「うん、ちょっと」

ひかえめにこたえたけど、「ちょっとどころじゃないなあ」とさらにつっこまれた。

「彼女でもできた？」

俺の返答を遮って、恵生が「まさか」と笑う。

「入学して二週間で志生に彼女ができるわけないって」

「わかんないだろ？」

「わかるね、こいつおっそろしく女の扱い下手だから」

「なにえらっそーに」と割りこんだのは母さんだ。

「女のことわかったふうに言えるほど恵生はモテてましたかね〜？」

「……俺は、一応、彼女いるから」

「人がせっかく作ったオムライスだって〝飽きた〟とか言えちゃう男が、彼女のことちゃんと幸せにしてあげてるとは思えないわー」

「悪かったたって……」

俺をよそに会話がとんとんすすんでいき、気づけば恵生が針の筵《むしろ》に座らされているのがおかしい。

オムライスを頬ばってふふっと笑ったら、恵生に肘《ひじ》でどつかれた。いってえ。

ベジタリアンの父さんも、オムライスに手をつけずいつまでもレタスとプチトマトとブロッコリーをつついていたせいで、母さんに「あなたもちゃんと食べて」と怒られた。

「サラダなんて千切《ちぎ》って入れるだけで全然手がこんでないのに、ったくうちの男どもは〜」

「食べるよ、大丈夫」

不満そうな母さんの機嫌をとるように、父さんがスプーンに持ちかえてオムライスの端を崩し始める。俺のオムライスはもう半分ない。

「志生はほんとに彼女いないの？」

母さんに改めて訊かれた。

「いない」

「あらー……いまどきの男の子にしちゃ奥手なんじゃない？」

「サークルで知りあった男の先輩とつきあうことになるかもしれない。そんぐらい」

母さんが「はあ？」と眉根を寄せて、父さんが「なんだそれ」と笑った。

「『そんぐらい』じゃないわよっ。変な遊びに巻きこまれたんなら断ってきなさいっ」

「どうせ単なる悪ふざけだろ？　大学生らしいな」

「あなたも煽《あお》らないでよ、志生になにかあったらどうするの？　男同士なんて気持ち悪い！」

男同士なんて気持ち悪い——母さんのひと言が脳を強く揺さぶって茫然とする。

恵生に頭を叩かれて正気をとり戻したら、恵生は目を眇めて俺を睨んでいた。

夕飯と風呂をすませたあと、交換日記の白いページをひらいたままペンをまわし続けた。

──新歓のとき近江たちが暴露しまくってたとおり、俺も中学のころにいろいろあったよ。

──大学進学してサークルメンバーにああいうふうに明るく受けとめてもらって救われた。

──同性愛だってすんなり受け容れてくれるような懐の深い奴らだよ。大丈夫。

──どんな失言しても俺が守ってやるし、容易く見捨てたりしないから安心してください。

同性愛、ゲイ、ホモ。頭のなかで何度も呟《つぶや》いて思考をめぐらせるが、胸の奥がもやもやするのみで自分がなにに焦《じ》れているのかはっきりしない。

さっきの母さんの反応は、俺が初めて自分への攻撃として体験した差別だった。父さんも穏やかだっただけで、真実として鵜呑《うの》みにしない、という完璧な拒絶をしめした。

俺はいま、眞山先輩が中学のころ負った傷に触れようとしている。そうわかる。

「志生、入るぞ」

ドアをノックして恵生が部屋にきた。風呂あがりで濡《ぬ》れた髪を拭きながら、俺のベッドの上へ腰かける。

「なに」

「なにじゃねえ。おまえ、母さんたちになんでもかんでも話すなよ」

「なんでもって」

「わかんだろ、ホモになるとかそういうことだよ。本気じゃないから言えたんだろうけど、母さんまじで悩みかねないからやめろ。冗談きついって」

恵生が怒りと呆れを吐きだすようなため息を洩《も》らす。……本気じゃないから？

「俺ただ報告しただけで、本気とか冗談とか考えてなかったよ」

「なら余計に質悪いわ。息子にカミングアウトされたら親が哀《かな》しむなんて世界常識だろうが、もっと考えてしゃべれ」

世界常識。たしかにそうだ。

「けど、べつにいいと思ったんだよ」

「いいわけないだろ」

「嘘はつきたくなかった」

「じゃあ黙ってろ。なにも言うな」

恵生の主張は理解できるが、受け容れることはできなくて言い淀《よど》んだ。

「こんな短期間で眞山先輩に洗脳されたのか～？」

近づいてきた恵生が俺の頭をぱんぱん叩き、ふざけた態度で重たい空気を蹴散《けち》らそうとするから、「やめろ」とふり払う。

自分の感情が摑めたかもしれない。俺は家族に同性愛者を——眞山先輩を責められて苛ついて、どうしたら考えを改めてくれるのかも見いだせず、歯痒かったんだ。

同性愛への風あたりが厳しいのは知っている。世間では嫌悪する人がいて、嗤いのネタにされているのも目のあたりにしてきた。俺もいままではその程度の認識でいたけど、でも眞山先輩に会って接して、無知な偏見は暴力なのだと目がさめた。

『どんな失言しても俺が守ってやる』とまで言ってくれた先輩を、どうして拒絶しなきゃいけないんだろう。同性を好きになる人っていうだけで、先輩のすべてを否定しなければいけない意味がわからない。

「母さんも父さんも恵生も、みんな短絡的だと思う」

「もう手遅れか」

「俺は先輩とつきあうのをやめないよ」

自分はいま、攻撃的な目をしている気がする。恵生も厳しい面持ちで沈黙している。

あけ放した窓の外から救急車の音が聞こえてきて、ゆっくり音程を変えて遠退《の》いていった。

「大人になれよ志生。言わないいっつう優しさもあるんだからな」

それだけ言い残して、恵生は部屋をでていった。


母さんは近所のスーパーで週三日働きながら家事をしていて、父さんは建設会社に勤めながら愚痴も言わず堅実に家庭を支えてくれている。大学時代に知りあってつきあい始めたというふたりは、結婚して二十六年目。現在母さんは四十九歳、父さんは五十一歳だ。

『大恋愛だったんだ』と教えられて育ったし、ふたりともいまだにひとつのベッドで寝ていたり、頻繁《ひんぱん》に夫婦旅行へでかけたりするから、俺と恵生は両親がおしどり夫婦で、浮気も一切していないと信じて疑わない。

両親の旅行中、恵生とふたりきりで生活するのも楽しくて、ひそかに好きだった。

俺が小学生のころは、恵生が『火は危険だから』と料理を作ってくれた。先に学校から家に帰ってひとりで留守番している俺を心配して、恵生は友だちとも遊ばずに急いで帰宅すると、スーパーへ買い物に連れていってくれる。母さんは必ず『お菓子はひとつだけ』と怒ったのに、恵生は『好きなのじゃんじゃん買え』とかごに放ってくれたりして。

恵生が作る料理は正直、全然美味しくない。母さんとおなじオムライスを頼んでもちっともふわふわじゃないうえに、絶対に茶色く焼け焦げていた。だけどそれが嬉しかった。

ふたりで風呂へ入ったあとは、リビングのソファに寝そべって堂々とお菓子をひろげて、テレビを観ながらばりばり食べまくった。

自分専用の合鍵に、贅沢《ぜいたく》に、夜更《よふ》かし。子どもふたりだけの拙《つたな》い生活にもかかわらず自立している錯覚があって、朝も昼も夜もずっと、高揚感が身体にまとわりついていた。

——おとなンなったら、恵生といっしょに住みたいよ。

あのころの俺は本気でそう望んでいた。

——なに言ってんだよ。おまえもいつか結婚すんだろ、俺といてどうすんだ。

笑って俺をばかにしながらも、恵生が本当は照れて、ちょっと喜んでいたのを知っている。

そして俺たちは父さんと母さんが旅行先でなにをしているのか、どれだけいちゃついているのかと想像して、からかいあって、ふたりがいる遠くの地に思いを馳《は》せた。

家族は大事だ。恵生とおなじように、俺も両親を哀しませたいとは思わない。だけど眞山先輩と俺の友情関係をひき裂いて喜ぶのだとしたら、そういう親も恵生も全員横暴じゃないか。自分が幸せを得るために、価値観にそぐわない相手を排除しようとしているだけだ。

言わない優しさか……、と視線をさげると、交換日記の真っ白いページがある。左側のページには、先輩の青インクの文字が。

他人を好きになれる人間は、優しくて尊いと思う。

結局自分のことしか好きになれない人間のほうが多いから。

眞山先輩は人を好きになろうとしているだけで誰も傷つけたりしていないのに、俺のせいで親に〝気持ち悪い〟と言わせてしまったことが、情けなくて、申しわけなかった。

……あ、そうか。言わないっていうのは、先輩を守るための優しさにもなるのか。

眞山先輩へ

こんばんは、楠木です。

日記のお返事をありがとうございました。つきあってもらえて嬉しいです。

先輩が何度も謝るものだから、すこし切なくなりました。ぼくのほうこそ本当にごめんなさい。自分棚あげで最低だって先輩は書いていたけど、違いすぎるより親近感が湧いたから、それも嬉しかったです。

散歩サークルは、いまぼくにとって癒やしの場です。

近江先輩たちにも充分よくしてもらってるので、これ以上甘えるのはなんだか贅沢ですね。

でも〝さん〟呼び、努力してみます。

ぼくは先輩とたくさん話がしたいです。

サークルで、一緒にいろんなところにもいきたいです。

まずはバラ園、楽しみです。

花は好きなのに、じっくり観察したことがなかったから堪能《たんのう》します。

晴れるといいいな。お弁当はどこで食べるんだろう。なにを作るかいまから考えます。

先輩が散歩して一番楽しかった場所はどこですか。どんな話をするのが好きですか。

よかったら今度教えてください。


励ましてくれてありがとうございました。守ってやるって言ってくれて嬉しかったです。

そんなこと言ってもらったの初めてでした。

ぼくも先輩に返せるものがないか探していきます。


先輩の下の名前も、そのうち教えてもらえたら嬉しいです。

本当にありがとうございます。いろいろ、ごめんなさい。


「お疲れーす。——おう眞山、見たぞ今朝のツイッター。なんだよあれ、ははははっ」

午後、サークル室で眞山先輩に交換日記を読んでもらっていたら、散歩サークルメンバーのひとり、吉岡《よしおか》先ぱ……吉岡さん、がやってきた。

茶髪でチャラくて派手な吉岡さんは、背後から俺たちのあいだに割って入って眞山先輩にのしかかり、「やめろ吉岡、はしゃぐなって」と鬱陶しがられる。

「……眞山先輩、ツイッターやってるんですか」

初耳だった。

ふりむいた先輩に「やってないよ」と否定されて、「え」と首を傾げたら、吉岡さんがおもむろにスマフォをだして操作し、

「楠木は知らないか。こいつ、店のツイッターでたまに呟いてるんだよ」

ほら、と、それを俺の目の前にむけてくれた。

俺は登録していないので、画面を見た瞬間は目が迷子になったが、店名と、店の紹介と、呟きらしきものをなんとか把握する。

「これが眞山の呟きだよ」と吉岡さんが教えてくれたところには、『発注ミスで季節限定はちみつプリンが大量入荷しました。消費期限は明日です。ご来店お待ちしております。（さ）』というメッセージと、ずらずら陳列されたはちみつプリンの画像がついていた。

「ウケんだろ？」

「ウケられないです」

デザートの棚を上から下までぎっしり占領しているはちみつプリンにぞっとした。こんな攻撃力のあるコンビニ棚は初めてだ。画像は一部しかうつっていないけど、縦横の数をかけあわせてざっと数えてみても軽く五十個は超えている。

「これ売れ残ったらどうするんですか」

「……困る」

眞山先輩は苦々しい表情で短くこたえる。

「困るっつーわりに、このそっけない呟きだもんな。おまえもっと愛想よくしろよ。泣きの絵文字つかって『きてくださいですう』ってさ」

「それただの頭悪い子だろ……店のアカウントなんだからかしこまってていいんだよ」

「かしこまんのと無愛想はちげーぞ。ほら、ちょっと楠木みたいじゃね？　文字のむこうでこんな無表情してそうだなーって想像できるわ〜」

笑ってそう言った吉岡さんに、右手でぐいっと左右の頬を摑まれてタコ口にされた。

突然の襲撃に息を呑んで動転する。眞山先輩の「おい、吉岡っ」と慌《あわ》てた声もする。

でも〝無愛想、無表情〟って言われて、ここで怯んだら駄目だと思った。眞山先輩にも『甘えてみたら』『大丈夫』と励ましてもらったんだから、いまこそ口をひらけ、逃げるな俺。

「や……やめてください、ぼくだって、ちゃんと笑ったり、しますよっ」

タコ口で精一杯反撃するやいなや、吉岡さんの右から曽我さん、うしろから眞山先輩が彼の頭をはたいた。

「いって！」

「デリカシーねえ野郎だなおめーはよ」

わざわざ机の上に身をのりだして助けてくれた曽我さんが、「こっちこい」と吉岡さんの首を絞めてひっぱる。「いてーって」と抗《あらが》っていた吉岡さんも力ではかなわず、机の上をずるずる移動していく。

「騒ぐなよ男子、うざい」

素知らぬ態度で携帯電話をいじっていた近江さんも、とうとう不快感をあらわにした。

「大丈夫か」と眞山先輩が俺の顔を覗きこんでくる。うなずいて「大丈夫です」とこたえたら、肩を落として息をつき、ほっとしてくれた。

「まあな、楠木も本当は表情豊かだもんな」

「え、そうか？　楠木が笑ったとこ見たことねー」

　吉岡さんがまだ言う。

「おまえはあんまこないから知らないだけだろ。こいつ結構焦るし拗ねるし笑うから」

「へーそうなんか」と感心した吉岡さんの頭を曽我さんがまた叩いて、「いてーって」「うるせえ」と騒ぎ始めた。吉岡さんが暴れて机ががたがた揺れるたびに、近江さんの顔が怖い。

「つーか眞山、プリンあるならおやつに持ってきてくれればよかったじゃん。わたし食べたかったなー。有名店とコラボしてる限定のやつでしょ？」

「おまえらが今日もいるかどうかわからなかったからさ」

「いるっつの」

　真顔で「毎日毎日いるだろが」とつっこむ近江さんが面白い。にぎやかだな、今日は。

　隣にいる眞山先輩が交換日記のとじたページの端をそれとなくいじっているのを眺めつつ、俺は「先輩、」ともう一度問いかけた。

「ツイッターにあった〝(さ〟ってなんですか」

「あー……それ俺の名前。さとしだから〝さ〟」

　先輩は目線をそっぽにながして左指でこめかみを掻《か》き、「えーと」とまごついてから、ペンをだして日記の裏表紙の内側に〝聡士〟と書いた。

「漢字だとこう」

その文字は、日記で見たのとおなじ青色だった。

先輩の目がどことなく泳いでいるので、俺が日記に書いた質問の返事でもあるんだなと察する。先輩も顔にでるほうだ。なんか照れてる。

「さとしって響きが格好いいですね。この〝士〟の字もいい」

「よくある名前だろ」

「ぼくのまわりにはいなかったから、初めての〝さとしさん〟ですよ」

「……あそう」

伏し目がちに頭を掻いて、先輩がペンを忙《せわ》しなく二回転させ、

「楠木の名前はなんだっけ」

と質問を返してくる。

「しきです」

ペン貸してくれますか、と頼み、「あ、ああ」と渡されたそれで俺も先輩の名前の横に自分の名前を書いた。これ万年筆だったんだな。尖ったペン先のすべりが心地いい。

「〝志生〟か。おまえの名前は珍しいな」

「ですね。よく〝しお〟って間違われて面倒です」

「はは、面倒って……」

「あ、鬱陶しいとかそういう悪い意味じゃなくて、訂正が大変って意味で、」

「ああうん、なるほどね」

焦って、心のなかで〝鬱陶しさも無きにしもだけど、どっちの比率が高いかっていえば当然苦労的なほうで……〟と無言の弁解をするが、先輩は笑顔で「わかるよ」と片づけてくれる。

眉をさげて先輩が微苦笑している。また救われた。

「先輩、話戻すんですけど、ぼく今夜先輩の店にいきますよ、プリン買いに」

え、と目をまるめた先輩が「いいの」と言った。

「はい。いったん家に帰ったあとになっちゃいますけど、八時か九時ぐらいに」

「楠木の家、遠いんじゃなかったっけ」

「や、駅五つ隣です」

「そうか。それでも〝ちょっとコンビニ〟って距離じゃないから悪いな。そうだ、家でるころに連絡してこいよ、むかえにいくよ。散歩がてら一緒に歩こう」

「本当に？　かえって大ごとになってません？」

「平気。バイトも深夜だから時間あるし」

思いがけず、楽しそうな約束に発展した。

「そういや俺たちケータイの番号交換してないな」と先輩が気づいて尻ポケットからとりだし、俺も「はい、教えてください」と鞄からだす。

俺が「SNSは全然してないけど大丈夫ですか」と教えても、先輩はきょとんとして「メールでいいよ」とあたり前のように言う。

「楠木変わってんな、SNSなんもしてないって珍しくね？　友だちと連絡どうしてんの？」

恐れていた質問は吉岡さんの口から飛びだした。

「ナンパ目的でやってるおまえよりよっぽどいいだろ」

反論してくれたのは眞山先輩だ。

「そうだよ、女の子にしつこくメッセージ送っちゃーふられまくってるくせに」

近江さんもつっこんで、

「ガッつく奴は嫌われンだよ、だせえな吉岡」

と曽我さんも便乗し、みんなで笑いながら吉岡さんをいじくる。

「なんだよ腹立つなあ、俺の行動力を褒めてくれる奴はいないのかよー」

嘆いても吉岡さんに傷ついたようすはなく、全員笑っていて場は和やかなまま。うちのサークルのこういうアットホームさって、本当に不思議で貴重だと感じる。

「じゃあ電話でもメールでもいいから連絡しといで」

交換し終わると、眞山先輩が約束をくり返した。「はい」と俺もうなずく。

「楠木君、わたしとも電話番号とメアド交換して？」

「あ、俺も」

近江さんと曽我さんにも誘われた。

「はい、ぜひ」

このあいだバーベキューの人たちに感じたような抵抗心は一切湧かず、素直に喜べるのはなんでだろう。信頼してるってことなのかな。

「近江さんのメアド可愛いですね。〝うさちゃんぴょん〟ってローマ字で……、」

「えっ、いま〝近江さん〟って呼んでくれた!?」

あ。

「やだ、嬉し〜なんか照れるっ」

口にして呼んだのは初めてだったけど、本当に照れくさそうに笑って許してくれたから俺もちょっと恥ずかしくなった。眞山先輩は〝な、平気だっただろ？〟みたいに得意気ににっこりしている。

「みんな仲よくしてずりぃな。楠木、俺ともメアド交換しよーぜ」

吉岡さんがそう言いながらすり寄ってくると、

「やめとけ楠木」

「吉岡はいいよ」

「大人しくしてろおまえは」

と、眞山先輩たちが口々にねじ伏せたから、思わず吹いてしまった。

「ンだよ、俺も楠木と仲よくさせろよー」

吉岡さんはいじられて愛される人なんだなと、あったかな気持ちになれた。


帰宅して夕飯を食べ終えるころには、ちょうど約束した時間帯になっていた。

八時十五分すぎ。いまからでかければ眞山先輩の住んでいる町までは八時四十分ごろにつくはずだ。

『これからむかいます』

眞山先輩にメールを送り、姿見の前で髪型を整えてボディバッグを背中に斜めにかける。

隣室の恵生に察知されないよう部屋をでてドアをしずかにしめると、一階でくつろぐ両親に「外出するね」と告げて家をでた。

にぎやかな商店街を十分ほど歩いて駅についたら、先輩の町までは川を越えて十分程度。

『了解、じゃあ俺もいまからむかうよ。改札口でたとこにある売店のそばにいる』

電車の到着を待ちつつ携帯電話を確認すると、先輩からのメール返信があった。

『わかりました』

数分後無事に乗車して、闇夜にたゆたう大きな川を尻目に鉄道橋を渡り、予定どおり到着。ひらいた扉からホームへおりて階段をくだっていくあいだ、こっちが先輩を見つけるのが先か、先輩のほうが俺に気づくのが先かと想像して、変に緊張した。改札と売店が見渡せる通路にでて視線をめぐらせてみると、帰宅ラッシュの人波のむこうに眞山先輩らしき人影がある。改札をとおったら、そこからすっと左手がのびあがって、

「楠木」

と呼ばれた。澄んだ声が耳をついた瞬間、人ごみのなかで先輩の手と笑顔が道標《みちしるべ》になった。

「先輩」

足早に正面へいき、「こんばんは」と挨拶する。先輩も「どうも」とぎこちなく微笑んでうなずく。〝こんばんは〟に〝こんばんは〟を返すのを恥ずかしがってるっぽい。緊張してるの、先輩も一緒だ。

「いこう。なんかほんと、わざわざごめんな」

「いえ」

ならんで歩き始めて駅をでた。小さな駅なので、周辺にもコンビニと花屋とこぢんまりしたスーパーしかないけど、この寂れた雰囲気が好ましかった。

俺らとともに駅から離れて散り散りに家路へつく人たちがコンビニやスーパーに寄っていくようすや、近くの川の香りがまじった夜気に、一日の終わりとささやかな解放感を味わう。

先週泊まりにきた日の記憶では、たしか先輩の店までここから歩いて二十分ぐらいかかる。

「楠木は実家だったよね。こんな時間にでかけて親に心配されなかった？」

「心配してないって言ったら嘘ですけど、うちは兄が奔放《ほんぽう》だったんで、この程度ならまだ」

「ああそうだ、お兄さんいるって言ってたっけ。いくつ上？」

「七つです」

「そりゃ結構な差だ。お兄さんが高校生のとき、楠木まだ小学生でしょ？　行動範囲も全然違ったんじゃない？」

「ですね。ぼくが給食食べてる時期に兄は財布持ち歩いて好きなパン買って食べたりしてたんで、すごい羨ましかったし大人に見えました」

ははは、と眞山先輩が眉をさげて苦笑すると、その声は芯がすっととおったみたいに道路の騒音すらうち消して強く響き渡った。

「行動範囲って言ってるのに、食い意地はった話かよ……」

「え、いや、食い意地っていうか、印象的だったから、つい、」

「成長期だもんな。可愛いよ、大食い小学生」

可愛い……。からかわないでくださいと抗議したくても、先輩の物言いには邪気がなく心からの慈しみだけがこめられているから、拍子抜けして口ごもる。

「そういえばさ、吉岡が話してたツイッターの俺の呟きあったろ？　あれが面白がられていろんな人に拡散されて、いま店にお客さんがいっぱいきてくれてるんだよ」

「拡散？　じゃあもう売り切れちゃいましたか」

「あとすこし残ってる。売り切れてくれたらいいんだけどね」

「ふうん……ツイッターって便利なんですね」

「吉岡の言うとおり、もっと愛想のいい文章にしとけばよかったよ。それか、可愛い口調で話せるバイトの子に頼んだりしてさ」

可愛い子。

「バイトに、可愛い人がいるんですか」

「いるよ、ぴちぴちの高校生」

俺も数ヶ月前までは高校生だった。

「男にぴちぴちって変ですね」

突《つっ》っ慳貪《けんどん》に返したら、右側にいる先輩の左手が俺の頬にのびてきて指裏で軽く叩かれた。

「……女子高生だよ」

え。……あ。

「ごめんなさい、先輩が可愛いって言うのは男だけだと思いました……」

あほ、と小声で短く洩らして目をそらした先輩が、ばつが悪そうに首のうしろをさする。

「本当にすみません」

俺の謝罪が妙な重さをはらんで、そのままおたがい沈黙した。

偏見とか差別じゃないし、先輩の性癖をいたずらに刺激したかったわけでもなくて、と言い募って弁解したいのに、それがさらなる矢になりそうで躊躇《ためら》う。

どうしよう、傷つけただろうか。

「……先輩、」

すみません、とくり返して、そっぽをむいている先輩の服の袖をひっぱったら、彼がようやく半分だけふりむいて、細めた目で俺を睨んできた。耳が赤い。——え。

なんで照れてるの……？


「わ、本当に混んでますね」

コンビニにつくと、外から見てもあきらかな混雑ぶりでびっくりした。

パジャマとほとんど変わらない軽装でふらっと訪れたような人や、プリン片手に友だち同士ではしゃぐ人たちがレジにならんでいる。

「ああいう何人かでまとまってきてくれてる若いお客さんが、『ほんとにいっぱいあるー』って喜んでたりするんだよ。きっとツイッター効果」

先輩にこそっとひかえめな声で教えられて、俺は「そうなんですね」とうなずいた。

「楠木、悪いんだけどひとりで買い物してきてくれる？　俺ちょっと用事あるから部屋いってくる。またあとでここで落ちあおう」

「あ、はい」

「すぐ戻ってくるよ。楠木はゆっくり見ておいでね」

うん、と再びうなずいて、先輩が建物の横にある階段のほうへ去っていく姿を見おくった。

それから店内へ入って奥のデザート売り場へすすんでいくと、にぎやかな人だかりができてちょっとしたお祭り騒ぎになっているのに圧倒された。ツイッターの画像で見ていたより数は減っていたものの、大きなポップがあって『発注ミスしてしまいました、今夜はぜひ限定はちみつプリンをお召しあがりくださいっ』という文字と、泣いている可愛い女の子の絵が、哀しみを訴えている。

棚の前に陣どっている数名の高校生らしき男女が「どんぐらい注文したんだろうね～」「このプリン気になってたからちょうどいいよ」「あたしふたつ買ってこっかなー明日までに食べればいいんでしょ?」と騒いでいる横から手をのばし、五つ確保した。

母さん、父さん、恵生にひとつずつと、自分にふたつ。朝と夜にわければもう一個ぐらい食べられるかなと思案しながら、売れ残ったときの先輩の落ちこむ顔を想像して、それを決定打に六つ買うことにした。プリンも捨てられちゃったらかわいそうだしな。

ほかにペットボトルのピーチティーとポテチを選んでレジにならんでいると、外で待ってくれている先輩の背中を見つけた。焦っているうちに順番がきて会計も終わり、店員の女の子にやたら情感のこもった「ありがとうございましたっ」のひと言をもらって急いで退店する。

「すみません、お待たせしました」

「おう、おかえり。……あら、いっぱい買ってくれたんだね。ほんとありがとな」

俺の手の買い物袋を見て先輩が微笑む一方で、俺は先輩の手もとに視線を奪われていた。

「先輩、それ」

　交換日記。

「うん、そう。さっき楠木から連絡くるの待ってるあいだに書いたんだよ。――はい」

　今日の今日で返事をもらえると思っていなかった。

「このあいだ約束破っちゃったしさ、今日は反省もこめてはやめに」

　日記をさしだす先輩から、それを受けとった。交換をやめてもいいのに律儀に書いてくれる優しさに感激して反射的にひらこうとしたら、「駄目」ととめられる。

「帰ってから」

　尖った目で、恥ずかしさを隠して強気に制止してくる先輩が子どもみたいに可愛い。笑いをこらえつつ「わかりました」と返事してバッグにしまった。

「もう九時すぎたな」

　歩道へ踏みだして、また駅へむかって歩き始めながら先輩が言う。俺も「はい」と隣について歩調をあわせる。

「楠木が大丈夫そうならちょっと寄り道していく?」

「え、いいんですか」

「俺が頼んでるんだよ」

　苦笑いする先輩につられて俺も笑い、「いきます」とこたえた。

「じゃああんまり遅くならない程度にね」

「うん」

住宅街に這《は》う二車線の道路の横を先輩とのんびり歩く。暗闇に光る車の赤いライトと走行音、帰宅途中っぽいスーツの中年やスマフォをいじりながら歩く学生が、視界を掠めていく。

この町は駅周辺以外にも派手な店は見あたらず、いま歩いている比較的大きな道もしずかで侘《わび》しい。公園みたいなところってどこかにあるのかな。先輩が子どものころ遊んだ思い出の場所はあるんだろうか。なんだかそんな想像もできない、狭くてどことなく沈んだ町だ。

「さとうさん」

とおりすぎる車を目で追いかけて呟いたら、「ん？　なに」と先輩がふりむいた。

「いま、車のナンバーが三一〇だったから」

「さとう？　車の持ち主が三月十日生まれなんじゃなくて？」

「なんで頑なに……」

「さとうさんですよ」

ふたりで笑う。

「あれはおにいさん」

「〇〇二三のこと？　〝お〟がひとつ多いよ」

「大兄さん。きっと長男」

「えーっ」

今度は一緒に吹きだした。

「最近一一八八っていうの流行ってるらしいね。〝いいパパ〟とか〝いい母〟なんだって」

「そんなナンバーにする親、いいとは思えませんね」

あ、口調が冷たすぎた、とすぐに自戒したものの、先輩は「あはは、言えてる」と笑い続けてくれる。

「そういえば昼間メアド交換したとき思ったけど、楠木のってフルネームにハイフンだけでシンプルだったよな。もっと綺麗なやつかなって想像してたよ」

「綺麗って？」

「なんとかflower《フラワー》とかblue sky《ブルースカイ》とかさ」

俺って先輩のなかでそんな清いイメージなのか……。

「先輩のも名前でしたね。それと誕生日の数字」

「あれ、俺誕生日教えてた？」

「近江さんたちが前に今週だって話してて、すぐだなって驚いたから憶えてました」

「あー……」

しかもその四月二十四日は明日だ。近いうちにプレゼントでも贈ろうか、と考える。

「先輩はパズル好きですよね」

「ン、もしかしてプレゼント？　気ぃつかわなくていいよ、パズルは難易度高いの何ヶ月もやってるから、もらってもなかなかできないし」

「パズルって何ヶ月もやるものなんですか」

「やる。いまはスモールピースで千五百のつくってて、一ヶ月でまだ半分いってないよ」

「え、すごい」

「もちろん個人差あるけどね。俺は気まぐれにすこしずつやって長く楽しむほうなんだよ」

嬉しそうな笑顔で無邪気に話しながら、先輩が「ここ曲がろう」と誘導してくれる。うなずいて一本奥の路地へ入っていくと、街灯の少ない薄暗い道が続いている。

「……ぼくより、先輩のほうが清らかですよ」

「ん?」

先輩が部屋でつくっていた、青空と水鏡のパズルを思い出していた。

「綺麗だったから、パズルの画」

「ああ。いや、綺麗なのはパズルで俺じゃないだろ」

「選ぶのは先輩でしょ」

「適当に買ってます」

「照れ屋ですね」

「ほんとだって」

笑っていたら、先輩も俺を見返して微苦笑を浮かべた。温かみのある瞳のほころびを見つめて、この人のこういうところが好きだな、とふいに思う。照れてるねと茶化しても、先輩はやれやれと苦笑いで受けながしてくれる。もし恵生なら〝ちげーよおまえの勘違いだろ〟と意地になって否定して、しまいには逆ギレされるだろうし。

手を繋いでみようか。夜道で、周囲には沈黙する民家だけがならんでいるこんな状況の恋人同士はそういうことをすると思う。でも俺たちは男同士なんだよな。子どものころ、迷子にならないように恵生と繋いでいたのとは違う。人けがないからって、いま先輩の手をとったら、先輩のこの笑顔はどう変わるだろう。

先輩を喜ばせたい。けど、でもだから、手が動かない。

「ここ、昔からよくくるんだよ。散歩コース」

おいで、とさらに促《うなが》された道の先は土手で、視界がひらけると真正面に川がひろがった。

電車から見える大きな川だ。真上の夜空に弓形の細い月が佇《たたず》んでいて、川は闇にまぎれてかすかな光を放ちつつながれている。ふたりで夜風にさらされて、対岸に建ちならぶマンションの部屋の、白や橙のまばらな灯りに見入っていると、心音ごと鎮《しず》まって感情がしんと凪《な》いだ。

「暗いから気をつけて歩きな」

「はい」

先輩に続いて河川敷へおりたら、砂利と雑草の広場に鉄棒とブランコとスプリング遊具だけがある小さな公園についた。闇夜に静止しているスプリング遊具の、ペンキのはげたパンダとゾウがちょっと不気味。

「この公園、夜中にブランコが勝手に動きだしてどこからともなく子どもの笑い声が……、」

「なっ、」

「っていう怖い話、思い出すんだよなあ」

「……。そう、ですか」

さらさら、と首もとを女性の長い髪みたいに微風が撫でていってどきっとしたら、先輩が横で吹きだした。腕をぶってやる。

こんなときにお茶目を発揮しなくていいのに、と睨み見ていると、先輩がしずかに微笑んで公園を見つめながら、口をひらいた。

「……楠木、日記で訊いてくれたろ。一番とか二番とか順位は考えたことないけどさ、ここが俺の好きな場所だよ。小さいときからの馴染みの公園で、きてる回数なら一番多いかな」

背後からタタンタタンと電車の音が聞こえてきて、やがて耳を劈《つんざ》く大音量になり、左頭上の鉄道橋を渡っていった。

電車の窓の光が下の砂利と雑草とブランコに長四角におりて、まばゆく照らしている。暗闇のなかで、その四角い光の道筋部分にあるブランコの椅子の褪《あ》せた青色と、草花の緑と、砂利の鈍色《にびいろ》だけが、色彩をとり戻して浮かびあがっている。そして電車がとおりすぎると、再び漆《しっ》黒《こく》の闇に呑まれて色を失った。

心を安らぎに導く静寂と、言葉を失う途方のない寂寞《せきばく》が同居している場所だった。

幼いころからきている、と先輩は教えてくれたけど、こんな哀しい公園へどんな思いを抱えて訪れ、なにを得て去り、そうしてずっとくり返しかよい続けていたんだろう。心に傷を負った中学生のころにも、ここは先輩の癒やしや救いの場になっていたんだろうか。

歩きだした先輩が青いブランコの前へいって、おもむろに座った。俺を見て手招きをする。うなずいて傍へいき、左隣にある桃色のブランコへ腰かけると、地面に近づいたせいかふっと草の香りが濃く立ちのぼってきた。

「楠木、怖いの」

「いいえ」

「じゃあなんでさっきから黙ってるんだよー」

先輩がいつになく明るい調子でつついてくるのは、俺への気づかいかもしれない。

「なんか……なんて言っていいのか、言葉がでてこないだけです」

「なにか悩ませることとしたかな、俺」

「いえ」

……ああ、こんな曖昧《あいまい》な言いかたで返したら困らせる。

先輩の好きな場所にこられて嬉しいんです、けどなんだか、ここは寂しいです。正直にそう言えばいいんだろうが、先輩がこの公園を好きだと思う気持ちや、連れてきてくれた厚意や優しさを傷つけたくなくて声がつまる。

手に持っているコンビニ袋のなかで、プリンがかたむいて音をたてた。同時に先輩が小さく笑った。

「今日の昼間、楠木に〝さん〟って呼ばれて、近江浮かれてたな」

「あ、はい」

この話題なら素直に話せる、と喜びいさんで、

「先輩のおかげです！」

と続けたら、思いがけず声がでかくなった。

照れてはにかんでくれる先輩の表情には、いまもなんの陰りもない。

「俺がどうとかじゃなくて、近江たちが寛容なんだよ」

「先輩も寛容でしょう」

「いやいや……」

左手をふって謙遜し、先輩は地面に足をつけたままブランコを軽く前後させる。

先輩の足もとのつま先や砂利が暗さでぼやけていてうまく見えない。キィ、キィ、と高く細く鳴り渡るブランコの物悲しい音と、頭のなかで再生される昼間のサークル室での陽気な光景はミスマッチで、寂しいのに温かい妙な気分になった。

「うちのサークルの連中はいい意味で特殊なんだよ」

先輩の口調には、どこか誇らしさがある。

「……そうですね。みんなが吉岡さんのこと邪険にしても、ハブっていうか、いじめっぽい陰湿な感じにならなかったし」

「誰もハブろうと思ってないからな」

「うん、たぶん全員に悪意がないせいなんです。ぼくひとりで必死に吉岡さんに刃むかっちゃって、失礼だった」

「ん？　刃むかったっけ」

「はい、〝ちゃんと笑ったりします〟ってムキになって」

「ああ。つか、あれ怒っていいところだろ。ははは、優しいな楠木は」

優しいなんて素《す》っ頓狂《とんきょう》な評価をもらって驚愕した。

「俺も最初のころはびくついてたな……けど近江たちもさ、歩み寄ったぶん近づいてもらえなかったら遠慮して退いていくんだよね。他人の機微に敏感っていうか、あいつらほんと頭いいんだよ。だから楠木にも、怯えないで輪に入っていってほしいしさ」

眞山先輩はこうして何遍も近江さんたちとの交流をすすめてくれるから、よっぽどみんなに救われたんだろうなと、しんみり感じ入る。

「先輩の昔の、中学のころのあれこれは、ぼくが訊いていいものなんでしょうか」

彼が俺に問うてくれたのとおなじ訊きかたをした。

「ああ、いいよ」と、彼はなんでもなさげな調子でへらりと笑う。

「ほんと、ただの恥ずかしい話だよ。若気のいたりっていうかなんていうか、中学のときいっつも連《つる》んでた親友のこと好きになって、それ本人に言っちゃったの。そうしたら次の日には俺がホモだってクラスで噂になってて、気がついたら後輩にまで知れ渡ってさけられ始めてさ。べつに机にらくがきとか下駄箱の上履きに画鋲《がびょう》とか、お約束どおりのいじめをされたってわけじゃないんだけど、精神的に追いつめられて、体調崩してひきこもって、最終的に転校したわけ」

「……その親友の人が、まわりに言いふらしたってことですか」

「あいつに悪気はなかったって聞いてるよ、べつの友だちに相談しようとしただけだったって。俺もあいつもガキだったし、みんなもホモってのがもの珍しかったんだからしかたないよね。俺が辛かったのはみんなの反応じゃなくて、自分がいかに普通じゃないか思い知ったことだったんだよ。自分だけみんなと違う、変なんだって痛感して、生まれてきちゃいけない人間だったことを悟ったたっていうか」

なにも楽しい話じゃないのに、先輩が晴れ晴れと語ったりするから、まだ残っている傷をわざと笑顔でごまかそうとしているみたいに感じられる。

「もちろんいまはもうそんな自虐的に考えてないから平気だよ」

俺を気づかうように、先輩がつけ足した。心が痛む。

「親友の人とは、告白したあとなにか話したんですか」

「いや。でも罪悪感はあったみたい」

「罪悪感……」

「おたがい地元がおなじだし、うちコンビニ経営してるから、結局たまに店で会っちゃってね。それで顔あわすと気まずそうにしてるもんで、逆にこっちが申しわけなくなるよ」

その親友っていう人は自分のせいで噂がひろまったのに、周囲を黙らせようともしなかった。先輩が転校するはめになっても、謝罪ひとつしていないらしい。なのに先輩は責めないうえに〝あいつに悪気はなかった〟〝相談しようとしただけだ〟〝ホモが珍しかったんだろう〟〝顔あわすと気まずそうにしてて申しわけない〟と庇いだてする。

先輩はいまも、無自覚のうちに、ゲイである自分が悪いと信じているんじゃないだろうか。しかも手ひどい仕打ちをうけてもなお〝親友〟だと言い続けるその人のことを、恋愛じゃないにしろ、きっとまだ大切に想っている。

「……先輩の傷は深いですね」

「いやいや、違うって。かいつまんで話すと重たく聞こえるだけで、ほんとにもう立ちなおってるから。俺は楠木のほうが心配だよ」

「ぼくは平気です」

「嘘だね」

「本当に。自分の傷は我慢できます。でも先輩の傷はぼくがどうこうできるものじゃないじゃないですか。だからもどかしいですよ」

あほ、と先輩が怒った。

「我慢できてるって思いこんでるのが一番危ないんだろ。自分じゃ気づけないことがまわりには見えてたりするんだぞ」

絶句して先輩を見返す。それはいままさに俺があなたに思ったことだ。

先輩が呆れ顔でため息を洩らしてから、キィとブランコをこぎ始める。しかたなく、俺もぐっと奥歯を噛みしめて地面を蹴り、ブランコをこぐ。身体がブランコにあわせて前後に揺れ、風が耳や頬や首筋や腕や服をすり抜けていく。

「ねえ先輩、」

「……おまえ俺のことだけ先輩呼びのままだよな」

「ぼく誰かと――先輩と親しくなれるなら、期間限定の恋人もいいかなって思ったんですよ」

「いま〝誰か〟って言ったろ」

「誰でもいいわけじゃないなって、話しながら思ったから言いなおしたんです。恋人になれって言われた相手が先輩じゃなかったら断ってました」

苦笑して、先輩がブランコをこぎ続ける。脚をふって大きく揺らし、子どもが無邪気に遊ぶみたいになにも憚らず、躊躇わず、ぐるっと一回転しそうなほど強く。

「ガキのころブランコで空飛べるんじゃないかって思ってたなー俺。ガンガンこいで飛び降りて、一度盛大にすっ転んで痛くってさ」

夜の闇のなかでほがらかに笑ってそう言うと、先輩はブランコがひときわ高く揺れた上空で手を離し、ひらりと飛んで遠くの地面に綺麗に着地した。

「楠木はちゃんと女とつきあえよ。曽我あたりに頼めば合コン連れてってくれるだろ」

背中をむけてうつむき加減に言う。

「……俺はもういいんだよ」

声は微笑んでいた。この河川敷の小さな公園みたいに、どことなく寂しげに。

眞山先輩と駅で別れて電車にのった直後、吉岡さんからメールがきた。

『今度女の子と遊びにいくけど、楠木ってそういうのついてこれる人？　もし暇だったらこいよ、一緒に遊ぼうぜ』

うちのサークルメンバーはやっぱりフレンドリーで、誰とでもわけ隔てなく親しく接しようとする。みんな鷹揚《おうよう》で温かくて、先輩の言うとおり懐が深い。タイムリーすぎるその誘いを受け容れられない俺だけが、きっと狭量なんだ。

あとから、その夜はこと座流星群が極大の日だったと知った。

志生

こんばんは。

うちの店のプリンの件で、いま志生がきてくれるのを待っているところです。

読んでくれてるのは会ったあとだろうな。

本当にありがとうね。わざわざこさせて申しわけないけど、困ってたから助かったよ。

美味しく食べてもらえますように。


そう、今日サークルで志生が〝さん〟呼び頑張ってたし、下の名前も教えあったから、俺も呼びかたをかえてみようと思ったんだよ。

面とむかっていきなり呼び捨ては馴れ馴れしくて躊躇うけど、関係が和《やわ》らいでいったらいいよね。

志生の名前には「志を求めて生きる」とか「志を抱《いだ》いて生きる」とか、そんな意味があるんだろうか。

聞いたとき、とてもいい名前だなと思った。

ご両親に愛されてるな。


前回の日記で、俺の気に入ってる場所とか好きな話とか訊いてくれたのはなんでだったの？

俺に返せるものを探していくって、必死さを感じたのも、俺の気のせいじゃないよね。

しまいには謝罪で締めるし。


俺は志生になにか返してもらいたいと思ったことはないよ。

この交換日記もそうだけど、いろいろつきあってもらってるだけで充分。

弟みたいに懐いてくれるのが可愛くて、素直に喜んでるっていうのが本音です。

男に可愛いなんて言われてもいい気はしないか。でもやっぱり、可愛いって思ってるよ。

あとさ、俺かなり恥ずかしいこと書いてるから、もし近江たちに訊かれても内容絶対教えるなよな。約束。

さとし

4　花になみだ

「見ろ眞山、バラの園だぞ」

　土曜日、サークルメンバー七人でバラ園へやってきた。

　門をくぐって一歩入ったところで、吉岡がからかってきて早速面倒くさい。

「……なにが言いたいんだよ」

「男同士はバラだろ？　女はユリ。だから眞山の園《その》」

「おまえなあ……」

　ひひっ、と子どもみたいな無邪気さで揶揄《やゆ》して笑う吉岡の背後で、楠木が目と口をまんまるくひらいたとんでもない顔で仰天している。

「くだらないこと言ってんなよ、いくぞ」

　昨日は雨が降ったせいで、園に咲きほこる赤やピンクや黄色のバラの花びらには雫《しずく》が残っており、太陽に反射してきらめく光景がとても綺麗だった。

　今日参加したメンバーは近江、曽我、俺、楠木、のおなじみの四人に加えて吉岡と、近江の親友で三年の小動物系女子小松《こまつ》と、二年で植物オタク男子の山本《やまもと》だ。

　近江は小松と女同士きゃっきゃはしゃいでバラを観賞し、曽我はデジカメ片手に山本からバラのうんちくを聞いている。

俺もゆっくり歩きつつボディバッグからデジカメをだしていると、ふいに「いでっ」と吉岡の声がして、楠木が俺と吉岡のあいだに割って入ってきた。

「いって、楠木にど突かれたー」

楠木の表情は、むっと不機嫌でかたい。……庇ってくれたのか？

「気にしなくていいよ楠木、こいつのはいじめじゃないから。頭のなかがいまだに小学生なんだよ、無視しといてやって」

なだめても顔色が変わらない。

「その……ほら、俺もいちいち傷ついてた時期は越えたって教えたろ？」

「先輩じゃなくてぼくの問題なので」

そう頑とした返答をもらってしまうと、こっちも反応に困ってしまう。

――……先輩の傷は深いですね。

――自分の傷は我慢できます。でも先輩の傷はぼくがどうこうできるものじゃないじゃないですか。だからもどかしいですよ。

心っていうのは、誰にとっても不可解なものだな。傷がどれぐらい完治しているのかも、どんなに頑丈なのかも、目で確認して納得することができないんだから。ただたしかなのは、俺も楠木も自分は平気だと信じていて、おたがいに助けてやらなくちゃと思っていることだ。

「……いいって、そんな正義感」

痒くもないうしろ首を掻いて、ぞんざいな物言いで突き返す。こいつのこういう情の深さと熱心さに戸惑うし、正直まいってしまう。あんまり浮かれないように自制しとかないと。

「正義なんて大それたことじゃなくて、ぼくは、」

しつこいっ。

「もういーから。ここにきたいって決めたの楠木だろ？　話はあとにして楽しみなさい」

下唇をくっと山型に曲げた楠木が不服そうにうつむき、

「……先輩も一緒に決めたし」

とバッグからスマフォをだす。拗ねたな。

「俺も楽しむよ。てか、まさかスマフォで撮影するのか？」

「はい。ぼくデジカメ持ってないので」

「せっかくきたのに携帯カメラかよ」

「これだって結構きちんと撮れますよ」

軽い喧嘩腰の押し問答になってくる。

「しょうがないな……ほれ、俺のつかいな。メモリカードもあげるから好きなだけ撮ってき」

「え、悪いですよ、しかもカードまで、」

「いいよ。初めてのサークル活動なのに、いい画質で思い出残さなくちゃもったいないだろ」

自分のデジカメを楠木の手に持たせて、かわりに俺がスマフォをだす。

「先輩大好き、惚れなおしました……──って顔してるぜ、楠木」

しししっ、といやらしい笑いかたで茶化してきたのはまた吉岡だ。しかも楠木の肩に左腕をまわしてべったりくっついている。

「……ほんと、まじでやめてください吉岡さん」

「しきりん怒るとこえぇ」

「うざい。吉岡さん超嫌い」

「超は言うなよー」

「超超ちょー嫌い」

「言いすぎだから」

楠木は吉岡の腕をふり払って笑っている。あれ、このふたりこんなに仲よかったか？

「吉岡さんなんか放っておいて、いきましょう眞山先輩」

手には触らないように、楠木が俺のシャツの袖を摑んでひっぱってくる。俺の呼びかたは相変わらず先輩のままで、吉岡への扱いは無遠慮に砕けている。

「見て先輩、すごい綺麗ですよ」

白いバラに感激した楠木が、デジカメの角度を調整しながら撮影し始めた。

「ピントあわせるのってどうやるんですか？」

「ああ、シャッター半押しすればできるよ」

「半押し？　——あ、本当だ」

花はアップにして周囲がぼやけるように撮ると綺麗で……、と手本を見せて教えてあげつつ、楠木のしれっとした幸せそうな横顔に複雑な気分になってくる。吉岡も今日特別テンションが高いようすでもなく、いつもどおり気ままに曽我たちのところへ移動して山本のうんちく会に加わった。周囲には一般客のおばさんたちしかおらず、俺たちは楠木の撮影ペースにあわせてメンバーから若干遅れてすすんでいく。

このあいだ楠木は結局吉岡とも携帯番号とメアドを交換していたから、連絡をとりあっているのかもしれない。ああ見えて吉岡は法学部で頭がよくておまけに男前のお洒落好きなので、楠木とならぶと綺麗にはまる。俺は平凡で地味で、つりあわないのがなんともな。

「うまく撮れるようになってきました」

これ、と楠木が液晶画面を俺にむけてきた。「そうだね」と俺も笑顔を繕《つくろ》う。

「楽しいのはいいけど、肉眼で見るのを怠《おこた》ったらもったいないからほどほどにしなよ」

「あ、すみません。……つい夢中になっちゃって」

いけない。いま俺、感じ悪い言いかたした。……なにしてるんだ、自分だって楠木とバラ園にこられるのを楽しみにしていたくせに。妙な八つあたりを続けていたら一日駄目にする。

ガキみたいにひとりでくさくさしてないで、さくっと訊いて終わらせるか？

「楠木、あのさ」

「はい？」

「その……吉岡と、なにかあったの」

「ないですよ」

即答すぎて逆に疑わしい。

「……そっか」

とはいえ否定されてしまっては追及もできず、大人しくひきさがった。

メンバーと仲よくなりなとすすめた手前、ここで独占欲をだすのもおかど違いだ。独占できるわけでもないんだけど、なんていうか、自分だけに懐いていてほしかったような虚《むな》しさが、ほんのすこし燻《くすぶ》っているというか。

「バラって綺麗ですね……さっき山本さんが青いバラはつくれなくて云々《うんぬん》って話してるの聞こえてきたんですけど、ほんとにない。先輩は何色が好きですか?」

楠木がピンク色のバラに鼻先を近づけて、匂いを嗅ぎながら訊いてくる。

「色か……黄色はよくないんじゃなかったっけ」

「よくない?」

「花言葉で哀しいものが多いって聞いたことがあるよ。嫉妬とか、薄れゆく愛とか」

「ああ……嫉妬はなんかわかるかも。じっと見てると小狡《こずる》い感じがしてくる」

「なに、小狡いって」

「ちゃっかりしてる、みたいな? ……そういえばぼくがかよってた幼稚園って、女の子は赤、男の子は青ってわけられてたんですよ。園内服が桃色と水色だったり、トイレのドアがピンクとブルーだったり」

「ああ、そういうのあるね」

「うん。で、そうやってカテゴライズされるのが嫌だ、っていう男の子がひとりいて、いつも黄色がいい、黄色がいい! って暴れて、駄々こねてたんです。でも本当はぼくも嫌だった。なのに黄色がいいって言えなくて、そのせいで小狡い印象があるのかも」

「ん? 駄々こねてる子が狡いんじゃなくて?」

「そう、自分のことです。青にされるのが気持ち悪かったくせに、『志生君は青色ね』って先生に言われて、はーいってにこにこ媚びてたいやな幼稚園児が、黄色のイメージっていうか」

「それが〝嫉妬〟なのか」

黄色がいい、と主張できた子への、ささやかで幼い秘密の羨望《せんぼう》。

「ぼく、園児のときも自己主張が下手で、言いたいこと言えてなかったんですね……あのころ先輩がいてくれたら黄色がいいって言えてたかもしれないな」

そのひと言に胸を射貫かれて声をだせずにいると、我に返った楠木も焦って手をふった。

「偏見じゃないですよっ？　先輩と会ってたら性差にもっと敏感で、先輩が傷ついたら嫌だって思……あ、それが偏見か、えと、でも、自分が媚びたくないからとかじゃなくて、先輩を守るためならぼくは逃げないでなんでも言えるから、つまり、その……そういう感じです」

バラに視線を落として顔を伏せた楠木の耳が赤くなっていく。言葉を口にできないと悔やみつつも結構頻繁に刺激的なセリフを投げかけてくるから、こっちは平静を保つのに苦労する。

「……じゃあ、俺が好きなバラは、黄色にしとく」

俺のために楠木が希求してくれたかもしれない、男も女も関係ない太陽とおなじ色だから。

「先輩それ、格好つけすぎじゃないですか……」

つっこまれて俺も一気に羞恥に襲われ、「駄目でしたか」と思わず敬語になったら、

「いえ、ちがう、すみません。格好つけすぎとかじゃなくて……格好いいです」

と小声で訂正されて、余計に恥ずかしくなってきた。

「みんな先いってるし、移動しようか」

「……はい」

先輩呼びのよそよそしさをやめてもらえたらもっと素直に喜べたのにな、と思ってしまう俺

は、たぶんかなり贅沢になってきている。俺も楠木のことをしきりんって呼べば気がおさまるんだろうか。……つうか吉岡とはりあってどうする。

　隣をつかず離れずついてくる楠木は、バラの綺麗さと撮影の面白さにはしゃいでずっとにこにこ微笑んでいる。おまえが俺を守るなんて言うのが悪いんだぞと、しまいにはまた心のなかで八つあたりしてしまうぐらい、ガキっぽく浅ましくて、不安定だ。


「はい、じゃあお弁当にするよー」

ひととおりバラ園をまわって正午をすぎたころ、近江に集合をかけられてみんな集まった。園内に設置されている休憩場所で食事も許可されているので、近江と小松がタオルで雨粒を拭ってくれた椅子から全員適当に座っていく。

「みんなが手作り弁当ってわけでもないんですね」

右隣に座った楠木が、メンバーの昼食と俺の手もとを眺めて訊いてくる。俺が持っているチェックの布袋に入っているのは手作り弁当だ。

「うん、なんの決まりもないよ」

「そうか……先輩が作るって言ってたからぼくも頑張ってみたんですけど、料理は全然駄目で。買ってくればよかった」

　楠木がおずおずひらいた弁当箱には、漫画でドジっ子女子が作ってくるような焦げた卵焼きや、かたちの崩れたハンバーグや、握りのゆるいおにぎりが入っている。

　俺に倣《なら》って一生懸命作った結果がこれって……どう反応したらいいんだよ。

「生焼けより、火がきちんととおってるほうが、腹壊さなくていいよ」

「慰めになってませんよ」

「ハンバーグもおにぎりも、腹に入ればかたちは関係ないし」

「もう見ないでくださいっ……」

ぱたんと蓋《ふた》をとじて口を曲げる悔しそうなふくれっ面が可愛い。

「俺のオムライスと交換する？」

自分の弁当箱をあけて促したら、楠木が視線をむけた。鶏肉と野菜を入れたケチャップご飯を敷きつめて、そこに平たく卵をのせただけのシンプルな弁当。

「美味しそうですけど、交換したら先輩は焦げたの食べることになるじゃないですか」

「いいよ」

「焦げは病気になるっていうから嫌です」

「それデマでしょ。すこしなら大丈夫」

「先輩に健康でいてほしいからいい」

どきっと胸が痛む。楠木といたら、俺の心臓はそのうち破裂して毀れるかもしれない。

「俺メンバーに会うの新歓以来ですけど、眞山さんたちくっついたんですね」

山本が焼きそばパンを食べながら感心したように呟いて、俺は「違うよ」と否定した。

「違うんですか。いちゃいちゃしてるのに」

「普通にしてるって」

「じゃあ俺のパンと眞山さんのオムライス交換してくださいよ」

「なんでだあほ」

「ほら〜」

小松も「わたしもガチでつきあいだしたんだと思ったー」と笑い、曽我が「最近いつもこんなんだよ、生暖かく見守ってやって」と保護者面で勝手にまとめる。

楠木もとくに不愉快なようすもなく弁当箱の蓋を半分あけてハンバーグを口に入れ、静観しているから、俺は横からフォークをさし入れて焦げ茶色の卵焼きを奪い食べてやった。

「先輩っ」

味の甘さが楠木の優しくて可愛らしいイメージとぴったりあう。

「つきあってないとか言って、眞山いちゃつきすぎなんですけどー?」

近江が斜むかいの席から茶々を入れてきて、俺は憤慨した。

「嫌がらせしただけだろ」

「サークル内の風紀乱さない程度にしてよね」

全員ににやにやつつかれて、これ以上なにも言わないのが一番無難だなと、ため息ひとつで諦める。

バラに彩られた雨あがりの庭園でするにぎやかな昼食は、小学生のころの遠足を思い出す。

楠木は自分も標的にされて笑いの中心にいるのに、やっぱり弁当をもくもく食べている。

「そんな夢中に食べて、腹減ってたの？」

訊《たず》ねたら、ぱっと顔をあげて目をまたたいた。

「夢中そうに見えましたか」

「うん、まわり騒がしいのにすごい集中してるから」

「ああ……ううん、うち食事中に家族が結構しゃべるんで、聞きながら食べるのに慣れてるのかもです」

「へえ？　あそうか、お兄さんもいるんだもんな」

「はい。兄がおしゃべりで、両親そろって受けこたえするから、ぼくは必然的に聞き役になっちゃって。なにか訊かれたらこたえるけど、食べ終わるのもはやいです」

なるほどな。

俺の家は親が夜も店にでていたうえにひとりっ子だったせいで、物心ついたときからひとりでテレビを観て食事するのが常だった。だからサークルメンバーとこうやってわいわい食事するのも新鮮で、いまだにちょっと高揚してしまう。

「家族でどんな話するの？　楠木は末っ子だから可愛がられてそうだよな」

会話のながれでなんとなく訊ねてみただけだったけど、楠木は急に真顔になって沈黙した。

ん？　と疑問に思い始めてすぐ、視線が落ちて俺の手もとのオムライスにあう。

「……母が、オムライスが得意で。美味しいとか美味しくないとか、そんな話を」

「オムライス？　そうか。とろとろ？　それとも俺みたいな昔ながらの食堂風？」

「とろとろです。でもぼくは先輩の食堂風のも好きです」

「あー……じゃあ、一口どうぞ。俺もさっき卵焼きもらったし」

ふわ、と笑顔をとり戻した楠木が、「いただきます」と箸《はし》で俺のオムライスの角を綺麗に四角く切って口に運ぶ。

「美味しい。ケチャップご飯が薄味で、すごい好みのオムライスです」

「それはよかった」

「先輩料理上手ですね。よく作るんですか?」

「いや、うちのサークルに入ってからだよ」

こたえた直後に背中へどんっと衝撃があった。うしろの席の吉岡だ。いてえ。

「こいつ最初のころ自分の店の弁当持ってきてて、それからかわれたの根に持ってんだよ」

「持ってねえ」

「〝おまえいっつもコンビニ弁当なー〟って笑われまくってたもんな?」

「うるさいな、おまえはいまだにコンビニ弁当だろうが。手作りしてくれる彼女はできたのかよ」

「来週できる予定ですー。俺しきりんと合コンいく約束したんだよん」

え。

「……楠木君、それ本当なの?」

間髪入れずに詰問《きつもん》したのは近江だった。

楠木は吉岡を睨み据えている。

「本当です。けど吉岡さんがサークルメンバーだから仲よくなろうと思っただけで、他意はありません。なんでばらすんですか吉岡さん……」

「どうせいつかばれるじゃん」

「だとしても空気読めよ」と曽我が吉岡の頭をはたく。

「眞山と楠木がいちゃついてんのからかったばっかだろーが、ぶち壊すなばか」

「いってーっ。ンでも眞山は楠木とつきあわないって公言してンじゃんよ。楠木だって眞山に合コンすすめられたって言ってたぜ?」

「吉岡さんほんと黙って」と楠木が冷淡に言い放った。

「眞山あんた楠木君に合コンいけなんて言ったの?」

近江の矢がこっちにも飛んでくる。

「まあ……うん、言ったよ」

俺は自分の感情も、いまみんなにどんな笑顔をむけているのかもよくわからない。


バラ園での別れ際、デジカメからメモリカードを抜いて楠木にあげた。

——……ありがとうございます。ぼくきょうバラ園にこられて、楽しかったです。

——ン、俺も楽しかったよ。

かわりに楠木は交換日記をだしてきて、『一日あいたけど』と俺にくれた。

——じゃあ……先輩、また。

なにか言いたげに揺れる楠木の目に気づいていたものの、またね、と返して手をふった。

そして帰宅してからひらいた交換日記は、俺の名前から始まっていた。

聡士さんへ

こんばんは、志生です。

先日の夜はありがとうございました。プリン美味しくて、家族も喜んでくれました。付属のはちみつで甘さを調整できたので、父の口にもあったみたいです。

また食べたいから買っておいでって頼まれて、いいけどいまだけの期間限定商品だよって教えたらがっかりしてました。


日記で、名前で呼んでもらえたの嬉しかったです。

ぼくもできれば呼んでいきたいんですけど、やっぱり顔を見ていきなりは恥ずかしいので、聡士さんとおなじように日記から始めてみますね。


聡士さんが望んでくれた関係の和らぎは、河川敷の公園でも話したように先輩と後輩としてなんでしょうか。

ぼくはあの公園に連れていってもらえて嬉しかったです。

好きな場所とか好きな話を教えてほしかったのは、聡士さんを笑わせたかったからでした。

えらそうだけど、自分も助けてもらっているぶん恩返しをしたくて、なのに役立たずな自分がいやになったりするんです。


思うまま書いてしまって、文章がめちゃくちゃですみません。

せめてこれからはもっと楽しい日記を書きます。笑ってもらえる話を考えますね。

それと、誕生日おめでとうございました。

今日は講義があってサークルに参加できなかったんですけど、明日はバラ園楽しみです。

次に会うときは二十一歳の聡士さんですね。


ぼくも交換日記だから普段言えないことを赤裸々に書けています。

内緒にしてほしいし、許してもらいたいです。

あと可愛いって言われるの、聡士さんならいやじゃないですよ。


「聡士さん」

仕事中に背後から呼ばれて、焦って「はいっ」とこたえたら声がみっともなく裏返った。

「どうしたんですか？」

ふりむくと、美香ちゃんがきょとんとした顔で小首を傾げている。

「なんでもないよ、ごめん」

「うそーいまびくってしてましたよ？　もお、わたし休憩入るんでレジお願いしますね？」

もう一度謝ってから、陳列作業を片づけていそいそとカウンターへ入った。

楠木の日記を読んで撃沈してから三日経つ。

バラ園へでかけた翌日の日曜の夜には俺も返事を書いて月曜日に大学へでむいたが、火曜日の今日も楠木とは会えずじまいだった。

――楠木君どうしたの？

――知らないよ、忙しいんじゃない？

近江とのあいだでそう応酬したのも二日目。今日は『連絡もないの』と訝《いぶか》られて『なにも』と返し、それ以上追及されなかったものの、〝おまえが原因なんじゃないのか〟という空気は近江だけじゃなく、黙って漫画雑誌を読んでいた曽我からも感じられた。

ふたりとも、俺が楠木に合コンをすすめたのを気にしているんだと思う。〝眞山は楠木がタイプじゃなかったのかも〟などと察してくれている可能性もありそうだ。

タイプか。……タイプもなにもな。

――好きな場所とか好きな話を教えてほしかったのは、聡士さんを笑わせたかったからでした。

――先輩と会ってたら性差にもっと敏感で、先輩が傷ついたら嫌だって思……あ、それが偏見か、えと、でも、自分が媚びたくないからとかじゃなくて、先輩を守るためならぼくは逃げないでなんでも言えるから、つまり、その……そういう感じです。

――先輩と親しくなれるなら、期間限定の恋人もいいかなって思ったんですよ。

タイプもなにもないだろ。

懐いてくれて、俺がゲイでも好奇心や軽蔑をむけるどころか守りたいと本気で言ってくれる楠木は救世主だ。会えて嬉しいというより、見つけてもらえてありがたい。楠木みたいに慈悲深くて心優しい子がこの世界にいると思わなかった。いっそ神々《こうごう》しいよ。

神さまに恋人になってもらいたがるなんて愚行でしかないじゃないか。ひとり占めしたいと望んで陰で嫉妬して焦れているぐらいが、俺にはちょうどいい。

「こちらのレジどうぞー」

お客さんを呼んで会計しながら、それにしても、と疑問に思う。

それにしても楠木はどうして突然サークルに参加しなくなったんだろう。

一年のころはなにかと忙しいから、サークル室に入り浸っているほうがおかしかったんだと思ってやりすごしていたが、音沙汰なしだと心配になってくる。

初めてサークル活動に参加してみて本当は不満があったのか。サークルは関係なく、友だちができて遊ぶのに夢中なのか。もしくは俺らに会いたくないのか。

今週一緒に合コンへいく、と話していた吉岡ならなにか知っているのかもしれないけれど、あいつに頼るのだけはどうしても許せない。なんとなく。

というか、合コンはもういったんだろうか。


十時をすぎて美香ちゃんも退勤したあと、店は俺とバイトの遠藤だけになった。

遠藤は大学二年で俺の一歳下。映画が好きでそっち方面の仕事がしたいと語る彼とはプライベートまで接点はないが、従業員のなかで一番馬があう。

「聡士さん」

低い声で呼ばれてまたどきっとしてしまった。案の定、遠藤が怪訝《けげん》そうな顔をしている。

「どしたんすか」

「いや……なんでもない」

下の名前で呼ばれると、誰が相手だろうと楠木の声に変換されるだけだ。

「なんでもないならいいんですけど。——ねえ、見てください。さっきどっかの作業員みたいなおっちゃんたちが大勢きたじゃないですか。そんで店の床、泥まみれなんですよね」

「おい、気づいてたんなら掃除してくれよ」

「いや、俺どっちかっていうとレジのほうが得意なんで」

「面倒くさいだけだろ、ったく」

歳の差にこだわらない遠藤の不躾な接しかたは嫌いじゃないが、別段嬉しくもない。

「っとに」と悪態ついてモップをだし、複数人の泥の足跡がついた床を拭っていく。

すげえ汚ねえな、と胸中の愚痴をため息で吐き捨てつつ、時折お客さんが来店しては遠藤と「いらっしゃいませー」とむかえて掃除を続けた。店内のほとんどの通路に乾いた泥がこびりついていて、予想以上に四苦八苦する。

十五分近くかけてようやく終えたころだった。ふいにうしろから制服の裾をひっぱられて、ふりむいた瞬間息を呑んだ。

「先輩、こんばんは」

「楠木」

酒の匂いをさせて頬をほんのり赤く染めた楠木がいる。

「どした、こんな時間に」

「合コンの帰りで、先輩に会いたくて寄りました」

……こいつの困るところは〝合コン帰りで寄りました〟だけでいいのに、〝先輩に会いたくて〟をつけ足してくるあたりだ。甘いひと言に動揺させられる。

「酔っ払ってるだろ」

「酒は呑んだけど正気ですよ」

「あそう……」

眠たげなようすもふらついている素振りもないとはいえ、どこまで信じていいのやら。

ただまあ、会えたのは俺も嬉しい。

「お茶でも買ってきな。そしたら駅までおくってってやるから」

楠木が目をくっきりひらいて俺をまっすぐ見あげてくる。

「いいんですか」

「ちょうど休憩だったから大丈夫」

「わかりました。お茶買います」

「ン、買ったら外で待っといて」

うなずいた楠木が飲み物の冷蔵ショーケースへ移動していき、俺は足早にモップをしまってカウンターの遠藤のところへいった。小声で耳うちする。

「なあ遠藤、休憩かわって」

「は？　いやですよ」

「お願い。三十分……一時間もしないで帰ってくるよ。大学の後輩がきてるからさ」

「俺疲れてンのに」

「たいした肉体労働してないだろ、いま掃除してたのだって俺だぞっ」

「立ちっぱなしも辛いんすよ。今度なにかおごってくれるならいいかなあ」

「あんま高くないのにして」

「了解」

楠木に嘘をついて格好つけたばっかりに痛い目にあった。けどよしとする。

スタッフルームへ入って制服を脱ぎ、掃除したせいで汗をかいた顔を洗って、最後に髪を手で撫でつけて整えたあと外へでた。

楠木は店の前に立って濃いめの日本茶を飲んでいた。店の灯りを背中に受けて佇む横顔の、かすかな頬の赤さがなぜか愛らしい。

「本当にお茶買ったの」

どういうわけか恥ずかしくて、お待たせ、という言葉が言えず、飲み物をからかった。

あ、と口をひらいた楠木が俺を見つけて、ほわっと微笑む。

「お茶買いましたよ。先輩が買いなって言うから」

「俺〝お茶系〟って意味で言ったんだよ。麦茶でもウーロン茶でも紅茶でもよかったのに」

「んー……でもこの濃い日本茶好きだし」

「好きならいいけどさ」

「先輩は日本茶嫌いなんですか」

「そんなことないけど、弁当食べるとき以外率先して買わないかな」

いこう、と促して歩き始めると、楠木も左横にならんでついてきた。

こうしているとちょうど自分の左肩のあたりに楠木の頭が近づいて、夜風にながされるやわらかそうな髪が視界の隅を掠める。黒くて艶のある細そうな髪。触れそうで触れない距離と、楠木の存在感に心が動く。

「先輩、顔洗ったんですか？　耳横の髪が濡れてますよ」

〝慌ててお洒落してきたの？〟と聞こえてぎくりとした。

「店の掃除して汗かいたばっかだったから、まあ、軽く」

「あ、モップがけしてましたもんね」

そう、と苦笑いしながら、格好悪い自分が情けなくなる。

楠木は春めいた色あいの長袖シャツに半袖のワイシャツを重ねて、ボディバッグを背負っている。私服はいつも爽やかにお洒落で、華奢《きゃしゃ》な身体のラインを涼やかに際立たせていた。モテるんだろうな、と素直に感嘆する。

「合コンどうだった」

「食べ物が不味《まず》かったです」

「一番の感想がそれかよ」

「吉岡さんはモテてましたよ。……ぼくわかりました、吉岡さんつきあう女の人を選んでるから彼女がいないんですね。運命の相手を探してるってロマンチックなこと言ってましたもん」

「へえ、初耳」

たしかに頭も容姿もいいし行動もオープンなのに、なぜ彼女ができないのか詳しく問いただしたことはなかった。運命論者だったのか。

「楠木だから言えたのかもよ。ほかのメンバーは誰も知らなそうだ」

「それ喜んでいいことなんですかね」

うーんと唸る楠木を見て笑ったら、楠木もつられて苦笑した。

〝楠木にアピールしてくる女の子もいたでしょう〟

〝電話番号交換とかしなかったの〟

会話のひろがりとして自然な質問なのに、その言葉はどうしてか口からでていかなかった。線が見える。俺自身が関わらずにいたい楠木のプライベート部分、を定める線。楠木の恋愛面は、見ない知らない他人でいたい。

「先輩は合コンいったりしますか」

「あー……大学入って最初のころはつきあいで何回かいったね」

「電話とかメアド交換しました？」

きみは躊躇いなく訊いてきますね。

「しないよ」

「モテたでしょ」

「からかってる……？　俺がモテるわけないでしょうが」

「ふうん？　みんな見る目がなかったんですね」

なんだよその確信……顔が熱くなってくる。

「てか、俺は女の人にモテてもアレなんで」

無造作に後頭部を掻いて苦笑いすると、楠木は不満そうな表情のままわずかにうなずいた。

もうすぐ先日ふたりでいった、河川敷の公園へ続く曲がり角にさしかかる。

「すこし寄り道する？」と誘ってみたら、即座に「はい」と返答があった。そうするために会いにきたのになんで訊くんだ、というふうな反感すら覚える明晰《めいせき》なこたえで、俺は道を誘導しながら不審に思えてくる。

「なあ、楠木。合コンでなにかあったんじゃないの？　愚痴かなんか吐きだしたくなったからわざわざきてくれたのかなって思ったんだけど」

聞くよ、と続けると、楠木は俺を横目で一瞥してから足もとに視線をさげた。一歩、二歩。五歩歩いたところで、ようやく口をひらく。

「……先輩は恋ってどうやってしますか」

「え？」

「ライクがラブに変わる境目って、どこなのか教えてください」

遠い昔の初恋より、いまここにいる楠木への思いを基準に想像しようとした自分がいた。

「やっぱり合コンでなにかあったんじゃないか」

茶化してにごす手段にでたら、楠木に「ごまかさないでちゃんと教えて」と厳しく押さえこまれた。

「キスとかセックスとか、身体に触りたいと思ったら恋にしますか。顔が可愛くて好みだったら、それだけでも恋だって決めますか」

民家に囲まれた夜道に楠木の必死で真剣な声が響いて、弱ってしまう。口の前に人さし指を立てて「しー」と合図すると、楠木は肩をすぼめて口をひき結んだ。その反応が可愛くてちょっと和んだ。

「そうだな……俺は相手の子の幸せを自分より誰より優先したいとか、守りたいとか想ったら自覚するかな」

「幸せを優先……？」

「〝恋にする〟とか〝決める〟っていうのは、ちょっと違う気がするよ。主観だけど」

かさかさ、と土手の雑草が風になびく音が聞こえてきた。

うつむいて黙ってしまった楠木の視線の先をたどると、道の隅に残っていた幾枚かの桜の花びらが風に押されて弾んで転がっていく。

「……先輩はやっぱりモテるよ」

やがて楠木がぽつりと呟いた。

「だといいけどね」

へらっと笑ったら、横から左腕をいきなりグーで殴られて、「いって！」と嘆いて撫でても無視された。

「痛いよ？」

ささやかな抗議も知らんふりされる。楠木は湾曲した歩道をくだって公園へいってしまう。

「合コンにきてる人、みんな目が熱かったんです。たぶん〝愛されたい〟とか〝セックスしたい〟とか、出会いの先に目的があって恋愛に好戦的だからで、なんかぼくだけ場違いでした」

「楠木は好戦的じゃないんだ」

「ぼくはなにか訊かれるたんびに、先輩ならどうこたえるんだろうって考えてましたよ」

青いブランコへむかっていった楠木が、手をかけて腰かける。こっちにこい、と目線でじっと呼ばれているのが夜目でも見てとれて、俺はブランコの前の低いフェンスに腰をおろした。やっぱりかなり酔っ払ってそうだよな、と楠木の顔を注意深くうかがう。楠木がブランコをゆるくこぎ始める。

「……先輩」

「うん？」

「ぼくもね、子どものころブランコで飛べるかもって思ってたんですよ。先輩が話してくれて思い出したんです。あのとき、先輩と会う運命だったたんだなって思いました」

「吉岡の真似？　運命は言いすぎでしょ」

照れくさくて笑ってしまった。

「……いえ。ぼくにはそれが大事なことでした」

沈んだ声音でこたえた楠木が、哀しそうな顔でブランコをこぐ。

会話の話題がころころ変わるし、怒ったり真面目に語ったりへこんだりして、楠木の感情がいまいち見えてこない。

楠木の真意はともかく、おなじ夢を抱いていたことも、それを教えてくれたことも、こうして楠木とふたりきりでいられる時間も全部、胸が熱くなるほど嬉しいのに、羞恥に負けてそれを言ってあげられない自分は、ガキでちっぽけだった。

夜の河川敷の公園に、ぬるくて心地いい風が吹いてくる。脱力した楠木がブランコをこぐ脚をとめて揺れに身を委《ゆだ》ね、次第にふり幅が狭くなっていく。

「じゃあここまで飛んでおいでよ」

格好つけるのを諦めて投げかけた言葉は、でもなかなかに恥ずかしいひと言になった。口走ったとたん顔が火を吹き始めたものの、反対に楠木はぱっと目をあげて明るさをとり戻した。にっこり笑ってブランコが二回揺れたところで軽くぽんと飛び、俺の正面に着地する。

「先輩」

「はい」

楠木が無言で俺の手にお茶のペットボトルを持たせて、自分のボディバッグを探り始めた。首を傾げてほうけている間に、「どうぞ」と四角い包みをさしだされてお茶と交換する。

「なに?」と訊いても、楠木は「あけていいですよ」と含みありげに微笑むだけ。

どういう展開? と当惑しながら包装紙をといていくと、そばの外灯にぼんやり照らされて〝月球儀〟という文字が見えてくる。

「月の立体パズルです。ピースもすくないし、このケースにしまえるぐらいの大きさらしいから、たぶんすぐできると思って選びました。長くやってるパズルの邪魔にならないかなって」

「ああ、邪魔ってことないよ、立体パズルもやったことなかったから嬉しい。……ありがと。でもなんで?」

「誕生日プレゼントです。二十一歳、おめでとうございます」

ぶわっと喜びが湧きあがって、嬉しすぎるあまりにお礼が「あ、りがとう」と不機嫌そうなどもった声になってしまった。両親すらも、店で会って祝いの言葉をくれるのみのそっけない誕生日だったので、数日遅れの唯一のプレゼントだ。

「てか、これ持ってるってことは最初から合コン帰りに寄ってくれるつもりだったんじゃ、」

「はい。本当は休み明けに渡したかったんですけど、風邪ひいて寝こんでて」

「え、大丈夫？　つか体調悪いのに酒呑んだのか」

「もう平気です。それに少量のお酒は身体にいいんですよ」

「それデマだし、絶対少量じゃないし」

口を押さえた楠木が「匂う？」と心配する。「匂う」ときっぱり返したら、俺の左横に腰かけて神妙な面持ちでお茶を飲み始めるから、笑ってしまった。

「楠木がサークルにこなかったから、近江たちも心配してたよ」

「本当ですか。心配かけたくなくて黙ってたのに逆効果でしたね……」

「自由参加だからべつにいいんだけどね。みんな楠木が可愛いんだよ。今度長期間こられないことがあったら、誰かに連絡入れといてやって」

「先輩に？」

「近江でもいいんじゃない、部長だし」

「先輩にします」

「ん？　うん」

月球儀の入っていた包み紙をたたんで、尻ポケットにつっこんだ。真四角の透明ケースだけ持って、腕時計をそれとなくたしかめる。駅との往復時間を考えると、あと五分が限界か。

「先輩」

呼ばれた声に、現実から夢へひき戻された。

「手……繋いでもいいですか」

「へ、手？　なんで？」

度肝を抜かれて、いかにも嫌がっているふうな物言いになった。

楠木は傷ついたように眉を寄せる。

「……変なこと言ってすみませんでした」

「いや、変っていうか……」

なに、どうして？　という混乱が激しくて脳みそが沸騰しそうになる。

楠木の膝の上にある右手と自分の左手を見おろして、ふたつが繋がりあうのを想像したら、身体中に血がごうごうめぐってますます狼狽《ろうばい》した。

手を繋ぐことになんの意味があるんだ？　どうして楠木はそれを望んでるんだ？

理由を探りたくて楠木の横顔を盗み見ると、泣きそうな目をして下唇を軽く噛み、地面のどこかを眺めている。情緒不安定な言動は、なにか辛いことがあったのが原因なのか。だから甘えたがるのかと察すると、今度は心配になってくる。

まったくこの酒呑みめ、と自棄と諦めがまぜこぜになった勢いで、楠木の右手を奪いとって自分の左膝の上で握りしめた。

指が折れそうなほど細くて掌もうすく、体温は低い。他人の手に触るのなんて何年ぶりだろう。やわらかくて小さくて、自分の手とまるで違う感触に緊張して冷や汗がでる。

「……手汗、気持ち悪かったらごめん」

先に謝ってしまおうと決めて発した声が、上擦《うわず》って掠れた。

俺を見あげる楠木の視線がこめかみに刺さってくる。見返せずにいる自分の顔は、たぶん仏頂面になっている。

　中坊以下だなとため息をついたら、楠木も俺の手を握り返してきた。

「先輩、ぼくたち恋人になれって言われてから今日で十一日目なんですよ」

「……そうだったっけ。楠木数えてたの？」

「日記の内容でもだいたいわかるから」

「ああ……」

　急に機嫌よくなった楠木が憎たらしいやら可愛いやら。

「日記にも書いたけど、ぼくは先輩を幸せにしたいって想いますよ。自分になにかできないか考えて、悔やんだりするんです」

　手書きの文字でもらった言葉を声で聞くと、日記でかわした会話を夢だと勘違いしていたわけじゃないのに、ああ本当にこの子だったんだなと確信を得られた。心に浸透してくる喜びの熱量も響きも全然違う。

「……ン、ありがと」

「だからキスしませんか」

「は？　なんでっ？」

　手繋ぎの次のさらなる追いうちに頭がパンクする。キス、の楠木のひと言が衝撃すぎて許容しきれない。単なる甘えじゃ説明つかないし、こんな方向に積極的な楠木を俺は知らない。

「楠木さっきからおかしいよ。絶対合コンでなにかあったろ、誰の入れ知恵？　吉岡？」

「入れ知恵って、」

「おまえキスとかそんなこと言う奴じゃなかったじゃないか」

楠木が唇をひん曲げて、俺の手をぎりっと強く握りしめた。

「言いますよ。ぼくだって男ですから」

「いや、今日はおかしい、楠木らしくない」

「らしいとか勝手に決めないでください、ぼくは最初っからflowerでもskyでもないっ」

「ふらわー？」

楠木が俺の手を摑んだままペットボトルの蓋を懸命にあけて、いきなりお茶を飲みだした。

「先輩もお茶どうぞ」

目の前に突きだされてその有無を言わさぬ強引さに圧され、俺も渋々立体パズルのケースを膝に挟んで受けとってから飲む。なんなんだほんとに……。

「間接キス」

「なにか言った？」

「先輩とキスした」

「してないよ」

「した」

「してない」

また手を痛いぐらい握られる。

「痛いって」

「……先輩の初恋の人は同級生だし、年下のぼくは好みじゃなかったですか」

「え？」

「そういう根本的な問題だったんなら、ごめんなさい」

怒ったかと思えば、とたんに沈む。楠木の心そのものみたいに掌から力が抜けて、弱々しくしぼんでいく。掌同士の皮膚をひきつらせる手汗がどっちのものなのか、もうわからないほどなのに、楠木は手を離しはしなかった。

「なにがあったのか言ってみ」

ペットボトルをさしだしていま一度訊ねてみた。うつむいてかたまっていた楠木がそのうちのろいしぐさでとると、お茶がタプンと音をたてた。返答を待っていても黙っているから、握っている楠木の手を揺すって「ほら」と急かしたら、「……吉岡さんが、」と言う。

「吉岡さんが、十一日目の記念って言えばキスできるんじゃないかって提案してくれたんです。ファーストキス経験できるな、って」

「やっぱり吉岡か……つか楠木が初キスまだって、なんでそんなこと吉岡が知ってるんだよ」

「話したからです」

「あっそう……。ほんの数日でたいそう親密な仲になったんですね」

俺とは十一日経ってもコレなのに。

「吉岡さんなんか関係ないでしょ」

「〝なんか〟ね」

「〝なんか〟ですよ」

「〝先輩〟より〝なんか〟の人のほうが恋人役にふさわしいと思うよ、俺は」

暴言を許しあえるぐらい気のおけない相手なら期間限定でも深い信頼関係を築けるだろう。

「……どうして、ぼくは先輩が、」

「あのね楠木。楠木が交換日記につきあってくれたり、俺に同情してくれたりするのは嬉しいけど、楠木は男好きじゃないんだから、酒の勢いでばかなことするのはやめときなよ。初キスだって大事にしな」

正しいことを言っている、俺は成人した男としてこうして冷静に対応するべきだ、と真面目に思う反面、吉岡に対する苛立ちと嫉妬心も皆無とはいえなかった。

「……酒の勢いじゃないです」

「悪いけど信じられないから」

「明日、もう一回お願いすれば信じてくれますか」

「吉岡に焚きつけられて雰囲気に呑まれてキスなんかして、あとから後悔するの楠木だよ」

「ぼくは先輩と……聡士さんと、キスしたい」

「とってつけたように名前で呼ばなくていい。そんなにしたいなら吉岡に頼んだら？」

しまった、言いすぎた。

隣りあって座っているせいで、顔を伏せている楠木の表情が見えない。まるい頭のつむじあたりで髪がひとつまみ夜風にふわふわただよっている。

「……わかりました」

そうこたえた楠木が繋いでいた手を離して立ちあがり、土手のほうへむかって歩きだした。

「楠木」

呼んで横へならんでも、うつむいて顔をあげない。

「なあ楠木、」

ずっ、と洟《はな》をすする音が聞こえてひやりとする。泣いてるの、と恐ろしくて訊けない自分がばかで腹が立って、焦って困り果てた。

「……ぼくも、ゲイに生まれたかった」

そして楠木がそう言った刹那、胸に乱暴なほど激しく、絶大な至福感が降り落ちてきた。

「……楠木」

中学の教室で自分に浴びせられた嘲笑《ちょうしょう》も、その輪の隅で一緒に苦笑いしていた均の顔も、後輩たちの気色悪そうな目も憶えている。どんどん孤立していった日々の、身体と心がナイフの切っ先でうすく数ミリずつ削がれていくような痛みも。なのに。

「自分が嫌になるっ……」

嘆いてくれる楠木に、ばか言うな、と叱《しか》れない。

俺のために世間が嫌悪する人間に生まれてきたかったって、こいつは俺よりあほでばかでしかたない。しかたなくて、嬉しくて心臓が潰れて痛くてたまらない。……たまらないよ。

「志生」

楠木の左腕を摑んでひき寄せた。キスのしかたなんか一切わからないまま、欲しい衝動のみで楠木の口もとめがけて自分の唇を押しつける。位置がずれて、楠木の下唇の端あたりにぶつかり、がさっとした感触に自分の唇の皮が乾いているのを自覚した。

立っているだけで精一杯で、楠木の唇の感触はまるで認識できないけれど、顔が近すぎて、酒の匂いと、楠木の首もとや服から浮かぶ、楠木自身の香りがした。

「——……お茶、飲んだのに、口かさかさだったな。……悪い」

口を離すと、楠木の顔が見られなくてうな垂れて謝った。

楠木は頭をふって俺の腰あたりのシャツの裾を摑み、顔を右肩に押しつけてくる。

「……楠木の初キスも、もらってごめん。数には、入れなくていいからね」

抱きしめたいのにできなくて、大人ぶった態度で楠木の後頭部を右手で覆《おお》うにとどめた。

「先輩は、数に入れないんですか」

「え、や……」

「ぼくは入れるし、忘れません」

この子といると、言葉に殺されるってこともあるんじゃないかと思えてくる。

「……でも結局、未遂だったでしょ」

指先をとおした楠木の髪のあいだからシャンプーの匂いがただよってきた。

「口と口が、つかなかったから？」

「……そう」

体内にうずく興奮と疲労を持てあまして正面をむくと、しんとした鉄道橋とビルのシルエットが佇んでいる。足首をつつく雑草の存在にようやく気づいたとき、楠木が顔をあげた。

「じゃあ先輩の二回目もぼくにください」

真剣な目に、いま間違いなく心臓を撃ち抜かれた。

「……楠木、俺のこと殺す気だよね」

「え？」

暗い夜の土手でも瞳がまんまるく見ひらくのが確認できて、可愛さに途方に暮れて笑ってしまった。

再び気をひきしめて、楠木の頭を撫でていた手を頬に持っていく。今度は失敗しないように、楠木の唇をきちんと見据えて、息をとめてゆっくり、大事に、気持ちをこめてそっと——。

5　そして世界は色鮮やかに染まりゆく

帰宅して風呂をすませると、日づけが変わっていた。

酔いはとっくにさめているのに意識が浮ついていて、足どりも軽く自室へ戻って携帯電話を手にとったら、メールがきていた。

『もう二回目のキスもしたから、吉岡とはしなくていいと思うよ。あんなこと言ってごめんね。今夜はありがとう、おやすみなさい。さとし』

腹の底で熱情の塊《かたまり》が一気にふくらんで、うずいて甘痒くなった。携帯電話を握り潰さないように身体を抱えて身悶《みもだ》えする。

〝吉岡とはしなくていいと思うよ〟のところはそっぽをむいて不機嫌そうにしていて、〝ごめんね、ありがとう、おやすみなさい〟のところはきっと、はにかんで苦笑いしている。

眞山先輩の表情の変化が文字だけでもうきちんと想像できて、恋しくて辛かった。

『聡士さんこんばんは。どうしてそんなに吉岡さんにこだわるのか、訊いてもいいですか』

あ、バイトは終わったのかな。訊き忘れたのを悔いて、ひとまずドライヤーで髪を乾かしながら返事を待ってみる。

『言葉に気をつかってる志生が「嫌い」って言えるぐらい仲がいいから』

数分後に返ってきた言葉はかすかな嫉妬心がうかがえて、また悶絶《もんぜつ》させられた。

『ぼくは社交的になりたかったから、サークルメンバーの人たちと遊んだりもしていきたいと思ってます。吉岡さんもそのひとりなだけですよ。特別に想ってるのは聡士さんです』

激しく照れくさかったけど、思いきって送信ボタンを押す。届けてしまえば覚悟も決まって羞恥も徐々に霧散していく。

……吉岡さんに感謝だな。合コンで出会いを求めていなかった俺を責めるどころか、『じゃあ眞山とどうしたいの』と親身になって聞いてくれた。突飛なアドバイスにも結果的には助けられたのだ。

あっ、そうだ先輩にまたバイトのこと訊き忘れた。次は謝らないと。……次、はないかな？

携帯電話をスタンドにおいて液晶画面をこっちにむけ、いま一度ドライヤーを手にして生乾きの髪に熱風をかける。やがてポンとメール着信が鳴った。

『メンバーと仲よくなれって言った俺が嫉妬するのは間違ってるよね。ごめん。でも特別なんて言ってもらうと、志生のこと騙《だま》してる気がしてくるよ』

騙す？　ドライヤーをとめて髪の乾きを確認し、こんぐらいでいいか、と携帯電話片手にベッドへ移動した。奥に腰かけて壁に背中をつけ、返事をうつ。

『騙すってどういう意味ですか？』

『俺は平凡で地味なので』

すぐ届いた返事からは哀愁のにじむ苦笑いがはっきり見えて、その文字が光のはやさで胸の中心を貫いていった。

自分はなんのとり柄もないと卑下《ひげ》している、脆《もろ》くて温かいこの人に魅力がないわけがない。

『ぼくにとっては世界一頼りになって優しくて格好いい人です』

『それ俺じゃないよ。でもありがとう』

黒い文字から聞こえてくる照れた声とお礼。

『聡士さんですよ。って話してると終わりませんね。すみません、訊きそびれてたけどバイトは大丈夫でしたか？　もし仕事中だったらごめんなさい。明日の祝日がすぎたら、明後日にはひさびさにサークルに出席するから会えたら嬉しいです。お疲れさまです、おやすみなさい』

長々とラリーを続けて迷惑をかけるのも嫌だったし、話していると会いたくなってくるので締めの挨拶をした。接するほどに飢えて深まる心の穴は、どうせ朝まで話しても埋まらない。

『大丈夫だよ。つきあわせてごめんね、ありがとう。また明後日ね。おやすみ。さとし』

日記でもそうだけど、最後に必ずあるひらがなの署名が可愛い。なんで律儀に書いてくれるんだろう。手書きの文字だと愛嬌《あいきょう》が増すんだよな、と思い浮かべてにやけながら灯りを消し、ベッドへ横になった。

明後日も楽しみだ。もう一度キスをするためにはどう頼んだらいいんだろう。したいな。

とじた瞼のむこうに数時間前の記憶が蘇《よみがえ》ってくる。腕を摑んでひきとめられ、近づいてきた先輩の赤い顔、『数に入れなくていい』と言ったとき頭に触れた手の震え、二回目のキスの唇の熱さ、やわらかさ。

乾ききっていなかった髪が、冷たくてすこし心地悪い。

休み明けの木曜日は、朝から真っ青な晴天の一日になった。講義を終えて夕方近くにサークル室へいくと、いつもの席に近江さんと曽我さんと、眞山先輩がいる。

「こんにちは」

相変わらず携帯電話をいじっている近江さんと、雑誌を読んでいる曽我さんが、「楠木君、ひさびさー」「おう」と挨拶をくれた。テーブルの中央には、たぶん今日も近江さんがメンバーのために持ってきたのであろうクッキーセットが。

「楠木、ちょっといい？」

自分も定位置に座ろうとして踏みだしたら、先輩が立ちあがって近づいてきた。

「はい？」

視線をややさげ気味に、神妙な面持ちでやってきて俺の背中を押し、外へ誘導する。なんだろう。先輩の雰囲気に鬼気迫るものを感じて困惑する。

今日また会えたらもう一回キスがしたいと思っていたけど、望んでいたのは俺だけだったんだろうか。先輩は一昨日の件を後悔していて、もしかして謝られたりするのか？

先輩、と声を発するのも怖くなり、黙ってついていくと、先輩は奥のサークル室をあけてなかへ入るよう促してきた。

「ここ昔読書サークルがつかってたんだけど、廃部になって空き室なんだよ。ついでに鍵も壊れてて、知る人ぞ知る隠れ家みたいになってるんだ」

「そう、なんですか……読書サークルって、人気ありそうなのに」

「あるよ。似たようなのが多すぎてメンバーが分散しちゃったんだよ。それで」

テーブルと椅子が右端によけられていて室内はがらんとしており、人の気配がまるでない。

窓からさす黄金色の夕日がひろい床にのびているさまは妙に物悲しくて、しずけさが心に迫ってくるせいか、あまりいい話をされないような予感がした。

「おいで楠木」と腕をひかれて、ドア横の隅でむかいあう。先輩はかたい表情をしている。

「――楠木一昨日酔っ払ってたけど、自分で正気だって言ってたよね。キスしたことも、吉岡と酒のせいだったとか、冗談だったとか、俺は思わなくても大丈夫なのかなえ。」

「もちろんです。吉岡さんにもアドバイスをもらっただけで、全部ぼくの意思です」

憤慨してはっきり言い返した。先輩の言葉も完全な拒絶じゃなかったから、真っこうから押せば口説き落とせる、とも思った。

「……わかった」と先輩がうなずいて、浅く息を吐く。

「俺も自制できなかったし、楠木との関係をこのままなあなあにしておくのは駄目だと思うんだよ。だからとりあえず、れいの期間限定の恋人っていうの、お願いしてもいいですか」

先輩の目は甚《いた》く真剣でまばたきすらしないのに、下唇はくっと嚙んだりひき結んだり忙しない。二十一歳で恋愛経験少なめの、大人と子どもが同居した不安定なそのすべてが、愛しくて恋しくてかき乱されてたまらなかった。

「はい……お願いします」

ほっと安心した反動もあって、腹のあたりの内臓が踊り狂ってるんじゃないかってぐらい全身で興奮して喜んでいたにもかかわらず、羞恥が勝《まさ》って返事は素気《すげ》ないひと言になった。

小学生のころだったら、この床で何遍もでんぐり返しして喜びを表現していた。俺もきっと中途半端に歳をとっている。

「……ありがと」

先輩が小声で言う。文字ではちゃんと〝ありがとう〟としるされる言葉が、声だとたいてい〝ありがと〟になる。照れてくれている、嬉しい。

「交換日記は、もうすこしあずからせて。……一度書いたんだけどうまくまとまらなくてさ。今夜か明日、また書くから」

日記もまだ続けてくれるんだ。生真面目で温厚な人柄にさらに惹かれて胸が破裂しそう。

「じゃあ……戻ろっか」

甘い時間のはやすぎる終わりに愕然《がくぜん》として、「あの、」と先輩の右腕を捕まえた。

「ぼくもひとつ、お願いしてもいいですか」

「……なんでしょう」

「今日も……また、キスしたかったんです」

先輩が瞼を細くさせて俺を睨む。大丈夫、これはたぶん照れてる。

「先輩呼びやめてくれたらいいよ」

要求されて、俺も一緒になって照れた。

「もう一回、ぼくとキスしてください……さとしさん」

目を見返せなくて、正面の先輩の首もとあたりに視線をむけて伝えたら、先輩が息をついてから俺の顎を右手でそっとあげた。視線が上むくと目があう。無理、と思ってとっさにとじた直後に、唇が重なった。

　一昨日が初キスだったくせに顎をあげるしぐさがうまいなんて悔しい。上唇と下唇の先を唇で挟むようにやんわり食《は》まれて、優しいキスが先輩らしくて嬉しい。

　間近にある先輩の顔も手も胸板も、気配も、存在のなにもかもが熱い愛しさの塊みたいに感じられた。

　たとえるならでっかくてあったかいレモンだ。感触はもっと生々しいけど口に含んでいると胸が痛くて、酸っぱさに刺されるときみたいに心臓がちぢむ。

　唇の右端を舌先で舐《な》められて、ぬるっと濡れた感触に思わず「んっ」と驚きの声をあげたら、先輩の口がゆっくり、名残《なごり》惜しむようにしずかに離れていった。

　背中をひいて抱きしめられる。腕の力がどんどん増していってきつく束縛され、声にならない先輩の訴えが聞こえてくるようだった。

「……ここは神聖な学舎《まなびや》ですよ」

　叱られた。

「……ごめんなさい」

「楠木って弟だよね」

「え……。恋人に、してくれたんですよね」

「う、や、甘え上手ですねって言いたかったの」

「そうですか？　……それいやだな。もっと自立します」

　真面目に宣したのに、今日初めて先輩が笑った。

「これから楠木のこと、すこしだけひとり占めしてもいい？」

「ひとり占め……？」

「独占欲だしても、許してもらえるかなと思って」

「ぼく結構、先輩のことしか見てませんけど……あ、吉岡さんのこと？」

「えーと……まあ、その、あいつに限らずです」

顔がゆるんでだらしなくなりそうだったから、先輩の背中を抱き返して隠した。

「どういうふうにするんですか？」

「ちょっと鬱陶しくするかもしれない」

「どんなふうに？」

「なんか……べたべたしたりとか」

怒ったり八つあたりしたりされるのを想像していたので、べたべた、という申しわけなさそうなくぐもった声を聞いて吹きだしてしまった。

「名字呼び、やめてくれたらいいですよ」

さっきの仕返しの意地悪い要求をしてみる。すると先輩も笑って、腰をきつく抱きながら俺の後頭部をわしわし撫でた。

「……ひとり占めさせて志生」

耳に囁《ささや》かれて、胸が震える。

はい、とうなずいてこたえて、顔をあげて請うた。

「戻る前に、もう一回キスしましょう」

ものすごい力で抱きしめられて「甘えるのやめて自立するんじゃなかったの」と責められ、「キス、したら……する」と切れ切れに告げると、先輩がまた笑った。

「……下手だけど許してね」

納得できないうえに格好よくしか響かない謝罪をこぼしてから、先輩がまた慎重に唇を近づけて、俺を食んでくれる。


サークル室へ戻ると、また先輩と散歩コースを探して過ごした。

時間も時間だったので一時間ほどで解散になり、ふたりで帰宅の途へつく。

「散歩コース、決まりませんでしたね」

「うん、まあもうゴールデンウィークに入るし、休み終わってから考えればいいよ」

みんな休みの予定のほうで頭いっぱいだろうしね、と先輩が笑う。ふたりで正門をくぐって歩道にでると、横の道路を車が一台とおり抜けていった。

「先輩はゴールデンウィーク、なにして過ごすんですか」

「俺はバイト。楠木は？」

「ぼくは両親が明日から北海道旅行にいって、兄も明後日から彼女と温泉旅行です」

「あら、ひとりぼっちか」

身も蓋もない言葉をもらってしまった。

「ぼく明日、はやく帰らないといけなくて、サークルも出席できなそうなんです」

「ああ、その家族の旅行の関係かなにか？」

「はい……」とうなずいた。母さんは夫婦旅行の出発時に、必ず俺と恵生に見おくられたがる。一度旅先で右脚骨折の大怪我をしてきたのが原因だ。『なにがあるかわからないのに、挨拶もなしにでかけるのは嫌だから』と言いはる。それで大学が終わったらその足で上野《うえの》へいって、寝台特急にのるふたりを恵生とふたりでおくる予定になっているのだった。

次に先輩と会えるのは一週間後の連休明けかもしれない。

俺と先輩の影がのびる夕暮れどきの歩道には、雨で散って踏まれたり風に煽られたりして茶色く色褪せた桜が虚しく横たわっている。

先輩のシフトの詳細を教わって、あいている時間に会いにいっていいか訊きたい。けど仕事して疲れているなか、休憩まで奪うのは迷惑だろうと思うと言葉がつまる。

「……楠木、土曜日に映画でもいく?」

「えっ、いきます」

「即答したね……観たい映画でもあった?」

「ないですけど」

会えるならなんでもいい。誘ってもらえたのが跳びあがるぐらい嬉しかった。映画はいまなにが上映しているかもよく知らない。

先輩は目を細く眇めて俺を一瞥してから、首のうしろを左手でさする。

「……じゃあ映画に詳しい奴がいるから、面白そうなの訊いてみるよ。決めたらメールする」

「はい、待ってます」

恋人同士といえるのか、いまいちわからない距離感がまだここにある。

訊けない事柄も、言えないわがままも、知らないプライベートもたくさんあって、結局昨日までとおなじ先輩後輩の範囲でしか接せられていないいんだけど、この映画の約束だけが違う、新しい一歩に思えた。

「先輩、近江さんたちに俺たちが恋人になったって報告したりするんですか」

もともとメンバーに囃《はや》したてられたのがきっかけだった。なのでさっきサークル室にいたときも黙っていることに奇妙な違和感が燻っていた。

「ああ……近江と曽我には俺が言っておいたよ」

「え、いつ？」

「楠木がくる前。……手をだしたからけじめつけようと思うって言っときました」

けじめ。先輩の照れくさそうでいて頼もしい横顔を見つめて、守られているのを感じた。

近江さんたちも全部知っていて黙って受け容れてくれていたのか。つきあっちゃいな、とかひやかしていたのに、実際そうなるとふざけてからかったりしない態度に先輩への思いやりを感じるし、全員大人なんだと実感させられる。

「……先輩は誠実ですね」

「ちょっかいだしといて誠実っておかしいでしょ」

「誘ったのはぼくだったじゃないですか」

「誘われてのっかる年上の責任なの」

格好いい。

俺は子どもだな。異常なほど浮かれて、会えないことに沈んで好かれる言葉を探して、先輩を守って幸せにするはずが甘えきっている。もっとしゃんとしないと。

「のっかってもらえて嬉しかったから、ぼくも責任持って先輩を幸せにしていきますね」

先輩の左手の掌を、まわりの学生にも車にも気づかれないよう一瞬だけ握って離した。

男同士の俺たちは、外で触りあうのも普通の恋人同士以上に警戒が必要だ。


夜、風呂の湯船に浸《つ》かっていると、自分の身体が急にみすぼらしく思えてきた。

身長も体重も年齢平均に届いていない体型はコンプレックスだったにもかかわらず、体調に影響がないからいいやと放ってきた過去の自分が恨めしい。なんで肉をつけてこなかったんだろう。腕も胸も腹まわりもぺらくて白くて、これを先輩に見せるのかと思うと恐ろしい。

毛深さやほくろの大きさ……はギリ許容範囲内。恵生に『おまえの世代でもまだやってんの?』と爆笑された左腕のはんこ注射の痕は気になる。こすっても赤く腫《は》れるだけで消えない。やらなかった同級生もいて中学の体育の着がえのとき話題になったな。こんなこときちんとしなくていいのにと、健康のために実施してくれた小学校にまで文句を言いたくなった。

湯船をでて身体を洗いながら考える。セックスするならたぶん俺が抱かれる役だ。

腕や胸やへそをボディタオルで拭いつつ、白く泡だっていくその部分に先輩が触るのを想像する。嬉しさと嫌悪される恐怖とが綯《な》いまぜに迫ってきてぞっとした。いまから筋トレしようか。先輩はどんな身体が好みなんだろう。マッチョって言われたら泣きたい。顔のコンプレックスと闘う片岡が抱えていたのも、こんな辛さだったのかな。

戻れない過去に思いを馳せてシャワーで泡を落とし、風呂をでて自室へ戻ってから、しかし男同士のセックスってどうやるんだ、と疑問に思って携帯電話で検索した。〝尻にいきなり挿入は無理〟〝相手のために自分で慣らしていきましょう〟と生々しい記事がでてきて唖然とする。じ、自分で……。

尻をほぐすのに必要な道具と方法の説明を読んでいて、男同士のセックスの大変さに驚嘆した。そもそも挿入を受け容れる器官がない。無理に繋がろうとするから努力が必要なんだ。

愛しあうことを許されていない同士なのだと言われている気がして落ちこみ、携帯電話を離してドライヤーで髪を乾かし始めた。

先輩が中学で差別されて傷ついた理由に、また触れた気がした。そうしたら先輩の寂しさが身近になって、ますます恋しくなってきた。

髪を乾かし終えてもう一度携帯電話を手にする。先輩に、ゲイでも誰かを好きになったりセックスしたりしてもいいんだと教えてあげたい。その初めてをほかの誰にもゆずりたくない。

もっと勉強しようと決めて検索していくと、今度はすこし違うページにたどりついた。

〝男役女役と異性愛の感覚をあてはめるのがすでに差別〟〝挿入も絶対的ではなく、身体に触れて満たされあうのを楽しみながら自由に愛しあえる関係〟とある。……そうか。何遍も読んで、その記事には希望をもらった。性差がないのはつまり、自由ってことでもあるのか。

どんなふうにも愛しあえる、想いあう手段に決まりもルールもない。それはすごく素敵なことに思えて感動した。とはいえ俺には先輩のなかへ挿入したい欲求がすくなくともいまはないから、自分でほぐすやつちゃんとやっていこう。筋トレとほぐすのか。忙しいな。

ベッドに転がって携帯電話を見ながら寝返りをうったら、ドアにノックがあった。

「志生、帰ったよ」

恵生だ。

「うん、おかえり」

挨拶をかわしたあとは、恵生が隣の部屋へ入っていく音が続いた。ドアがひらいて、ぱたんとしまる。かすかに響く生活音に、壁のむこうで仕事鞄をおいてスーツを脱いでいるであろう恵生の姿を思い描いていると、今度は携帯電話がポコンと鳴った。

『いま電話してもいい？』

先輩だった。画面の隅にある時計を確認すると、十一時すぎ。

恵生に恋人同士っぽい会話が届くのを懸念したが、注意して小声で話せば大丈夫だろうと判断して『平気です』と返事をした。先輩はバイトの休憩時間なのかな。携帯画面を見て待っていると、一分もせずに着信が鳴った。

「はい、こんばんは」

『……どうも』

なんでいつも〝こんばんは〟を恥ずかしがるんだろう。照れた声が可愛くてくすぐったい。

『あのね、映画のこと訊いてみたら、いまは海外のラブストーリーと日本の漫画原作のファンタジーが人気なんだって。どっちがいい？』

タイトルを訊いてみても、二作ともテレビＣＭで見かけた程度だった。

「デートなら、ラブストーリーを観るものなんじゃないですか？」

『……そこにこだわらなくてもいいよ』

「でもラブストーリーで」

『楠木が本当に観たいならいいよ』

叱るような口調で言われて「観たいです」と意地をはった。本当はどっちだっていい。

「先輩はどっちが観たいんですか」

『俺は楠木が好きなのでいいんだよ』

俺もばかだけど先輩の返事も狡いじゃないか。

「ラブストーリーにします」

『ふうん、わかった。教えてくれた奴も面白かったって言ってたから楽しみにしとこう』

「うん。その人って、大学の友だちですか？」

『店の従業員。このあいだ楠木がお茶買ったときレジ担当した男だよ』

わからん。

『俺の一個下で、眼鏡で結構イケメンだと思うけど』

「記憶にないです。先輩の好みなんですか？」

『はあ？』と先輩が爆笑した。『考えたこともなかったっ……』と笑いながらむせる。

『楠木は他人の顔を憶えるタイプじゃないのかな』

「ぼくが初対面で一目惚《ぼ》れしたのは先輩だけですよ」

『……一目惚れっておかしいでしょ』

ぼそぼそ照れて不機嫌そうな声が返ってきた。俺も携帯電話に口を近づけて右手で覆い隠し、小さく続ける。

「本当に。サークルに『入ってみるか』って誘ってくれたときの雰囲気が好きでした。そのあとサークル室でメンバーの輪に加われないでいると、助けてくれるのも先輩だったから」

『雰囲気って……そんなふうに思ってくれてたのか』

他人事みたいに感嘆した先輩が『俺には……』としばし黙考した。

『……俺には、楠木は高嶺《たかね》の花だな』

大仰な評価に、俺も他人事みたいに面食らう。

「ぼく、はんこ注射なんですけど……」

『ん？　はんこ？』

花にはんこ注射があるなんて哀しいぐらいミスマッチだ。自分にそぐわない理想を抱かれると裏切って申しわけないし、ばれたとき嫌われそうで恐ろしい。

もともと近江さんたちに強引にカップルに選ばれたあと俺から先輩に迫っただけで、先輩の意思はどこにもない。恋人にしてくれたのも〝手をだしたけじめ〟が理由だった。高嶺の花っていう好意的な評価には安堵もあれど、きっと俺のほうが先輩に惚れこんでいる。

好きになってもらえるように努力しないと。じゃなきゃ本当に期間限定の恋人で終わって、ふられてしまう。

「頑張ってマッチョになりますね」

『は？　――あ、そろそろ仕事に戻らないと』

「あ、やっぱり休憩中だったんですね。お疲れさまです」

『ありがと。明後日の待ちあわせ場所とかはまた連絡する。おやすみね』

「はい、待ってます。おやすみなさい」

うなずいて、通話終了ボタンを押した。

携帯電話を耳から離すととたんに室内のしずけさに包まれる。恵生に聞こえていただろうか。いや、なにか察したら恵生は殴りこんでくるはずだ、と壁を睨み据えて緊張していたら、笑い声が聞こえてきた。……なんだ、恵生も電話しているっぽい。明後日から理沙さんと旅行だからラブコールか。よかった。

——大人になれよ志生。言わないいっつう優しさもあるんだからな。

恵生の幸せそうな笑い声を聞きながら薄壁を見つめる。いままで自分の日常や心情の変化はなにもかも恵生と共有してきた。失言に怯えた中学以降も、兄として味方でい続けてくれた。秘密をつくったのはこれが初めてだ。

弟だね、と眞山先輩は言った。親以上に近く、傍で守ってくれていた恵生がいたから、俺は〝弟〟でいられたんだ。

自立する、と先輩にこたえた俺は、先輩を守るために恵生に甘えるのもやめる。

先輩が俺を好きになってくれて、きちんと恋人になって、家族にも認めてもらいたいと望む時期がもしきたなら、そのときは恵生に一番に話そう。

——おまえもいつか結婚すんだろ、俺といてどうすんだ。

恵生を守るためにも俺は成長したい。

「なんで上野でみやげ買っていく必要があんだよっ」

「美味しそうだったんだものっ、夜にお父さんと車窓から外眺めて一緒に食べたいの！」

「わけわかんねえ、車内の売店でなんか買えよっ……」

「あそこの店にあったのがいいの、あれ、あの角曲がったところの！」

旅にはトラブルがつきものだ。駅で落ちあったとき、恵生と母さんは喧嘩を始めていた。

「ごめんねえ志生……さっき駅のなか歩いてて見つけた和菓子が、母さん諦められないって言いだしてさあ」

家族四人で足早に売店へむかいつつ父さんが苦笑いで謝ってきて、俺も「ううん」と笑った。人ごみを搔きわけて駅を右往左往するのは、いかにも旅の始まりっぽくてちょっと楽しい。

無事におみやげを買ったあと、時間に急かされながらホームへむかった。寝台特急のり場だからか、行き交う人みんなが旅行者に見える。チケットにある車両を父さんがたしかめて乗車口を見つけ、ドア付近に立つ両親と、ホームに立つ俺と恵生がむかいあった。

「いってらっしゃい」

「うん、ふたりともちゃんとご飯食べるのよ。恵生はいいけど、志生はひとりなんだから出前でもなんでもとって」

「大丈夫、自分で作る」

「無理に決まってんでしょ、あんたこのあいだもサークルのお弁当ひどかったったら！」

「ここで説教始めんなよ」と、恵生が苦々しげに割って入る。

「志生も大学生なんだからガキ扱いしてやんなって」

庇ってくれた恵生のおかげで母さんが怯んで「それもそうか……」と納得してくれた。

「父さんたちもむこうから連絡するから、身体に気をつけて過ごすんだよ」

「おう」

恵生が父さんの言葉にこたえて、俺もうなずく。

父さんと母さんの横をほかの乗客もすり抜けて乗車していき、ひとときの別離の寂寞が色濃くなってきたころ、出発のメロディーとアナウンスがながれだした。

「じゃあ楽しんできてね」

おたがいにドアがしまるまで笑顔で手をふりあい、やがて電車が動きだしてホームからでていくのを、恵生とふたりで見守った。高揚と活気を失って、しずまりかえったホーム。

「やあっといったな、やれやれだ」

肩を竦《すく》める恵生に笑いかけながら、家族の半分が欠けた心許《もと》なさを味わっていた。

「一緒にどっかで晩メシ食ってくか。なんかいいもんおごってやる、なに食いたい？」

「肉」

「おうし、じゃあ焼き肉な。上野うまいとこいっぱいあっから連れてってやる」

こっちの出口だよ、と恵生が案内してくれてついていく。だだっぴろい駅構内を抜けて外へでると、恵生とならんで店まで歩いた。

「風邪はもう治ったんだよな？　おまえ病みあがりだから肉食って体力つけないとな」

「うん」

スーツ姿の恵生は、今日会社を半休してここへきた。世間はゴールデンウィークムードで、恵生と歩く夕方の上野の街も人でごった返している。日が落ちて足もとが若干、見えづらい。

こうして恵生と隣りあっていると、恵生の背格好に眞山先輩を想い出す。歩きかたや歩幅が違うので気配は異なるものの、存在感が結構似ている。

俺が男と恋人関係になることに抵抗を抱かなかったのは、恵生のおかげなのかもしれない。唐突にそう思った。

小さいころから手をひいていろんな場所へ連れていってもらったり、頭を撫でられたり一緒に眠ったりしてきた。恵生が聴く音楽を好きになり恵生が買ってきたゲームを一緒にやって、憧れて真似をして、俺には年上の男と過ごす安堵感が染みついている。

先輩に抱きしめられても男の身体を気持ち悪いと感じるどころかしっくりなじむのは、耐性があるからかもな。恵生に教えたらぶん殴られそうだけど。

「遠慮しないでいっぱい食えよ」

恵生がそう言って扉をひらいたのは、高級感あふれる落ちついた雰囲気の焼肉屋だった。

カウンター席とテーブル席のほかに個室もあるらしく、恵生は迷ったすえに「今日は客が多いから、しずかな個室でお願いします」と店員に頼んだ。

案内されてカウンター席とテーブル席のあいだの通路を歩き、涼しげなガラスの仕切りや、脂っ気のない清潔な木製テーブルと布地のチェアや、清涼感を与えてくれる観葉植物に、いちいち感激した。恵生はやっぱり自分より経験豊富で、素敵な店も知っている。食欲をそそる肉の焼ける音と香ばしい匂いに唾を飲みこんで、奥の個室へ入室した。

俺はカルビとタン塩がとくに好きだ。それを知っている恵生はそれらの特上と、お店の看板商品らしいブランド牛を選んで注文してくれた。料理はすぐにそろって、恵生と一緒に焼いて、食べながら他愛ない話をする。

さっき見おくった母さんの、おみやげをわざわざ買ってふたりで食べたがる相変わらずの乙女っぷり、慣れたようすでつきあう父さんの鷹揚さ、恵生の会社で今日から休暇をとっている社員の人数、休み中の天気の噂。

「志生は明日からどうすんだ。昨日誰かと電話して笑ってたろ。友だちと遊びにいくのか？」

やっぱり聞こえてたか。

「うん、でかける予定もある」

「そう？」

恵生が黙って、俺も焼き肉を咀嚼して網の上の生焼けの肉を見つめた。

……恵生も俺もわかっている。こういう会話のながれのとき、いつもなら俺が誰とどこへいくのかうち明けて話がすすんでいったこと。それがいま不自然にとまってしまったこと。

「眞山先輩とはどうなった？」

恵生の鋭さにひやりとする。

「仲よくしてもらってるよ。休み中にも会う」

「れいの恋人云々ってのは？」

嘘にならない返事、嘘にならない返事——。

「……恵生に頼らなきゃいけないことは、いまはない」

俺の目の奥を探ってくる恵生を、ちゃんと見返してまっすぐこたえた。

「困ったことがあったら、恵生に相談するよ」

「そうしろ。ひとりで抱えるなよ?」

「わかってる」

自立はすこし別離と似ている。

「恵生は? 理沙さんと明日何時に出発するの」

「十時ごろかな。俺も小づかいおいてってやるからちゃんとメシ食えよ」

母さんの小言を制してくれたくせにおなじことを言う恵生に、「わかったよ」とうなずきながら苦笑してしまった。この焼き肉も、俺だけ留守番させて数日外泊するお詫びなのかも。

ほぼ毎日うちは家族で食事をしていて、例外として記憶に懐かしく残っているのはあの恵生の手作りオムライスたちだ。

兄弟ふたりで外食をするのは本当にひさびさで、とても楽しい夜になった。


十時すぎに眞山先輩から電話がきて、明日は十二時に待ちあわせようとふたりで決めた。

朝まで仕事だから寝坊したらごめん、というので、モーニングコールします、と約束した。

でもそのあと、なにを着ていくか悩んで、俺も夜更かしをした。

こういうはしゃぎかたはなんだか女の子みたいだなと、ちょっとおかしかった。


映画は正直、微妙だった。

映画館をでて売店横のソファに腰かけ、あまった飲み物とポップコーンを腹にしまう。

「……先輩、感想どう？」

「んー……男運のないヒロインが最悪の出会いをした男を好きになっていくっていう王道ストーリーは好きだったんだけど、ちょっとこう……ヒロインの性格が苦手だったかも」

「うん。自己中で、泣いて欲しいもの全部手に入れていくとこにしらけましたね」

先輩が吹きだす。

「さくっと言ってくれると気持ちいいよ」

俺の率直な言葉を、先輩は今日も笑って許してくれる。

「でもおかしいなあ……すすめてくれた奴、ほんと映画に詳しいんだけどな」

「面白いって人それぞれだから。ぼくは先輩とおなじ感想で安心しました」

「そうだね。俺もよかったな」

目の前を仲よく腕を組んでとおりすぎていくカップルのなかには、面白かったね、感動しちゃった、と楽しそうにしている人たちもいるから、やっぱりほっとした。価値観がおなじって重要なことだ。

「……ところで先輩、手、繋がなかったですね」

「なに？」

「いえ……なんでもないです」

映画館の暗闇のなかで手を繋ぐっていうのは、恋人同士の大切なイベントだと思っていた。

もう水っ腹になって持てあましていた俺のウーロン茶を、先輩がおもむろに奪って呷《あお》る。

「二時間も手ぇ繋いでたら手汗困って集中できないでしょうが」

手汗……？　そういえばこのあいだも謝られた。

「べつの人だと気持ち悪いけど、ぼく先輩のは気にならないですよ」

左手の親指で鼻の下をこすって、先輩が俺を横目で睨んでくる。

「……外でいちゃつくのはどうかと思いますよ」

「あ、はい……ごめんなさい」

ウーロン茶と、ポップコーンの残りまで先輩がざらっとながして食べてくれた。

「いこうか」と立ちあがってごみ箱に空のカップやケースを捨て、出入り口へむかう背中に、俺もついていく。

「先輩、これからどうします？　どこかで夕飯食べますか？」

「いや、いま無理」

「あ、そか」

すこし歩こう、といって先輩がエレベーターのボタンを押したらちょうどドアがひらいた。ほかのエレベーターがいったばかりらしく、ふたりきりの快適な空間に愉快な気持ちになる。しかも奥がスケルトンで、夕暮れ色の空と地上の人を眺めながら落下する浮遊感が楽しい。

「う〜……胃が浮く」

顔をしかめる先輩が可愛くて笑ったら、隣からふいに掌を摑まれた。

「……ありがとね」

小さな声とは正反対の、深い情感のこもった握りかたで縛られて、全身を支配されている錯覚に陥った。さっきの手汗のこと……？

「男同士だから……ぼくも気をつけます」

先輩は正面を見つめたまま、うん、とうなずいた。

でもぼくはいつでもいちゃつきたいって思ってますよ、と伝えたい衝動を抑える。先輩は俺が欲をむけると睨んでくるから、それが照れじゃなくて本気で人肌苦手なせいならひかえないといけない。

落下していくにつれ夕空は遠くなり、普段どおりの目線に世界が一致したときには現実に足がついて先輩の手も離れた。

エレベーターをでて、ショッピングモールをひやかしながらすすむ。

家電量販店へ入って、おすすめのデジカメを教えてもらったり、パソコンと携帯電話をいじったり。靴屋の前をとおると先輩が「夏むきの靴が欲しいんだよな」と気にしていたので、手ごろな値段のお店に寄って、一緒に片足だけ履いて、似合う似合わない、と評価しあったりもした。結果は審議で、「履くだけ履いて申しわけないね」とこそこそ退店する。

「洋服も欲しいんだけどなあ」

言いながら視線をめぐらせる先輩は、相変わらず抜群に格好いい。

ほどよくたくましくて包容力とぬくもりを感じさせる身体に、Tシャツと空色のワイシャツを重ねているようすも、すり切れたジーンズも、腕時計を巻くこの手首のかたちも。

「そんなにお洒落しなくていいんじゃないですか」

つい言ってしまったら、先輩はまた目を細くさせて俺を睨んだ。

「楠木……おまえ俺たちがつりあってないって気づいてないの？」

「！　ぼくダサいですか」

「違う、俺の話。服ぐらい、もっとさ」

首のうしろを左手でさすって、先輩が苦笑いする。意味がよくわからない。

「必要ならぼくが変えます。……ちょっと、気あい入れすぎるから」

「気あい？　入れてくれてるんだ」

「そりゃ、……はい」

「でも、俺も歩み寄る感じでね」

「いいよ、先輩がもっと格好よくなったら困る」

訴える俺の視線から逃げて、先輩はため息をつく。

「……あのさ、俺が楠木に会うまでフリーだったことは、楠木のなかでどう処理されてるの」

「処理？　恥ずかしがって誰も告白しなかっただけだと思ってますけど」

「誰もって……俺のまわりに俺を好きな男やら女やらがたくさんいて、一途《いちず》に片想いして黙ってくれてたって想像してるんだ」

「はい」

「あそう……」

俺が惚れすぎて、頭の悪い発言をした雰囲気になっているのが納得いかない。

「自分の魅力ってわからないものですよ、先輩は自己評価低いから余計だと思います」

「楠木の評価が高すぎるのも改めてほしいんですけど」

「じゃあぼくが高嶺の花っていうのもやめてくださいね」

口を噤《つぐ》んだ先輩が、黙ったまま歩いていく。俺もついていく。

無視されて終わってしまったのかと横顔をうかがっていたら、

「……楠木には言わないで、俺が心のなかで思っとくだけにする」

とぼそりと返ってきた。

「だめ」

腕を叩いて「はんこ注射見て幻滅しますよっ」と怒ると、先輩も腕をさすりながら「それなに？　ＢＣＧのこと？」と苦笑する。

すこしじゃれて笑いあったあとは、美味しいと噂のソフトクリームを見つけてひとつ買い、噴水広場で一緒に食べた。濃厚な牛乳味の間接キス。男同士でもひとつのアイスを食べるのは変じゃないよなと、俺は頭の隅で周囲の目を意識する。

今日はお菓子ばっかり食べてるね、と話していたら「あ、ちょっといい？」と先輩が唐突に宝くじ売り場へいって、一セット買って戻ってきた。ジャンボ宝くじはなかったけど記念くじがあった、と喜ぶ。宝くじ好きなんですか？　と問うたら頭をふった。

「初めて買ったよ。……今日はいい日だから記念にね」

六時をすぎるころ夕飯を食べようという話になったものの、おたがい間食が祟《たた》ってがっつり食べられない状態だったので、「回転寿司はどうですか？」と提案した。好きなものを好きなぶんだけ食べられて、お値段も安めだ。

「デートで回転寿司?」

「うん。あそこの店、二百円とか五百円の皿のちょっと高級なネタもあって美味しいから」

「せっかくだからもっと豪華な店でごちそうしたかったな……」

「ごちそうっ? 必要ないです、学生なんだし。そもそもぼくは割り勘するつもりだし」

「食事は彼氏がおごるもんでしょ」

「ぼくも彼氏ですよ」

「……そうね」


先輩は先輩で恋人との外食に偏った先入観や理想があったらしい。俺は先輩が今日のことを〝デート〟と表現してくれたのが嬉しくて、それだけで充分だ。

店へ入ってテーブル席に案内してもらい、おしぼりで手を拭く。俺はお茶をつくる。

連休で混んでるのにすぐ案内してもらえてよかったね、と喜びつつ、「まわってる寿司は乾いてからからだから注文しよっか」という先輩の提案に「はい」とのっかった。

「先輩。回転寿司でなにを一番最初に食べるかっていうのも、人柄がでると思いません?」

お茶を渡しながらふってみたら、先輩は注文パネルに目をむけて「ああ……」と洩らした。


「楠木はなにから食べる?」

「ぼくは白身です。カンパチとかハマチとか寒ブリ」

「俺も白身が好きだよ。ひととおり食べたあとはサーモンとか……サバもいいな」


先輩が注文パネルをタップしてメニューを眺めていき、俺が「じゃあこれとこれと」と指さして、一緒にふたつずつ注文していく。

「ぼくはとびっこも大好きなんです。先輩はつぶつぶ平気ですか？」

「好きだよ、とびっこもイクラも。あ、ねぎま汁って美味しそうだな。楠木も飲む？」

「うん。でもでかいからひとつをシェアしませんか」

「いいよ」

注文を終えてしばし待つと、寿司がながれてきてふたりで食べた。ネタも新鮮でうまい、と褒めあう。ねぎま汁がくると先輩は「先に飲んでいいよ」とすすめてくれて、俺が喜んですすって「美味しいです！」と感激したら、なにやら微笑ましげな遠い目で見つめてきた。

「なんですか？」と訊いても「なんでもない」と頭をふる。「ぼく変なことしましたか？」と不安になってさらに追及すると、「違うよ」と苦笑する。

「やっぱり弟だなって思ったんだよ」

「え」

「お兄さんとシェアして、よくこうやって喜んでたんじゃないかって想像してさ」

胸にずきりと刺激が走った。弟だと感じさせ続けていたら、対等な恋人にはいつまでたってもなれない。

「そんなことないですよ。兄弟がいると食べ物はとりあいになるんだから」

「ああそっか。自分のぶん確保するほうが大変か」

否定して同意まで得ておきながら、実際は事実と半々だったのがいたたまれなかった。

食い意地をはってあれこれ注文して食べられなくなると処分してくれるのは恵生だったし、ひとつしかないものを与えられたときには、恵生が俺に多くわけて喧嘩を回避してくれる。

わけあうのは日常で、我慢するのは七つ年上の恵生、甘えるのは俺だった。

「先輩は誰かとシェアしたりしなかったんですか」

心苦しさを質問でにごしたら、

「うちはひとりっ子で両親が働いてたから、ひとりで食べて残飯も後々自分で処理してたよ」

と、しれっと返された。

「寂しいですね」

「楠木はそう感じるんだろうね。俺は自由で楽だったとしか思わないいんだけど」

恵生の存在は、俺と先輩のあいだにある決定的な違いだ。

「お兄さんってどんな人？」

先輩が炙《あぶ》りとろサーモンを食べながら問うてくる。

――じゃあいってくる。でかけるときは戸締まりしろよ。夜ひとりでいるときも気をつけろよな。あとメシ食って。なんかあったら連絡しろ。

今朝の出発前、母さんよりも口うるさく言い残してでかけていった恵生を思い出した。

「兄は普通の会社員で、大学からつきあってる彼女がいて……ぼくの、味方です」

「味方か……。味方って思える絆《きずな》は強いね。中学のころも助けてもらったのかな」

どうしてこんな会話に限って鋭いんだろう。

「はい。あのとき自分が友だちを傷つけた最低な人間だってことを家族に知られたくなくて、黙って塞ぎこんでたら、気がついた兄が〝俺は兄ちゃんなんだからおまえを嫌ったりしない、ばかでもクズでも正してやるからひとりで抱えこむな〟って怒ってくれました」

「うん」

「兄がいてぼくは恵まれてたし、甘えてきたのも自覚してます。でもこれからは先輩を守りたいから、自立していきたいです」

ねぎま汁を先輩のほうへすすめて、恥ずかしさを蹴散らすために笑顔をつくった。

先輩も唇に微苦笑を浮かべる。

「嬉しいけど、それお兄さんに頼らないで自分だけで背負っていくってことだとしたら、結局中学生のころに戻ってると思うよ」

「あ……はい」

「うちの店に無駄に頑張っちゃうバイトの子がいてさ、前に体調悪いの内緒にして働いてくれて、接客中に貧血でぶっ倒れて大変だったことあるんだよね」

話しつつ、先輩が皿の隅のガリを醬油に浸《ひた》す。

「その子が最初から俺らを頼って相談してくれてたら、休んでもらうなり休憩時間増やすなりなにかしら対応できたし、お客さんにも迷惑かけなかったでしょ。……救急車呼んで病院いったあと、俺反省したんだよ。相談させてあげられなかった自分にも問題があったなって」

「……自分を責めたんですか」

「なのかな。仕事してて思うよ、過信しないで人を信頼して、支えあっていかなくちゃいけないんだってこと。だから楠木も自立と意固地を間違えてお兄さんを傷つけないようにしないと駄目だよ」

ガリを口に運んだ先輩は「偉そうにごめんね」と苦笑いする。

仕事をして多くの人間と接して経験を積んで、先輩は立派に自立している。恵生との仲を想って諭《さと》してもらい、間違った方向へすすまないよう自戒できたのも嬉しい。――でも。

「……でも、先輩とのことを兄に話すのは、時期を見定めたいと思ってます」

手前にあるねぎま汁へ先輩が視線を落とす。唇は微笑んでいるけど目は笑っていなかった。

「……ごめんね。お兄さんとのあいだに亀裂つくったね」

俺も先輩に、自分を責めさせた。

「亀裂じゃないですよ。兄は家族だけど、一生ふたりで生きていくわけじゃないですから」

恵生はかけがえのない家族であっても伴侶じゃない。これからは先輩に相談をして弱音を吐いて、先輩といるために成長していきたかった。

うん……、と相づちをうつ先輩の背後で、子どもが笑い声をあげて浮かれている。ゼリー食べる、アイス食べる、と椅子の上で跳ねて騒いで。

「先輩、その体調を崩したバイトの人は、映画を教えてくれた人ですか?」

「いや、……女の子」

明るい話題に変えようとしたのに、先輩はとたんに目をそらして居心地悪そうな顔をした。

「なんかギクってしてませんか」

「や、そんなことないよ」

「え、ようすがおかしいですよ、その子となにかあったんですか?」

べつに、と先輩がねぎま汁を飲む。ない、と断言しないのが怪しくて、嘘つき〜、とわざと拗ねて見せて空気を持ちあげていたら、「なんでこんなときだけ察しがいいんだよ……」と先輩が首のうしろをさすって観念した。

「去年告白されて断った子なんだよ」

「あ、やっぱりモテてる」

「そう言うと思ったから嫌だったの。モテてるわけじゃないよ、女子校で出会いがないらしくて、たまたま俺が近くにいただけで、」

「そんなふうに自分を卑下したらその子もかわいそうですよ」

「っ……すみません」

ふふ、と笑ったら、先輩も不服そうではあったものの笑んでくれた。

テーブルの上の寿司が片づいて、積みあがった皿を数える。

「最後にもうひとつ食べようかな。楠木は？」

「んー……限界だけど軍艦のたらマヨ気になってます」

先輩が、いいよ、と微笑む。

「じゃあ一皿頼んでシェアしようか」

すこし照れて甘くほころぶ目元を見返して、痛いほど息苦しく、この人が好きだと想った。

ずっとひとりでいたこの人が幸せをわけあっていく唯一の男に、なれたらいいのに。

電車にのると先輩が、おたがい家の最寄り駅でおりて別れよう、と言ったけど、俺は先輩の町へ寄りたいと頼んだ。あの河川敷で、もうすこしふたりで一緒にいたかった。

駅についていて歩いているあいだに町にはすっかり夜のとばりがおり、俺は河川敷へ入る前の人けのない路地で、勇気をだして先輩の手を繋いだ。

黙っていても触っているのは明らかでごまかしようがないのに、先輩は俺を見ずに地面を凝視して歩き続け、素知らぬふりをする。でもだから余計に、意識しているのがあからさまだった。怒っていないかそれだけが心配で不安だったけど、そのうち先輩も手を握り返してくれて、胸が熱くなった。

雑草をよけて河川敷へ入る。川が遠くて近くで見たことがなかったので、いってみたいとお願いしてふたりですすんでいる途中で、俺の携帯電話にメールが届いた。

『あれから眞山とどうなった？　キスできたのか～？笑』

吉岡さんだ。それと夕方に届いて気づいていなかった、友だちからの遊びの誘い。

「メール？」と先輩が訊ねてくる。

「はい、吉岡さんと、高校時代の友だちです」

そういえば吉岡さんとは合コンした日以来、全然話していなかった。

「吉岡も意外と面倒見いいんだな」

あ、いけね。

「初キスのアドバイスもらったのにぼくが先輩とのことなにも報告してなかったんで、そのせいですよ」

携帯電話を尻ポケットにしまって「あとで返事しておきます」と微笑みかけたら、先輩は口を結んだまま二回うなずいた。嫌な気分にさせてしまっただろうか。

背の高い雑草を掻きわけて、大きな石ころだらけの足場の悪い川辺をすすむ。ぐらっと体勢が崩れるたびに、繋いだ手でおたがいを支えあって笑った。

そして川のすぐ目の前にふたりでならんで立って、ゆったりながれていく広大な川と、にぶく揺らぐ川面《かわも》を眺めた。暗闇のなかで時折ちゃぷんと水音をたててながれ、うねる黒い川は、じっと見つめていると身も心も呑みこまれそうになる。なんだか怖い。

「先輩はここへきたことありましたか」

「あるよ」

真んなか付近に大きな大木が斜めに突き刺さっていて、川のながれに木肌を舐められている。台風のときにながされてきたんだろうか。

先輩に、こんな寂しい場所でひとりで黄昏《たそが》れないでほしい。

しっかり捕まえるように先輩の手を握りしめると、返答みたいに力強く握り返された。

「先輩」

「ん」

「べたべたしますか……?」

吉岡さんのメールの件に自分のささやかな欲望をこめて訊いてみたら、吹いて笑われた。

「うん、ごめん。俺が頼むべきだったね」

ええと、じゃああのー……、と意味のない言葉をいくつか洩らしてから、抱きしめていいですか、と先輩が喉に声をつまらせて訊く。

はい、とうなずいて先輩のほうへ身体をむけると、先輩は繋いでいた手を離して俺の両腕ごとそうっと覆ってきた。

俺も動きづらい手をのばして、先輩のシャツを摑む。

春と川と雑草と、先輩の匂いがする。右の首もとにかかる先輩の吐息が熱くてこそばゆい。自分の胴体に先輩のTシャツがこすれて、胸の厚みと深さと体温を感じとる。

キスも、していい……？ と低く緊張した声で訊かれた。

うん、とこたえた。ぼくは先輩の恋人なんだから好きにしていいんですよ、と言明したかったけど、俺も緊張して照れすぎて、無理だった。

先輩がうつむいて顔を伏せたまま俺の口もとを定めて首を傾げ、唇を寄せてくる。恥ずかしくて逃げ腰だった俺も、唇がつく寸前に顎をあげて先輩の唇を受けとめた。

五回目のキス。

唇をわずかにひらいた先輩が、俺の口先を食んで吸う。下唇を舌で舐められて肩でひくっと反応したら、背中を撫でられた。それから上唇も下唇もまとめて捕らえられて、口の端までやんわり舐めたり、吸われたりした。

唇と舌の動きから先輩の優しさを感じる。言葉より雄弁な愛撫《あいぶ》が嬉しくて、離れてしまうと寂しかった。

「……キスのとき、舌入れるってよくいうでしょ」

先輩が唇の手前で囁く。

「それ、してみてもいいかな」

「……うん」

内心どぎまぎしながらいま一度顎をあげて目をとじたら、先輩の唇も重なってきた。

俺の唇の隙間を先輩が舌先でたどって、入れて、というふうに訴えてくるから、羞恥で錆《さ》びたようにかたまった顎をぎし、ぎし、と動かして口をあけた。

先輩の舌が口内に進入してきて自分の舌にくっついた瞬間、思わずひっこめてしまった。入れてと頼むのも恥ずかしいだろうけど、いいよ、欲しいよ、と教えるのも怖い。人並みに欲望があってflowerでもblue skyでもない浅ましい俺に、どうか幻滅しないでください。

祈って、目をきつく瞑《つむ》って焦っていたら、俺の口のなかで迷子みたいに困っていた先輩の舌が、俺の舌先をまた舐めてきた。ひっこめても逃げきれないうえに先輩が大胆になって、結局舐めとられて、舌の表面や裏側をやわやわなぞられた。

こんなところを誰かに許したのは初めてだった。先輩が俺を愛《め》でようとしてくれているのも、味わおうとしてくれているのも、しっかり、強く伝わってくる。

絶対に自分の欲のみをぶつけて暴走したりしない先輩の舌は、温かい思慮としずかな愛情に満ちていて、キスをしているだけで俺は先輩の人柄をいままで以上に知れた気がした。

「……これで、あってると思う？」

口を離して、先輩が乾いて掠れた声で訊く。すぐに咳払いして喉の調子を整えたりして、先輩が俺に優しくしてくれながらも猛烈に緊張していたのがわかったし、いまが夜じゃなかったらきっと真っ赤な頬と耳が見えた。

心を摑まれて好きすぎて抱きついたつもりが、倒れこんだも同然だった。俺もたったこれだけの数分の出来事で、すごく疲れたから。

「あってるかは、わからないけど……よかったです」

「そか……それは、よかった」

照れて笑いあう。笑うと気持ちが落ちついてくる。

「先輩。でも、舌って吸うっていうじゃないですか」

「うん。長さ的に可能なのかね」

「すごいのばすんですかね」

「どうなんだろう……楠木、べってしてみてくれる」

「……うん」

実験みたいなふりで、ふたりしてそれを言いわけにして、もう一回キスすることに決めた。べ、と舌をだす自分の間抜けな顔が、またたいそう恥ずかしかったけど我慢した。

川風に冷やされて乾いた舌に、先輩の舌が絡まってくる。掬《すく》いあげられて、唇もぴったりあわせて、先輩が俺の身体を抱き寄せながら舌をくっと吸う。できた。

さっきと同様に表面と裏側を舐めながら、唾液ごと甘く吸われた。舌先が絞られるかすかな痛みが心臓にも届いて、愛しさが背中や指先や脳天まで響き渡ってしびれる。足腰も震える。

何度もきゅと吸われて、舌の表の無防備な部分も奥まで丹念に舐められて、裏側の隠れた箇所もじっくり嬲《なぶ》られた。先輩が舐めていない、知らないところは、もうないと思う。

全部先輩のものになった、と実感し始めたころ、口が離れて頭ごと抱きしめられた。

先輩がこの胸の奥でなにかを感じてくれている。たぶん喜びとか、感動、のようなもの。

「……先輩もべってして」

俺は委ねるだけだったのが申しわけなくて、自分も先輩を好きだというのをキスで伝えたくて頼んでみた。

「……うん、いいよ」

先輩が俺の顔の位置に屈《かが》んでくれて、べっと舌をだす。べの顔をするのが恥ずかしいのを知っている俺は、彼の頬を両手で挟んで正面で見つめて、ふふ、と笑った。案の定恥ずかしがっている先輩は、はやく、みたいに俺の額に額をつけてごりごり痛めつけて笑う。

先輩の真似をして、先輩の舌を掬って絡めとって大事に吸った。とても恋しかった。

硬直してしまってまるでうまく動かない舌で、後悔したくなかったから懸命に、怯まずに、満足するまで先輩の舌を愛で続けた。

終えるときにはどれだけ時間をかけていたのかわからないほどで、眩暈《めまい》をおこして離したら、とたんに先輩に力一杯抱きしめられた。もう本当に信じられない力で、目一杯。

「……これで、あってたのかな」

先輩とおなじ疑問を呟いたら、先輩も「わからない」と言う。

「でも……楠木のこと、もっと知れた気がするよ」

「うん、ぼくもです」

触れあうのは会話とおなじだ。自分を知ってもらえたのも、自分が先輩を知れたのも幸せだった。抱きしめ返すと、先輩もさらに強く抱き竦めてくる。いたい。

「先輩に……好かれてる気がする」

「……好かれてるよ」

なに言ってるの、というふうなため息みたいなこたえ。

「本当ですか」

「もんのすごく好かれてる」

嬉しくて笑っていたら、川の水音が聞こえてきた。ああ、まわりが全然見えていなかった。先輩と自分の口しか見てなかったな。

「……楠木、俺のこと見つけてくれてありがとね」

見つける。入学式のときの一目惚れのことだろうか。

「先輩も、ぼくを恋人にしてくれてありがと」

真似をして、ありがとと言った。くすぐったい気持ちになってきて先輩の右側の首筋に頬を寄せてくすくす笑っていたら、先輩もふっと笑ったのが聞こえた。後頭部にある先輩の手が、髪の奥まで指をさし入れて撫でてくれる。

しばらくそうしていたのち、現実へ戻らなければならない寂しさと、緊張から解放されるわずかな安堵を味わいながら、身体をのろのろ離した。

そして交換日記を受けとって、駅までおくってもらった。何遍も往復してばかみたいだね、とおたがいを揶揄しつつも河川敷で別れなかったのは、先輩が優しいからというよりはふたりして一秒でも長く一緒にいたがっているせいだ、と感じていた。

電車がくる時間を確認して、到着するまで売店の横でならんでしゃべってぐずぐずしていたとき、先輩が、……これから仕事がなければな、と残念そうにこぼした。

別れて電車にのり、最寄り駅へついてからひとりで歩いて誰もいない家へ帰った。

どうしてだろう、先輩が消えない。ふわふわな雲の上を歩いているみたいに幸せだ。

いまひとりでいるはずなのに、先輩の気配がずっと傍に、ここにある。

志生

こんばんは。

何回も書きなおしたせいで一ページ無駄にしました、ごめんなさい。

志生とつきあうことになったのもそうだけど、毎日短時間で状況が変わるから日記の内容とのずれがひどくて、なにを書けばいいのかだいぶ悩んだんだよ。

ひとまず、面とむかってだとうまく言えない気持ちを残しておくね。

知りあってから志生はずっと俺のことを心配してくれていたでしょう。

近江たちのせいでもあるんだろうけど、俺自身は志生が深刻に思ってくれてるほどもう苦しんでなくて、ゲイの自分ともむきあえるようになってるつもりでいるよ。

それなのに恋人になってもらってしまったのは、志生の優しさに俺が甘えた結果にほかならないと思う。

志生といて自分が浮かれてるのを自覚すると、恋人が欲しかったのかもなって考えたりして、気づかずにいたもうひとりの欲深い自分を見つけたりもする。

志生が俺を見つけてくれなかったら、たぶん一生知らない自分だった。

志生にとってすこしでも幸せな時間になるように、志生のことを大事にするよ。

経験がなくてリードしてあげられないのが情けないんだけど、不満があったら遠慮なく言ってもらって、そうやってふたりで関係を育てていけたら嬉しいです。

自分にとっても幸せな時間にする。すでに幸せだけど、もっとたくさんね。


ありがとう。

明日のデートも楽しみです。

さとし

6　ずっととか永遠とか、きみとそんな話がしたかった

『眞山おまえ真夜中になに言ってんだよ』

『ごめん。返事くれてありがとう』

恋愛にも勉強は必要だ。

スマフォを握りしめて、再び曽我から届いたまるい吹きだし内のメッセージを眺める。

『いま楠木といるの？』

『いない、バイトの休憩中』

『休憩中にディープキスの勉強か』

『うん、教えてください先生』

メールでかよ、と間髪入れずに抗議が返ってきて、吹いてしまった口を押さえた。

時刻は深夜二時。曽我は『おまえが持ってるのはなんだよ、スマフォで検索すりゃいいだろ』と怒るが、『したけどわからなかったんだよ』と俺も泣きつく。

『上顎ってどこ？　上の歯の表側の奥？　歯茎のところ？』

『は？　舌の真上。味のり食って張りつくところ』

『そこか！　おまえの説明天才的だな……。あとさ、歯列を舐めるのって本当に気持ちいいもんなの？』

『個人差あるから楠木に訊いてみたらいいんじゃない？』

『だよな、個人差あるよな』

『俺昔つきあってた子に「虫歯治療中だからやめて」って突き飛ばされたのトラウマ』

ひやりとした。『突き飛ばされたら泣くな……』と同情すると、『笑うとこだばか』とこともなげに言う。俺にはとうてい笑えない。

『幸せそうにしやがって』

険しい表情で携帯画面を睨んでいたところで、思わぬ指摘がピロンと届いた。

幸せ。たしかにそうだ。こんな夜中に曽我にメールをしてキスの話をふったりする自分は、そうとう浮かれていると思う。

『俺は悩んでるんだよ』

照れくさくて虚勢をはったら、

『はいはい。笑』

とあしらわれた。

曽我は淡泊な質で、メールの会話も唐突にぷつんと切れる。知りあったころは、挨拶もなしにここで終わり？　と感覚にずれを覚えることもあったが、いまはさすがに慣れた。

質問にこたえてもらったからもう終わりだろうなとスマフォをテーブルの上において、ふとガラス窓の外を見やる。昼間なら低い街路樹と電線と道路が望めるガラス越しの世界も、深夜は暗くて奥ゆきのない闇があるのみ。

『つきあい始めたとたんに連休ってラッキーだよな』

　ピロンと、曽我が珍しく会話の続きをふってくれた。

『そうでもないよ、俺は夜にバイト入ってるから。最近のバイトは休みになるときてくんなくてさ……会いたくても無理』

　調子にのってつい余計な愚痴までこぼしてしまった。

『午前中ならいいんじゃね？　楠木が忙しいの？』

『いや、家族みんな旅行で楠木だけ留守番らしい』

『ひでえ。留守番しなきゃならん理由があんの？　ペット？　空き巣対策？』

『そこまでは訊いてない。親は夫婦旅行で、お兄さんは彼女と旅行って言ってたからペットとか関係なさそうだけど。なあ俺さ、泊まりにおいでって誘ってもいいと思う？』

　甘えついでに、楠木に言えなかったことを曽我に相談してみる。

『誘えよ。夜におまえが仕事でいなくても実家でひとりならおなじだろ』

　背中を押してくれる曽我のあっさりした文章を見おろして、俺は心底から洩れそうになる嘆息を押しとどめ、右手で口をさすった。返信をうつ。

『泊まりって、エロいこと考えてると思われない？』

　一秒もせずに『笑』だけ返ってきて、次にまともな返答が続いた。

『逆に考えてないわけ？』

　考えてはいる。ずっとこうして懊悩《おうのう》している。

『そっち面で楠木に身構えてほしくないっていうか……俺は傍にいてくれれば充分だからさ』

『不安なのか』

心配をかけたくない思いとコンプレックスとが邪魔をして、曽我にもすべては話せない。

『楠木に嫌われたくないんだよ。キスさせてもらってるし、それだけでもいいと思ってる』

『おまえと恋人になるって時点で楠木も男同士なのは百も承知だろ。ガキじゃないんだし、キスしてりゃその先を望まれるのもわかるんだから遠慮すんなよ。心の準備はいるだろうから、楠木と話してゆっくりしてけば』

『まあな……』

『期間限定っていうの気にしてんの？』

困って後頭部を掻いた。全部イエスだし、ノーでもある。返答が難しいこんなときに限って曽我はやけに熱心にメールにつきあってくれやがる。

『できれば無期限でつきあっていきたいけど楠木ノンケだし、俺がそういうこと願うのは横暴じゃないか？』

『横暴かどうか、その答えだせんのは楠木だけだからな』

『……だね』

『おまえそんなに楠木のこと好きだったっけ。懐いてんのは楠木のほうだと思ってたわ』

好きだよ、とうってから、『違うよ』と修正した。楠木本人にもまだ言っていない告白を、曽我に言うのは間違っている。

『違うよ。楠木さ、俺を守るために自立するとか言ってくれるんだよ。初恋した子どもみたいに健気で一生懸命できらきらしててめちゃくちゃ可愛いの。叶うならずっと一緒にいたいよ。俺、たぶんもう楠木しかいないから。永遠に楠木ひとりだろうし』

『つきあって数日でずっととか永遠とか言っちゃって、おまえ一週間で結婚してさっさと離婚するあほな芸能人みたいになってんぞ。やべーわ純愛。笑』

笑ってもらえると、張りつめていた神経がほっとゆるむ。

『だってそうとしか思えねえよー……俺二十一年間恋人ナシだったんだよ？　こんな俺でいいって言ってくれる奴ほかにいるわけないだろうよー……』

『また二十一年後に現れたら？』

……四十二歳の自分の未来か。

『どうなってても、俺は楠木を想ってると思う』

そのとき自分がひとりでも、誰かとふたりでいようとも、なにも怖がらず導かれるように好きになって、初めて恋人になれた楠木の幸せは祈り続けている。絶対に。

『こっちが顔赤くなるんですけど？　仕事に戻れピュア野郎』

たしかに長々とのろけすぎた。

『はーい（笑）』と返して会話を終え、やりとりしたばかりの会話をなにげなく読み返す。

曽我に悩み相談なんていつぶりだろう。呑みの席でカミングアウトした以来じゃないか？

曽我や近江とのつきあいは、楠木が言う自立に似ているかもしれない。現実という戦場にはみんなそれぞれひとりで挑みにいき、辛くなったら戻って寄り添う感覚だ。一見淡泊そうでいて、こういう関係は純然たる信頼がなければ成り立たない。

中学のころ、均とはべったりだったな。

べつの友だちとかわした会話の内容も、クラスメイトそれぞれへの印象も、読んだ漫画も、前日観たテレビ番組も、家族との生活のいちいちも全部うち明けあって、その関係に運命っていう名前をつけた。友だちと表現することにも違和感があって、親友だと言いはった。こいつ親友だよ、と他人に教えるたびにふたりで照れながら、でも誇らしかった。

　ふたりでいるのがあたり前で、片方欠ければ自分たち以上に周囲が心配する仲。だからってなんでそのまま恋人になれると錯覚したんだか。

　楠木がサークルを休んだときも近江たちが心配して俺に訊いてきたけど、楠木と均は違う。親友でも後輩でもなく、楠木はたしかに俺の大事な恋人だ。

　楠木はあのあと吉岡にどんなメールを返したのかな、と悶々としながらスマフォを尻ポケットにしまうと、同時に「聡士さん」と声をかけられてどきっと跳ねあがった。

「なににやけてんすか、そろそろ店番かわってください」

　遠藤だ。

「悪い、ちょっとメールしてた」

「まさか彼女?」

　いやいや、と手をふって否定しても遠藤は「へーえ」と目を眇めてため息をつく。

「やっぱりこのあいだ一緒に映画いった相手って彼女だったんだ」

　めざとい。どういうわけか、遠藤は映画のおすすめを訊いたときから〝相手は彼女だろ〟と執拗《しつよう》に探ってくる。

「メールしてたのは友だちだってば」

「映画のほうですよ」

「彼女じゃないって」

一応どちらも嘘ではない。

遠藤は「フン」と鼻を鳴らして「彼女できたら教えてくださいね」と仏頂面で言う。

「なんでだよ」と俺が椅子を立ったら、「なんでも」とかわりに隣の椅子へ腰かけた。

「俺、聡士さんの恋愛事情知っておきたいんで」

「は？」

疑問を投げ返しても、遠藤は俺を見返しもせずに自分のスマフォをだして眺め始める。

どういう意味だ。


朝六時に遠藤が退勤し、かわりに出勤してきたオーナーの父親を手伝って発注業務と品だしをしていると、やがて母親も家事を終えてやってきてようやく交代。仕事を終えられた。

眠たい目をこすって最上階の五階にある自宅へ帰る。服を脱いでTシャツと下着姿になったら、楠木にもらった月球儀の立体パズルが入ったケースをもってソファへ腰かけた。

もらった夜に一度眺めて、ピースの裏側に組み立て順の数字がしるされているのを知ってからちょっとがっかりしてそのままになっていた。最近のパズルはピースにヒントがあってたいそう遺憾だ。悩んで一日一ピースしかはめられなくとも、自力でやるのがパズルの楽しさじゃないか。

自分でやるときもヒントは見ないと決めていたのだが、しかし今日ばかりはその禁を犯そうと思う。せこいの承知で、楠木を誘う口実にするために、だ。

透明の袋からピースをざらざらだしてソファの上にならべ、一番から順に組んでいく。

立体パズルに手をださなかったのは、バランスが崩れたら簡単に壊れてしまうんじゃないかと疑念を抱いていたからだった。ところが実際やってみるとプラスチックのピース自体がかたく頑丈で、かなりがっちり組みあわさる。あんまりかたすぎて最後のひとつだけうまいことはまらず、端っこが浮いた状態になったものの、ほんの十分程度で完成した。

ベッドへ横になり、眠くてとじかかっている目の位置にスマフォをかかげてメールをうつ。

『志生、おはよう。もらったパズルできたよ、今日もし暇なら見にこない？　いまから寝て十時ぐらいに起きるから、そのころ電話ででも話せたら嬉しいな』

送信したら疲労が限界に達してこてんと意識を失った。

目がさめたのは十時半。楠木の顔が過って、ぼんやりしたままスマフォを確認すると、

『おはようございます、いきます。十時すぎにぼくが先輩の家へいったら駄目ですか？』

とある。ん？　楠木がくる……？

いいけど、駅までむかえに——と返信の文章をうっていたら、ピンポンと玄関のチャイムが鳴った。……嘘だろ。これもし楠木だったら噂の〝きちゃった〟ってやつじゃない？

慌てて起きてソファにかけていたジーンズを摑み、つま先にひっかけて転びそうになりながらはいてインターフォンに「はいっ」とでる。

『あの、楠木です』

本当にきてくれた！

「うん、いまいく、ちょっと待っててっ」

ジーンズのホックをして髪を手ぐしで整えつつ玄関へ急ぎ、ドアをあけた。
視界に飛びこんできたまるい目がきらめいて、その下のうすい唇がひらいていき——、
「……おはようございます、眞山先輩」
見入ってしまって返事が一拍遅れた。
「あ、ああ。うん。いらっしゃい」
とたんに自分の寝癖や身体の汗くささが気になってきて、髪をばかみたいに忙しなく梳《す》いて
「どうぞ」と招いた。踏んづけていた自分の靴を慌てて横によけ、みっともない自分を見てい
る楠木の視線からは逃げて「いま起きたんだよ、ごめんね」と謝る。
「いえ、ぼくこそ連絡待たないですみません。気持ち悪いってわかってたんですけど……」
「や、気持ち悪くないから、ほんと。ソファに適当に座ってて、ちょっと顔洗ってくるよ」
「あ、はい」
　楠木がすごすご申しわけなさそうに部屋へむかうのを見おくり、玄関横の洗面所へ移動して
顔を洗い歯をみがく。
　きてくれて嬉しいよ、となんで言えないんだ俺。ちゃんと言おう、それで今夜のことも相談
したい。仕事を終えて帰ってくる部屋に楠木がいてくれたらどんなに幸せか。
　トイレもすませて部屋へ戻り、「悪い」ともう一度謝りながら隅でこそこそTシャツも着が
えた。洗濯しすぎて色褪せてよれたのはさけ、比較的綺麗めなやつ。
　ソファの右側にちんまり腰かけている楠木の手には、朝方つくったままおいていた月球儀の
立体パズルがあって「すごく綺麗ですね」と眺めている。

「うん、立体パズルって思ってたより立派だったよ。インテリアにもよさそう」

「細かく名前も書いてありますね。豊かの海、静かの海、雨の海、虹の入り江……」

「綺麗な名前だよね。解説書もついてて詳しい話が書いてあったな。——楠木、なにか飲む？コーラと麦茶しかないから、ほかのがよければ下で買ってくるし」

「麦茶でいいです、ありがとうございます」

キッチンでグラスに麦茶を入れてきて、ようやく自分もソファに落ちつく。

足もとの床にはパズルをひろげているが、片手で移動できる小さくてシンプルなサイドテーブルがあるのでそこに麦茶をおいて楠木にすすめた。「ありがとうございます」と一口飲んで微笑む表情が可愛い。

「駅までむかえにいくって、メールの返事しようとしてたんだよ」

そう言ったら、楠木は下をむいて「はい……」と恥じらった。

「……パズル、そんなに見たかったの」

きてくれて嬉しい、と自分から言うきっかけづくりに、つい狡猾《こうかつ》な問いかけをした。

「……。言わせたいんですか」

ばれてる。

「ごめん……聞かせてもらえたら嬉しいです」

ふっ、と口角をあげて笑った楠木が上目で俺を見返してくる。

「パズルも見たかったけど、メールもらえて、今日も会えるって舞いあがってきました」

ゆるんだ自分の顔がひどそうなのを自覚したって手遅れだ。

「俺も寝起きで会えて嬉しかったよ。ありがと」

むきあったままにやけて笑いあう。

目の前にある楠木の手を握りたい、骨張った肩をひき寄せて抱きしめたい、キスがしたい。

想いはこみあげるのにいま一歩勇気がでなくて行動をおこせず焦れてしまう。

「……キスしませんか」

誘ってくれたのは楠木で、両頬がおたふくみたいにほんのり赤くなっていた。

大事にする、と日記で公言しておきながら受け身に徹して最低だな。俺もちゃんと行動で気持ちをしめさなくちゃと反省し、自《みずか》ら身体を寄せて楠木の唇にそっと口を近づけた。目をとじて受け容れてくれる楠木に喜んでもらうため、きちんと位置をはかって重ねていく。

今日も楠木の唇はやわらかくて甘い。口に隙間をつくってくれたのを察知して、舌を入れて楠木の舌を吸った。うすい舌をしばらく味わった次は、楠木が俺の舌を掬って吸ってくれる。

昨夜練習したとおりふたりで舌を堪能し終えたらもう理性も失って、楠木を掻き抱いた。

「……先輩に絶対気味悪がられるって思って、へこみながらきたんですよ」

「へこみながら？」と笑ってしまった。行動力があるのかないのか、矛盾している。

「俺が家にひとりでいるって教えてるときなら平気だよ。平気、っていうか……嬉しい」

右耳のそばで楠木の小さな笑い声がする。

「そんなに優しいとストーカーに好かれちゃいますよ」

「ストーカーには優しくしないから。てか俺にストーキングする奴なんかいないし」

「そうかな」

「そうだよ」

桃色の薄手のパーカーを着ている楠木の、髪や服からいい匂いがした。俺はたぶん汗くさいから風呂に入らないとなと危ぶみながらも離せない。もうすこしこうしていたい。細いのにほのかに温かい他人の、楠木の身体。

「先輩、今日は一日どうするんですか。ぼく何時ごろまでここにいていいのか……」

大事な瞬間がきた。

顔を見て話すのが若干怖かったので、抱きしめたまま「……それなんだけど」と切りだす。

「あのね楠木、その……今夜さ、うちに泊まらない？」

「え」

「やっ、変な意味じゃないよ。俺十一時からバイトがあるんだよ。でも実家でひとりならうちにいてもかわらないし、ひとつ屋根の下っていうか、その、えー……傍にいてほしいです」

「います、泊まります」

「即答だなっ」

一瞬で嬉しさに支配されて気が抜けた。腕をゆるめて楠木を覗き見たら、頑なな表情をして頬を赤く紅潮させている。

「けどぼく、今夜高校のときの友だちと遊ぶ約束してるんです」

「ああ、それなら帰る時間がわかったら連絡しておいでよ。仕事中でも休憩時間あわせて駅までむかえにいくから」

楠木の表情がぱあと華やいで「はい」と笑顔になった。

「たぶん居酒屋で呑んでカラオケで歌うだけだから、すぐ帰ります」

「ゆっくりしておいで。会ったらまた河川敷に寄って散歩しよう」

「うん」

よかった。楠木のにっこり微笑む顔が本当に可愛くて、またキスがしたくなってきて一瞬だけ唇を奪い、正面にむきなおる。楠木も照れたのか、頭を掻いてなんにも言わずにむきを変え、俺の左肩にぴったり右肩をくっつけてならんで座る。

目の前にはベランダと繋がっているガラス戸越しに青空がひろがっている。……幸せだ。

自分の部屋なのに楠木がいることで密度が増し、ただよう人間の気配も濃くて、緊張感が皮膚の表面をあわく這い続けている。ああ、俺の頭のうしろのあたり、寝癖が立ってる感覚あるわ、格好悪い。身体も匂うからさっさと風呂入らないとな。その前に、左手の真横にあるこの楠木の手に触りたい。握りたい。恋人繋ぎがしてみたい。

明日の朝、仕事から帰ったら楠木がここで寝てるのか。……天国かよ。

好きだよ志生。あと何年経ったらこんな言葉がすんなり言える大人になれるんだろう。何年経ったら満足いく包容力が身につくんだろう。これから何年ぐらい、楠木は俺と一緒にいてくれるんだろうか。

「先輩」

「ん……？」

呼ばれてふりむいたら、楠木が月球儀を宙にかかげた。

「河川敷でブランコの話したでしょ。ぼくたち空は飛べないけど月は先輩の手のなかですよ」

昼の真っ白い日ざしを受けて、隣にいる楠木が幸せそうに笑っている。

楠木に待っていてもらって風呂へ入り、あがってから一緒に俺のつくりかけのパズルをつくって過ごした。他愛ない雑談をして、昼には俺が作った炒飯も褒めてもらったりしつつ食べて、とくにどこへいくでもなくだらだらと。

「ひとり暮らしっていいですね」

楠木がピースの絵柄を熟視して探しながら話しかけてくる。

「うーん。生活自体は昔とさして変わってないし、結局実家も下の階にあっておたがい干渉しあっちゃってるから、俺のはひとりって言っていいのかどうか」

「ううん、充分憧れます。薄壁気にしないで生活できるの羨ましいですもん」

「ああ、物音って響くよね」

「はい。いま隣が兄の部屋なんで、電話の声とか聞こえちゃうんですよ。あと夕飯に呼ばれたら必ずいかなきゃいけないのも結構不便で」

「家族全員で食べなくちゃみたいな？」

「そう。勉強してても絶対食卓に集まらないと駄目なんです。『みんな待ってるのよ！』とか『志生がみんなの食器洗いしてくれるの⁉』って怒鳴られていやんなる」

「家族のルールなんだ」

「兄が中学とか高校のころ自由すぎて、連絡もなしに外泊とかしまくってたせいですよ。母親がいつも『帰ってこないのかしら、夕飯どうするのかしら』って不安がって、しまいに『不良になっちゃったのかしら』って心配してたから、ぼくは遊びづらくなったし……」

楠木の家族の話を聞いていると、自分の横にひとりでいる楠木が本当はひとりではなく、常に複数の愛情深い存在に庇護《ひご》されていることを痛感する。文字どおり、痛いほど身に感じる。

俺は親へのささいな愚痴さえあの日から言えずにきた。おなじように親も、ゲイに生まれて精神を毀した経験のある俺に厳しい言葉を言わない。おたがい感情を披瀝《ひれき》せずにやりすごしてきたことで、月日の経過とともに距離がひろがり続けている。

楠木のうちみたいに苛立ちをぶつけあい、その理不尽さに不満を抱きながらも許して愛情を重ねていく間柄こそ、俺が憧れている家族関係だった。

「楠木が今日うちに泊まるのも、不良なんじゃないの」

パズルを見つめる真剣な横顔にそう訊ねたら、はたとこっちをふりむいて笑った。

「違いますよ。たぶん今夜も旅先から電話がくるから、そのとき言うし」

「電話か。心配してくれてるんだね」

「ひとりにさせてる罪悪感じゃないかな。大学生に対して過保護すぎますよね」

唇を尖らせて苦笑する表情が可愛らしい。俺は笑顔だけ返して、パズルのピースをひとつはめる。

「……先輩には、ぼくが自立してないように見えますか」

「ん？　そんなことないよ」

あ、あんまり家族だの弟だの言うと傷つけるのか。自立して俺を守るって、言ってくれたもんな。

「楠木の家はにぎやかで楽しそうだなって思っただけだよ」

急に楠木が真顔になってそっと上半身を起こし、居ずまいを正した。

え、なにかまずいことを言ったか？　とこっちも竦んでかまえたら、

「……また、泊まりにきます」

と、楠木は深くうなずいて言葉を噛みしめるように言う。どうやら孤独だと勘違いさせて、同情を生んだらしい。でも俺は楠木のこういう心優しいところにとても癒される。

抱きしめてキスをしたい衝動に駆られ、いや、でも昼間からべたつきすぎるのもなとか、ここはちゃんと言葉で返すべきだろとか、度胸のない自分を脳内で正当化し、とりあえず楠木がいる左隣に近づいて、肩と肩が触れあう位置に座りなおした。

「……ありがとね」

そして感謝を伝える。

低く掠れたへなちょこ声のお礼でも、楠木は雨あがりの庭園に咲く花みたいな笑顔で喜んでくれて、俺の肩先に目をこすりつけ、そこにちゅっとキスした。なんだろうこの可愛い反応。帰したくない、連休中ずっとここにいなよ、と、あとどれだけ大人になったら余裕を持って凛々《りり》しく誘えるようになるんだろうな……ほんと。

「てか先輩、さっきからパズルぱちぱちはめてますね。これすんごい難しいのに」

「ぱちぱちなんて音しないよ」

可愛くて憎たらしいから意地悪を言った。

「パズルはこう……耳かきしてて、ごみが奥に落ちるときみたいなごそって音がする」

「うぅっ、なんでそんな嫌なたとえするんですかっ」

両肩をぐっとすぼめて気味悪がるしぐさも可愛いから、吹いて笑ったら腕を叩かれた。叩かれても自分がにやけているのを感じながら、またピースをひとつはめる。

「あ、先輩またできた」

「うん、ここであってたよ」

俺は空の青と湖の青の微妙な違いを見極めてピースをふりわけ、積んで山にしてから選んではめている。楠木も真似をして雲の白と湖の白をわけて選ぶが、苦戦し続けている。

「ん～難しい……でも、これ本当にぼくも一緒にやってよかったんですか。パズルって自分でやってこそっていうこだわりがあるんじゃ」

「ああ、べつにいいよ。まったくの他人ってわけでもないし」

「ン、これってもしかして甘い言葉を言うチャンスか……？」

「あー、えっと……」と羞恥をこらえて喉から声を押しだし、顔が熱くなっていくのを無視してタイミングを逃さないようにつけ足す。

「その……楠木とふたりでつくれるなら、えー……ひとりで完成させるより、もっと嬉しい、大事なパズルに、なるよ」

沈黙がながれた。

楠木は俺を見つめたままかたまっていて、そのうち眉を八の字に曲げて顔を隠すようにうつむき、俺の左の肩先にまた目頭を押しつける。一瞬、泣きそうな表情をした。

「……どしたの」

喜んでくれたんだと直感したのに、とぼけた問いかけをしてしまう。退かれているのかもしれないという一パーセントの危惧もあったし、自惚《うぬぼ》れきって失敗するのも怖かった。

「……先輩、ぼくは、」

楠木の言葉が途切れて再び沈黙が続く。

なにを言おうとしてくれているんだろう。楠木は俺以上に言葉に怯えている子だから、いまこの頭のなかで一生懸命選択してくれているのかもしれない。

俺の肩に突っ伏している楠木の髪が目の前にある。真っ黒じゃなくて、ほんのり色が抜けて焦げ茶色になってるんだなと、こんなときに知ってぼんやり眺めた。楠木の匂い。楠木の息がかかって熱い、左腕の一部分。肩先にあたる楠木の瞼のやわらかい感触。

「……先輩が、このパズル完成させたら、そのときは一番に見せてください」

はっと我に返る。楠木の言葉の奥に、俺は自分が言った〝パズルは何ヶ月もかけて完成させる〟というひと言を見つけた。

そうだった。俺たちはまだ期間限定の恋人だから、このパズルができるとき楠木がいまとおなじ関係のまま傍にいてくれるとは限らないんだ。

「……うん、俺も楠木に見てもらいたいよ」

そもそも楠木と恋人になれなかったら、このパズルの湖は俺だけが知る楽園だった。完成したら部屋に飾ってふたりで眺めて永遠に過ごせたらいいんだけど、そんな夢が叶うだろうか。

「楠木」

どうしてもキスがしたくなって、名前を呼んでみたのに顔をあげてくれない。

「……楠木」

くり返してもうつむいている。

「志生、それじゃキスできないよ」

露骨に誘ったら一瞬でこっちをむいてくれたものの、口はへの字で不満いっぱいの表情をしていた。「どして怒るの」と訊くと「名前で呼んで狡いから」と言われて、おかしくて吹いた拍子にさらに睨まれる。文句がでてくる前に、と瞬時に口を塞いだ。キスをしていたかった期間とかゲイとか差別とか別れとか、そんな哀しい思考に呑みこまれていくのが辛かった。

楠木が口に隙間をつくってくれても、舌は求めずに上唇と下唇を端から端まで丁寧《ていねい》に舐めるじゃれあいじみたキスをする。とじない隙間に軽く舌先を滑らせてなぞると、楠木のほうから舌をさしだしてくれたけど、舐めるだけにして吸わなかった。

「……なんで」

口を離したとたん小声の抗議がこぼれてきた。

「なんでも」

深いキスじゃなくて、やわいキスがしたかった。

むっと怒ってくれているのが嬉しくて笑いながら抱き竦めたら、背中にまわった楠木の手に肩をぶたれた。反撃に二回ちゅっちゅとキスをしてやると、楠木も吹きだして笑いだす。

「そうだ、ねえ楠木、このまま身体倒してみてもいい?」

「あ、はい」

漫画やドラマで観るように、キスをしながら自然としなやかに押し倒すのをやってみたかったんだ。しかし成人男子の頭と背中を支えてそっと倒していくのは、なかなかに至難《しなん》の業《わざ》だ。楠木の口にキスをして目をとじた状態で徐々に倒していくと、角度がついたところで楠木が「んーんー」と慌てだし、俺も支えきれずに一緒にごろんと崩れてしまった。

ふたりしてあはははと笑ってしまう。

「ごめん、倒すのってうまくできないな」

「ううん、ぼくの倒れかたが下手なのかもしれないから。——パズル蹴ってませんか？」

「ん、平気平気」

一緒に笑って謝りながらも楠木の上に重なる格好にはなっていたから、短いキスを続けた。調子にのって、楠木の前髪や耳横の髪にも触って梳いてみる。嫌がられるのを恐れていた俺に、楠木は変わらない笑顔をむけてくれている。外でバイクの騒音と、鳥の鳴き声が横切った。

「……呑みにいくの、やんなってきました」

苦笑いしている楠木に、明日もうちに泊まりなよ、と誘いの言葉をかけたくて、逡巡した果てに断念する。

調子のりすぎたら駄目だよな。楠木のことを不良にするわけにいかないし。

楠木が友だちと待ちあわせしている街は、幸いうちの最寄り駅からのほうが近かった。駅まで徒歩二十分の時間を計算して六時すぎに家をでることに決め、俺も見おくるために一緒に支度をして玄関へいく。

「すみません、先輩までつきあわせて」

「いいよ、どうせ仕事にいくまで暇だし」

「十一時からですよね。深夜って大変ですね」

「ううん、もう慣れたよ」

狭い玄関で靴をはく楠木の背中を眺めながら、いってらっしゃいのキスがしたいなと、よこしまな欲求を持てあます。未熟な自分には、殺伐《さつばつ》とした出発の空気を色っぽいキスの雰囲気に変える術《すべ》もない。焦れて諦めかけていたら、楠木がふりむいて意味深な眼《まな》ざしをむけてきた。

そのまま瞼をとじて顎をあげる。

……キスをするための合図はないのに、待つ合図っていうのはあるんだから狡い。

これから俺の知らない友だちのところへいってしまう楠木の唇を、すこしだけもらった。

しずかに食んで口に含む挨拶のキス。やわらかさを感じたくて最後に下唇を甘噛みして離す。

目をひらいて楠木を確認すると、恨みがましげな上目でじっと見ていた。

「え、なに……?」

「……いえ」

一瞬の隙を突いて唇をまとめて嚙まれた。いてえっ。

混乱する俺の腰に手をまわして、楠木がしがみついてくる。

「……せっかく泊まれるのに、一緒にいられなくて残念です。先輩も夕飯しっかり食べて仕事頑張ってくださいね」

「うん、ありがと」

ドアをあけて外へでたら現実だ。

俺も楠木を強く抱きしめてもう一度キスして笑いあい、靴をはいてドアノブに手をかけた。

二十分間、ふたりで夜道を歩いた。楠木は自分が待ちあわせしているにもかかわらず急いだりはせず、俺のほうがやや先をすすんでしまうほどのゆったりした歩調を保っていた。だから会話しているようすは普通で別段甘えた素振りもないのに、離れたくないと思ってくれているのがわかった。

駅につくと「恥ずかしくて」と日記をくれた。「あとでひとりで読んでください」と。

——で、ひとりで帰ってきて七時半。

床にあるパズルを蹴らないようソファにぐったり沈んで思う。なんだこの殺風景な部屋。楠木の笑い声や匂いや温もりが余韻としてただよっているせいで、うら寂しく感じられる。たった数時間の逢瀬《おうせ》が孤独を濃くさせる。

楠木が会うのはどんな友だちなんだろう。たしか高校の友だちには悩み相談できるほど心をひらけなかったたって話してたよな。上辺で笑いながら、居酒屋で食事してカラオケで歌うのか。哀しい思いだけはしないでちょっとでも楽しんできてほしいと願う反面、俺も楠木とおなじで高校の友だちとは距離感があるから、仕事の接待じみたそのつきあいに覚えがある。楽しくはあっても心にぽっかり穴があく虚しい戯《たわむ》れ。

均とは違った。

均とのつきあいが正解なわけでもなくむしろ失敗に終わったのに、いちいち比較してしまうところに自分の人づきあいの狭さを思い知るな。あのあとの暗い記憶が作用して、均とべったりだった時間が美化されすぎているんだろうか。

まったく、二十一なんて接してきた人間も少なくてガキすぎる。社会も人間ももっと知って自分の世界をひろげていかなければ、楠木を支えられる男にもなれず恋人ごっこのまま終わってもしかたないぞ。俺も自立していかないと。

夕飯をしっかり食べて、と楠木に言われたのを思い出して、店で弁当でも買うついでに制服をとりかえにいこうかなと考えた。洗濯したての綺麗なのを今夜から着るつもりでいたから。

ぱん、と両頬を叩いて気をひきしめ、クローゼットにしまっていた制服をだして玄関へいく。家をでて鍵をかけて、エレベーターにのって一階へ。

それにしても、俺は楠木についてまだ知らないことだらけだ。楠木が帰ってきたら高校の友だちの名前なんかも訊いてみよう。他人同士っていう感覚がすこしずつでも抜けていくといい。これから先、本音でつきあっていきたいし。

エントランスから外へでて店の裏口へまわると、スタッフルームへむかった。今夜は美香ちゃんと遠藤がいたはずだ。深夜は今月から新しく服部《はっとり》さんっていうおじさんがくるはず——。

「オーナーの息子って、ほんとやりづらいよな。バイトの俺らと対等ってわけにいかないじゃん？　言葉も態度も気ぃつかうし」

「もお遠藤さんなんですぐ聡士さんの悪口言うんです？　気なんて全然つかってないくせに」

「つかってるよ、休憩交代しろって言われてこのあいだもゆずったんだぜ？　服部さんとシフトかえてもらえてよかったですよ、息子ちゃんのおもりから解放されてありがたいです」

「や、やめてよ遠藤君、ぼくが気ぃつかうじゃない〜……聡士君とふたりって初めてなんだかさあ……」

「服部さんも休憩かわってっていきなり言われますよ。あの人自分の店だと思って、そういうわがまま言いたい放題好き勝手にしてるんで」

「休憩ぐらいいいじゃん、仕事って支えあいだよ。遠藤さん、聡士さんのこと嫉《ねた》みすぎ」

「うちは貧乏なんでね〜。マンションつきのコンビニなんて将来安泰じゃん、ここ結構いい物件だし。ったく生まれてくる家は選べねえな。聡士さんが継いだ直後に潰れたらいいのに」

「ちょっとそれ言いすぎ、遠藤さん最低だよっ」

「美香ちゃんは絶対庇うよな。あの人のどこがいいの？」

「普通に尊敬してるよ、数字に強くて経営にもむいてると思うもん。このあいだのプリンの発注ミスだって、あれオーナーでしょ？　昔はよくあったみたいだよ。それで聡士さんが発注サポートするようになったんだって」

「へえ。でもあの人ホモらしいぜ。ソンケーできる奴にも欠点はあるってことだよな」

「え……なにそれ、冗談でしょ……？」

「本当。今日姉貴の友だちが教えてくれたんだよ。その人聡士さんと同中だったらしくて、俺がここでバイトしてるっつったら『ホモで転校した男子でしょ』って言ってさ」

「嘘……」

「え〜遠藤君それすごくない？　わ〜ホモかあ……彼そんなふうに見えなかったけどねえ？」

スタッフルームの白いドアを前に立ち尽くしていた。

……ああ、ひさしぶりだなこの感じ。そうだった、これが現実だ。ここ数年大学でサークルメンバーに許されて、みんな大好き仲よしこよしの環境だけだと錯覚していた。害虫の分際で甘えすぎて忘れていた。

すべての他人に好かれる人間がこの世にいるわけないなんて、とっくに学んだことなのに。

「――あら、聡士きてたの？」

まるで映画かなにかみたいなタイミングで母親がやってきた。

「ああ、うん。……ちょっと、制服おきに」

こっちの会話も室内に届いているのは明白で、しかたなく意を決してドアをあけ声をだす。

「お疲れー」

三人を一瞥してロッカーの前に立ち、制服を入れかえた。

遠藤は反抗的な表情で無視をきめ、美香ちゃんはうつむいてちぢこまって、服部さんは顔面を輝かせて好奇な視線をむけてくる。

なにも知らない母親が「ごめんねえ、混んできたからレジお願いできるかな～？」と申しわけなさそうに頼んで陰気な空気が霧消していくのを、俺は肌だけで感じていた。

そうするほかになにもできなかった。


十時をすぎるころ、楠木からメールがきた。

『すみません、カラオケ移動するのいまからになっちゃって、帰りは終電ぎりぎりになりそうです。そのころ聡士さんにむかえにきてもらうのって迷惑になりませんか？』

休憩時間は深夜二時から三時の一時間だ。仕事に入って一時間そこらで休憩するには服部さんに交代してもらう必要がある。

――服部さんも休憩かわってっていきなり言われますよ。あの人自分の店だと思って、そういうわがまま言いたい放題好き勝手にしてるんで。

遠藤の言葉が脳裏を過って重くうな垂れる。

図星だ。家族経営であることや遠藤との関係に対して甘えがなかったとは言えない。従業員だという自覚と責任が足りていなかったせいで、俺は遠藤に不満を抱かせていた。

『ごめん、さすがにその時間は無理そう。休憩時間調整するって言ったのにごめんね。エントランスにあるポストに部屋の鍵入れておくから、入って待っててくれるかな』

俺がガキだから楠木にも迷惑をかけてしまった。泊まってほしいと誘っておきながらふりまわして、朝までひとりにさせることになって。

『謝らないでください、大丈夫です。ひとりで帰るのも同棲《どうせい》みたいで嬉しいですよ』

――あの人ホモらしいぜ。

――え……なにそれ、冗談でしょ……？

――それすごくない？　わ～ホモかあ……彼そんなふうに見えなかったけどねえ？

ホモはおかしいんだよ楠木。俺と同棲して喜ぶなんて楠木は変なんだよ。

『好きにしていいからね。風呂もベッドも勝手につかっていいから』

『はい。でもできるだけ起きて待ってます』

『帰るの朝七時になるよ、寝てていいよ』

『無理はしません。ただせっかく傍にいるのに、寝たらもったいない気がするんですよ』

楠木、それ普通じゃないんだってば。男の俺にこんなこと言ってるのばれたら、おまえまでみんなに嗤われる。

『優しすぎるよ志生』

『優しいのは聡士さんでしょ。ぼくストーカーじみてますもん』

『俺にストーカーしてくれるところが優しい』

『えー。じゃあ帰ったら聡士さんの枕すーはーしよう（笑）』

　このメールの内容、友だちに見られてないか？　誰とメールしてるんだ彼女か、って囃されて男同士なのがばれたらどうするつもりなんだよ。

『友だちとは楽しく遊べてるの』

『はい、ひさしぶりに会ってハメはずしすぎました。けど薄情っていうか、聡士さんがここにいたらもっと楽しいのになってつい考えちゃうんですよ。ばかですね』

　危機感持ちなって楠木。俺といるとおまえも異常者になっちゃうんだよ。卑《いや》しい目で蔑《さげす》まれて除《の》け者にされる。差別されて気味悪がられる。変わり者だって思い知るときがきっとくる。

『俺もいますぐ志生に会いたいよ』

　いつか俺は、楠木を傷つけることになるんだろうか。

　俺に幸せばっかりくれる楠木を、一生かけても俺は不幸にしかできないんだろうか。

『急いで帰りますね。離れてても気持ちは聡士さんのところにありますよ』

　読み終わる前に、もうひと言短い言葉が続いた。

『ずっと』

十一時に出勤すると、昨日まで居心地のよかった店の空気が重苦しく陰鬱に感じられた。すでに退勤している遠藤と美香ちゃんはともかく、好奇心旺盛そうな服部さんは深夜もペアで働いてくれていたので嫌な予感が拭えない。

「聡士君って男が好きなの……？」

憂慮したとおり、ふたりきりになると店内にいてもゲイをネタに話しかけてきた。

「あ、べつに面白がってるわけじゃないいんだよ？　ぼくの身近にソウイウ人がいなかったからどんな感じなのかな〜って気になっただけでね？」

「レジで私語は困りますよ服部さん」

「いま誰もいなくて暇じゃない。ねえ、ソウイウのっていつ自覚するものなの？　初恋相手が男だったーみたいな？　それともAV見ても勃たないなーとか？」

「もう下品だなあ……」

苦笑いしながら調子をあわせてこたえるが、否定しないせいで肯定と捉えられたのか、服部さんはさらに興奮しだす。

「男同士なんだからいいでしょ〜？　ここだけの話、ぼくもお尻って興味あったんだ。聡士君は挿《い》入れたいタイプなの？　それとも挿入れられたいタイプ？　アナルセックスって気持ちいいって本当？」

鼻息荒くて気持ち悪いことこのうえない。息もくさいしまじで勘弁してくれ。

「知りませんよー。俺ちょっと雑誌の入れかえしてきますねー」

マッチ棒体型で痩せているのに上背のある服部さんは、隣にいると圧迫感がある。横をすり抜けて雑誌棚へ移動し、その後も新聞の入れかえ、休憩、事務仕事と、なるべく会話の隙をつくらないようさけて働いた。

しかし下卑《げび》た話をふられて嘲笑されるのは不快ながらも安堵した。

〝ホモは気持ち悪い、おまえが触った商品なんか売り物になるかっ!〟と真っこうから差別と抗議を受けるほうが問題だ。店への非難に発展したらまた両親を巻きこんで数年前と同様か、あるいはそれ以上の負担をかけかねない。

コケにされて嗤われる程度なら我慢すればいい。俺も中学のころほど繊細じゃない、いまは多少豪胆になっている。家族や楠木を傷つけないためにも波風たてないように注意して、俺がここで食いとめておかなければ――。

――聡士君、明日も深夜勤務よろしくね。男同士なんだから愉《たの》しい話もしようよ、ね?

服部さんの粘ついた声を鼓膜にこびりつけて、早朝仕事を終え店をでた。

……あの野郎、賞味期限切れのおむすび全部口に押しこんでやればよかった。勤務時間がいつも以上に長く感じられて疲労感もひどい。

服部さんはうちの母親が懇意にしているご近所さんの息子だと聞いている。脱サラしてうちにきたのが一ヶ月前の四月で、結婚歴もなく実家暮らしの四十二歳。

今夜初めてふたりで仕事をしたが、覚えも接客も悪いうえにセクハラとくれば、脱サラじゃなくて本当はリストラなんじゃないのかと暴言を吐きたくなった。女性の従業員や客相手じゃなかったのがせめてもの救いだ。今後は充分注意して監視しておかないと。

にしてもこれからほぼ毎日ホモホモとおちょくられ続けるのか。あの暴走をどこまで抑えておけるだろう。万が一周囲にばれたときどれほどひろまっていくのか計り知れない。店の内部でとどめられるのか、外部まで洩れていくのか。客に知られたらやはり嫌悪感を抱かせる可能性もでてくるが、店には転校なんて手段はない。逃げるわけにはいかない、どこへもいけない。俺ひとりで手に負えないほど悪化してきたら、親への相談も検討する必要がある。

そもそも俺の中学時代を知る人間は、均をはじめ近辺に多くいる。いままでも〝ホモがいる店〟と嫌悪していた客や、好奇心に胸を躍《おど》らせていた客がいたのは承知のうえで、でも過去のすべては風化し始めているんだと信じて楽観していた。楽観、するようにしていた。

実際は遠藤のようにいま知る人間もいるんだよな。過去はいつまでも自分についてまわる。

はやく楠木の顔が見たい。

エレベーターが五階へつくまでの時間さえ十分にも二十分にも感じて、ようやく玄関のドアをあけたときには解放感がどっと押し寄せてきた。

起きて待ってる、と言ってくれたけど時間が時間なので、小声で「ただいま」と言いながら忍び足で自室へむかうと、パズルのそばの床に転がっている人影があった。

「楠木」

こんなところで寝てたら風邪ひく、っていうか数日前も寝こんでたんじゃなかったか⁉　と焦って肩を揺すぶっても起きない。

「志生っ」

髪を掻きまわすように頭を撫でても身をちぢめて「ンン」とぐずるのみで、目ざめる気配もなく爆睡している。酒呑んでカラオケではっちゃけて疲れたのか？

しかたなくベッドから枕とかけ布団をひっぱってきて楠木の身体をくるんでやった。

気持ちよさそうな顔をして、かすかにひらいた口から吐息を洩らしつつ眠っている。真横のパズルも夕方より数ピースすすんでいた。眠気の限界までパズルをつくって待っていてくれたんだろうか。

寝顔を見ていると恋しくなってきて、楠木の前髪と耳横の髪をよけて眺めた。それから俺も寝支度を始めた。汗を落とすために浴室へ移動してシャワーを浴びる。服を着て適当に髪を乾かして朝食がわりの牛乳を飲んでいたら、ふと鞄に入れっぱなしにしていた交換日記の存在を思い出した。そういえば読んでいなかった。

ひとりで読んで、と頼まれていたから楠木が寝ているあいだに読んでおこう。

恋人として初めてもらう日記だ。どんなことが書かれているのか、緊張して表紙をめくる。

聡士さん

こんばんは。

今日は聡士さんと映画へいきました。一日とても楽しかったです。ありがとうございます。

聡士さんも書いていたとおり、つきあい始めたあと短いあいだに状況がころころ変わってるから、日記が難しいですね。こういう場合はメールのほうが便利なんでしょうか。

話題がずれても日記も好きなので、もうすこしつきあってもらえたら嬉しいです。

聡士さんはこのあいだ「我慢できてるって思いこんでるのが一番危ない」って言ってくれましたよね。「自分じゃ気づけないことがまわりには見えてたりするんだ」って。

ぼくはあのとき、聡士さんに対しておなじ気持ちでいました。聡士さんも無理している自分に気づいていないいんじゃないかって心配していたんです。

辛いことをのり越えられたからって、心が簡単に強くなれるわけじゃないんだと思う。強くなっても、絶対に傷つかない心なんてないと思うんです。

ぼくも聡士さんを大事にしていきたいです。

幸せにするって具体的になにをすればいいのか考え続けてたけど、聡士さんが幸せだって書いてくれてるのを見てぼくも幸せになれたので、想ったり祈ったりすることから始まるのかもってひらめきました。

一緒に幸せでいたいです。

それと、初めてとか言うくせに聡士さんはキスが巧《うま》いから悔しい。ぼくにもまたさせてくださいね。

しき

「……しき」

日記の最後にあった署名を口にして読んだ。

ソファの上において、眠っている楠木の横へ再び移動して寝顔を見おろす。

——強くなっても、絶対に傷つかない心なんてないと思うんです。

きっとこのために楠木は今夜ここにいてくれたんだな。

世の中には汚い出来事や感情があふれていて、優しくて綺麗な人はごく少数しかいないから、楠木のいる場所が楽園になる。

……楠木、この先どうしたらいいと思う。身近で起きている現実の問題について相談したら、楠木も同性愛が怖くなって俺の前からいなくなっちゃうかな。

ゲイになりたい、とまで言ってくれた楠木の気持ちを信じていないわけじゃないんだけど、本当にただ、楠木を失うのが怖いよ。

楠木は男の俺とつきあうの気持ち悪くないの。女の子みたいにいい匂いがするわけでもない俺とくっついたり、かたい身体に抱かれたりするの、違和感ないの。不愉快じゃないの。

うん、ちょっとは違和感もあるけど……——そうこたえる楠木の困った顔と声を想像する。

無理だ、訊けない。

真っ白い額を右手でさすったら、掌に長い睫毛《まつげ》がつんとひっかかった。

その目もとを見つめて、好きだよ志生、と胸のうちで告白する。

明日も楠木がここにいて、俺を好意的に想って笑ったままでいてくれるなんて保証はない。言葉を怠らないようにしよう。楠木といられる時間を無駄にしないように、あとから後悔しないように、噛みしめて踏みしめてつきあっていこう。

ソファの上でいま一度日記をひらいてペンを持ち、勢いにのせて返事を書いた。

短い文章を書き終えてとじるとき腕に裏表紙がひっかかって、ふたりで名前を教えあった日の〝聡士〟〝志生〟という文字が視界に入ってきた。ああそういえばこんなの書いたな。

ふたつの文字が離れて斜めに傾いているのがなんだか寂しい。衝動的にぐるっとハートでかこむいたずら書きをしてひとりで赤面していたら、「ンぅ」と背後で楠木の声がした。

「――……あっ、先輩」

ばっと真うしろで起きあがるから、びっくりして反射的に日記をとじて隠してしまった。

「お、はよう、楠木」

「おはようございます、すみません、待ってるって言ったのに」

「いいよ、寝てな。起こしてごめんね」

「でも……あ、日記書いてくれてたんですか？」

楠木が俺の背中にくっついて手もとを覗きこんでくる。

「まあ、うん。帰ったら読んでね」

「いま読みたい」

「駄目。楠木も俺にひとりで読んでって言ったろ」

「読まして」

寝起きのくせにまだ酒が残っているのか、楠木がはしゃいで日記を奪おうとする。俺もひっぱって「駄目って」と格闘したが、楠木はこの押し問答が楽しいらしく、ころころ笑って弱々しく日記の半分をひっぱる。それで暴れたすえに、ふたりでかけ布団の上に転がってだんごになった。

まだ日記を離さず無邪気に笑っている楠木を押さえつけて、キスで黙らせる。ほんのすこし酒の味がするふやけた唇。楠木の唇だと自覚したら身体の底に火がついて、隙間をこじあけて舌を吸い寄せ、強引に欲した。優しいキスができなかった。

「んっ……」

痛そうに楠木が肩を竦めて声をあげても、無視をして舌を強く吸い続ける。奥に入りたくて無意識に角度をかえて舌をのばして吸う。欲しい、全部。……欲しいのに。

「せん、」

……先輩、と楠木の声が口のあいだから小さく洩れた。

「キス……巧くなってて、悔しい」

日記にあった言葉が続いてこぼれてくる。

満足はしていなかったけど、自分を落ちつかせるためにも唇を離して楠木の目を見つめた。

「志生、」

傍にいてくれてありがとう、と続けたかったのに、朝日に輝く楠木の笑顔の瞳を見ていたら喉がつまって声がでなかった。それでも楠木は満面の笑みで喜んでくれる。「聡士さん、」と、楠木も小声で呼ぶ。

「……聡士さんとふたりで会うのっていつも夜で、朝なの新鮮です」

「夜しか会ってなかったっけ」

うん、とうなずきが返ってきた。

「いつか一緒に夜明けが見られたらいいですね」

朝も昼も夜も、楠木の一生が俺は欲しいよ。

俺とずっと、永遠に一緒にいてほしい。……好きになったりして本当にごめん。

7　こいのかみさま

……隣で眠っている先輩の寝息を聴きつつ、さっきから交換日記を読み返している。

志生

おはよう。もったいない気持ちをたくさんありがとうね。

志生といると、人間って見えない力にひっぱられるようにそのときそのときで必要な試練に翻弄されて、そして必要な人間とめぐり会ってるんだなって感じるよ。

出会いも苦難も、自分に降りかかることは全部必然なんだなって。

誰かを大事にするとか恋愛するとかっていうのも人生の勉強だね。

志生が自立しようとしているように、俺も成長していきたい。

志生は俺にとって天使みたいな子だよ。

さとし

「てんし……」

嬉しさのあまり吹いてしまった口を押さえたら、ふぶっ、と音が洩れた。大丈夫、先輩は熟睡している。仰むけになって後頭部を枕にあずけ、すぅすぅと呼吸をくり返している表情は、赤ん坊みたいにあどけなくて可愛い。

出会いも苦難も、全部が必然……本当にそうですね、と心のなかから声をかけた。

──泊まるってどこに？　どういう集まりなの？

昨日の夜、居酒屋で呑んでいたとき母さんから電話がきて厳しく追及された。

周囲が騒がしくて、電話を受けたあとすぐ店の外へでたものの、友だちや店内の〝カンパーイ！〟という浮かれきった音頭までむこうに届いていたせいだとは思う。

──家族がみんな留守だからって悪いことしないでね？　ちゃんと言いなさい、誰の家に、何人でいくの？

母さんは恵生の素行の悪さで息子の奔放さに慣れるどころか、逆にやたら疑心暗鬼になっている。だからああなると手に負えない。

──泊まるのは大学の先輩のところだよ。いま遊んでるのは高校の友だちで関係ない。変な集まりでもない。

どこまで正直にうち明けるか煩悶《はんもん》して言葉を選びながら、どんどんばからしくなっていた。

俺は恵生と違ってズル休みも無断外泊もしてこなかった。酒は十九のいま数ヶ月だけフライングして呑んでいるけどそれは母さんも承知しているし、煙草はやっていない。悪さなんて憧れるだけで全部我慢して親の思いどおり正しく生きてきたんだ。

――先輩って……志生、まさかこのあいだつきあうとか言ってた人じゃないでしょうね？

〝まさか〟ってなんだよ。なにがどう〝まさか〟だよ。

先輩は〝まさか〟なんて嫌悪をむけられなくちゃいけない悪人とは違う。

――会ったこともない人にそういう言いかたするのやめてくれない。休み中もバイトしてる真面目な人だよ。俺、ちゃんと伝えたから。母さんたちも旅行楽しんできてね。

怒鳴り返したい苛立ちと、連休を満喫している両親に嫌な思いをさせたくない善心とのあいだで葛藤して、不機嫌な口調になった。『志生……』と洩れた声色で母さんのショックと動揺が伝わってきたから、ふり切るように電話を切った。おそらく生まれて初めての反抗だった。

――誰かを大事にするとか恋愛するとかかっていうのも人生の勉強だね。

先輩の言うとおり、初めての経験だらけだ。

――志生は俺にとって天使みたいな子だよ。

そんなに素敵で可愛い人間じゃないんですよ。親に反発してここへきてあなたの隣で寝て。昨夜の母さんとの会話を知ったら、先輩は怒るだろうか。哀しむだろうか。嫌われるような人間にだけはなりたくないのに、そう願うことも傲慢なのかもしれない。

日記をとじると、枕もとにおいていた携帯電話をとってメール画面をひらいた。

『眞山はやっぱヒトシのことひきずってるんだと思ってたから、楠木はすげえよ』

吉岡さんが一昨日くれたこのメールには、まだ返事ができないでいる。

ヒトシ――たぶんれいの〝親友〟の名前なんだろうが、俺は初めて知ってひどく腹が立った。俺だけ教えてもらえていないっぽい状況に、子どもじみた嫉妬をしたからだ。

ヒトシって眞山先輩の初恋の人の名前ですか、と吉岡さんに訊くのも悔しい。

あれ、ごめん知らなかった？　などと返されたら、怒りマークを十個ぐらいならべて送ってしまうと思う。

内容的にはおだててもらっているんだから、〝ヒトシ〟の部分を無視して、ありがとうございますへへ、とでも送っておけばいい、とそう思っても、ちっぽけなプライドがもやもやうごめいて阻んでくる。それでまたメール画面をとじて携帯電話を放ることになる。

先輩を好きになってから俺のなかには清純さと醜さが同居している。

恋ってちっとも綺麗なものじゃない。自分自身がクリアに、あらわになっていくだけだ。

誰も傷つけずに綺麗な感情だけで想えたらいいのに、きっとそれは恋じゃないんだろうな。

右横で無防備に寝ている先輩の横顔をじっと見つめていたら、目もとになにか違和感を覚えたのか、いきなり顔をしかめて左右にふり、右手で目をぐいぐいこすりだした。起きるかな、と身構えていると、またすぅと寝入ってしまう。

横にながれた黒い前髪と、整った睫毛と、綺麗なかたちの鼻と、朱色の唇。頰。のど仏。おろしたてらしいきちっとしたTシャツの胸には、らくがきふうのへんてこな猫の絵が描いてある。そこに自分の左腕をやんわりまわして、起こさないよう慎重に抱きしめてみた。

腕の内側に、Tシャツ越しの胸板の感触が浸透してくる。頰を先輩の肩先につけてさらに密着したら、身体の大きさを感じた。目で見るより意外と肩幅がひろくて〝男〟を自覚する。

俺もゲイだったんだろうか。女の人にも嫌悪感がない場合はバイっていうんだったか。

女性に対して性的に反応しないわけじゃないと思う。ただ、いまはこの身体に惹かれている。

『疲れたからすこし寝かせて』と頼まれて、じゃあ一緒に寝ます、と申しでたのは俺だけど、もう眠くない。先輩いつ起きるだろう。

起きたらセックスすることになるかな。挿入するのはまだ無理だとしてもしてみたい。俺の身体がどんなにみすぼらしくてもこの人なら許してくれる気がするし、先輩にセックスの幸せを教える初めての男も、俺にしてほしい。俺だけが知る先輩、誰も知らない先輩。

初めての相手はきっと忘れない。なにがあっても。たとえ別れて終わるとしても。


「——……すのき、楠木、」

はっ、と一瞬で覚醒して目をあけた。

「先輩、」

右横から覗きこむように先輩が俺を見ている。ベッドからでた状態で。

「そろそろ起きておいで。もう十二時になるよ」

ひとりで布団のなかにとり残されていて愕然とした。ど、どうして……。

「朝食抜いちゃったね。腹減ってるでしょ？　俺なにか作ろうか」

あ、ぅ、と口ごもる。爽やかな笑顔をひろげて一日を清らかに始めようとしている先輩に、よこしまな願望が言えない。セックス、したかったんです。もう昼だけど。挿入できる身体つくれてないし、明るいところじゃはんこ注射もろばれで恥ずかしいけど。

「楠木？」

無理だ、度胸が湧かない。

口がひやりとして右手で拭いながら「ええと、お昼は……」としょんぼり考える。なんかよだれいっぱいついてる。俺よだれこぼすほうじゃないんだけ……——あ。

「先輩、もしかしてぼくにキスしましたか」

「えっ」

ぎくって顔をした。

「したでしょ、だってすごく濡れてるっ」

「や、えー……ちょっとしたかな」

寝てるときだけじゃなくて起きてるときにもしてください……！

「……先輩は大胆なんだか気弱なんだかわかんないです」

「どういう意味よ。ほら、いつまでも寝てたら身体鈍《なま》るから顔洗っといで」

情欲すらひかえめで高潔な先輩が眩しすぎて邪心が折れる。

のろのろベッドをでて洗面所へむかい、顔を洗って歯をみがいた。……布団のなかで、もふもふいちゃいちゃしたかった。ぎゅうぎゅう抱きしめあってべたべたキスして、セックスしたかった。せっかく泊まったのにキスどまりで一切そういう雰囲気にならないのは哀しい。俺の体型はやっぱり好みじゃないのかな。まさかさけられてる……？

「楠木、昼ご飯こんなのもあるよ」

とぼとぼ部屋へ戻ると、ソファに座っている先輩が出前のチラシをひろげていた。

「あ、出前してみたいです」

「うん、たまにはいいよね」

微笑む先輩の隣に腰かけてチラシの束を手にとる。眺めながら、右側にいる先輩と自分の身体の距離をちぢめる隙を狙うけど、怖《お》じ気《け》づいてできない。……もう空気変わっちゃったし、しょうがないからべつのチャンス狙おう。

「先輩、これがいいです」

「ピザ？」

「ＣＭで観て気になってたから、この豪華なの」

クオーターのピザで、耳にもソーセージやチーズが入っている期間限定のだ。

「いいよ」とうなずいた先輩は、いつもサークル室でつかっているタブレットをだしてきてピザ屋のサイトから注文し始める。

「未来ですね……いまは電話で注文しなくていいんだ」

「近頃ネットだと割引があったり、おまけもらえたりするんだよ。知らない？」

訊かれて、いたたまれない気分になった。

「うち、ご飯は母親が作ってくれるんで……たまに出前するとわくわくします」

「あーなるほど。でもそれいいことだよね」

先輩は感心しながら住所や電話番号を入力していく。

さらりとながれていく会話の隅に、俺は無視できないずれを見つけた。自立してひとりで暮らしている先輩と違って、俺は親に養ってもらっている子どもだ。こういう未熟さがばれていくにつれ、自分でも知らないあいだに嫌われたりしないだろうか。

「Mサイズでいいよね」「はい」と、商品の詳細とサイドメニューを決めたら、タップひとつで注文が完了した。「三十分でくるって」と先輩がにっこりする。

「先輩、ぼくが決めたピザでよかったんですか？」

「うん。――てか、えー……その、楠木の食べたいのが、俺の食べたいやつ、だよ」

胸の奥が熱くなった。先輩が照れつつも一生懸命甘い言葉を言ってくれるとき、いろんな不安や辛さが全部すっ飛んで身体ごと弾みそうになる。

出前のチラシも、内心の怯えも、まとめて横によけて先輩に身体を寄せ、肩同士をぴったりくっつけた。大丈夫、ここまでのスキンシップなら昨日もしたから平気なはず。

「先輩は出前もよくとるんですね」

「や、よくでもないよ。自炊が面倒になったら店で買ってきちゃうな。出前で一人前って量も多いし金もかかって大変だから、このピザ屋も初めて頼むし」

「ふうん……ひとり暮らしってやっぱり楽しいだけじゃないですね、節約も必要で」

「どうだろう。俺は家賃も身内価格だから参考にならないよ」

「え、身内価格って、まさか自分で支払ってるんですか？　大学生なのにっ？」

「親の世話になるの嫌で俺が払うって言ったの。親の店で働いてちゃ本末転倒なんだけどね」

苦笑いする先輩を見て茫然とした。この人は本当に、どこまで大人なんだろう。

「店のご飯だと、最近は冷凍ラーメンに具材のっけて食べるのにハマってるよ。店で売ってる半熟卵とかチャーシューでもいいし、家であまった野菜を適当に炒めるのでもいいし」

「冷凍ラーメンっ？　知らなかった、美味しそうです」

「チープな味が癖になるんだよね。夕飯それにする？」

「うん」

約束したあとに、あ、夜までいていいのかな、と思ったのは先輩もおなじだったらしい。

「あー……そういえば、楠木は夜何時ごろまでここにいて平気なの」

自然を装いながら、先輩がぎこちなく右手で頭のてっぺんの髪を撫でつける。そんなに気をつかわなくていいのに。

「先輩が帰ってって言うまで一緒にいます」

目をそらして耳のうしろあたりをむける先輩の、その耳が赤いから、照れが伝染してくる。

「……そんなこと言ってると、帰れなくなるかもよ」

ぞわっ、と喜びが胸の中心から脳天まで一気にのぼりつめて紅潮した。嬉しい、ひきとめてもらえるなら従いたい。

「先輩、ぼくは、」

だけど母さんの声が蘇る。

——家族がみんな留守だからって悪いことしないでね？

——先輩って……志生、まさかこのあいだつきあうとか言ってた人じゃないでしょうね？

帰りたくない、ずっと一緒にいる、と叫びたい声が喉につっかえて、先輩の左手を縋るように摑んだ。言えないのが悔しい。言えない理由がわからないから余計に悔しい。苛立ちがたまって、それを抑えて腹に力をこめる。

「連休中泊まってても親に文句言われないぐらい……はやく、大人になりたいです」

恵生が学生のころも母さんは恵生の友だちを不良扱いして嫌った。俺だって勝手なことをすれば先輩の心証を悪くさせる。身動きがとれない。先輩を人質にとられているみたいに自由を奪われて悔しい、悔しい。期間限定で、俺にはいまが大事なときなのに。

「ぼくは、親に隠れて悪さできるぐらい、ずる賢い人間になりたかった」

切実な想いを吐露《とろ》したら、先輩が口を曲げて苦笑した。

「ずる賢いって……そんな奴になってほしくないからいいよ。俺が事前に楠木の親にお願いしておけば違ったかもしれないよね。ご家族も留守みたいなんでうちで面倒見ます、みたいな。……面倒ってほど偉そうなことできないんだけど」

「先輩……」

「泊まっていたいって思ってくれただけで嬉しいよ。ありがと」

先輩のこういうところが俺は恋しい。他人の言葉を冷静に咀嚼して、誠実にこたえてくれる。私欲で蹴散らしたり無視したりしない。嗤いも怒りも疑いもしない、尊敬できる大人だ。

「先輩も、親のことまで考えてくれてありがとうございます。……嬉しいです」

この人と話していると、自分っていう人間の存在をきちんと真正面から受けとめてもらえているのを感じる。安心して、安心しきって、傍にいたくなって、ずっとこっちを見ていてほしくなって、知るほどに独占したくなって、とりかえしがつかないぐらい惚れこんでいく。

掌を強く握りしめたら先輩が手をほどいてきて、え、と息を呑んだあと一秒もせずに、指と指を絡める繋ぎかたにかえた。

「……俺は今日楠木がいてくれて、ほんとに感謝してるんだよ」

「先輩、」

「無理にここにいようとしなくていい。必要なときはきっとなにもしなくても一緒にいるよ」

心臓が絞られるように痛んで息苦しくなった。嬉しくて嬉しくて、日記に書いてくれていた、出会いも苦難も必然だという言葉とともに激情がこみあげてくる。

「先輩、あの、」

「ん?」

「ぼくと、セックスするのは嫌ですか」

度胸とか勇気とかそんなことじゃなくて、もう自制していられなかった。

「泊まるって誘ってもらえて、ぼくは……そういうのも、すごく、期待してました」

「楠木、それは、」

「ぼくはまだキスが許せるとこまでしか好かれてませんか。限定の期間のあいだに、セックスするほど好いてもらえる可能性ってありますか」

言葉は口からあふれでても先輩の顔は怖くて見られず、自分の膝の上を睨んで訴えた。

先輩はすこし退いて俺を見ているようだけど、どんな顔をしているのかは確認できない。

「可能性、は……」

そのときピンポンと玄関のチャイムが鳴って、繋いでいたおたがいの手がびくっと震えた。

「……ピザ、きたみたいだね。楠木ごめん、ちょっと先にとってくる」

はやすぎだよピザっ……!

先輩が玄関へいってしまって、「どうも」とむかえ入れる声が聞こえてくる。

「待っ、先輩お金っ、」

こんちくしょうっ、と心のなかで毒づいて俺も慌ててソファを立ち、自分のボディバッグをあけて財布をとる。

「いい、俺だす」

先輩の返事があった。

「駄目ですよっ。三千円ぐらいしましたよね、細かいのはいくらだったっけ、えっと……」

千円を抜きとって小銭入れを覗きつつ駆けつける。

玄関ではドアをあけ加減にして立つ配達員の男と、うつむいて財布を探る先輩がいた。

真っ先に目についたのは配達員の愛想のなさ、というか、苦々しくて不愉快そうな表情で、俺が先輩の横に立つと、舌うち寸前のさらに嫌そうな顔をした。

え、客に対してこんな態度あるか？　と訝しんでいたら、先輩も、

「四百、三十……四円もあります」

と配達員の顔を視界に入れないように小銭を渡している。

このふたり知りあい？　と、ぴんときた。

配達員は短髪で爽やか系の男前。あとすこし筋肉をつけて日焼けしたらワイルド系にもなりそうだ。背丈は先輩とかわらないくらいで、たぶん同い年かひとつ上？　額に傷がある。

「ちょうどおあずかりします。……これ、新しいメニューです、どぞ」

無愛想な低い声でぼそぼそ言って先輩にチラシを渡すと、配達員は「あざした」とふざけた

お礼を残して、頭もさげず笑顔も見せずにさっさと帰ってしまった。

「誰ですかあれ」

不快感もあらわに直球で訊いた。

「……中学のときの、れいの相手」

いまのが先輩を傷つけた元凶……？　動揺しながらも理解したとたん、怒りがこみあげてきた。先輩は疲労を吐きだすように肩をがくっと落としてため息をつき、部屋へ戻る。

「まさかピザ屋でバイトしてるとは思わなかったな……」

してやられた、という軽い雰囲気で口調も明るいが、心配にはなる。

「先輩、大丈夫ですか」

「うん、ちょっと驚いただけ」

そうは言っても、さっきの先輩の反応は驚きだけじゃ説明がつかない。

「あの人がヒトシさんなんですね」

「あれ、名前教えたっけ」

「……吉岡さんが言ってました」

「あー、吉岡か」

ふたりで改めてソファに腰かけて、先輩がコの字型の白くて低いサイドテーブルにピザとサラダをおく。続けて「コーラとってくるね」とグラスにそそいできてくれて、眼前に美味しそうな料理がそろったものの、気持ちは愉快な昼食気分になど切りかわるはずもなかった。

「食べよう、楠木」

——罪悪感はあったみたい。

——おたがい地元がおなじだし、うちコンビニ経営してるから、結局たまに店で会っちゃってね。それで顔あわすと気まずそうにしてるもんで、逆にこっちが申しわけなくなるよ。

先輩が俺に教えてくれた〝ヒトシ〟は、かなり美化されたものだったんだと思った。

「……罪悪感があるようには、全然見えませんでしたよ」

先輩がピザを一枚とって口に入れ、「んー……」と唸る。

「あっちもばつが悪かったんだと思うよ。住所と名前で気づいてただろうから」

「きた理由はどうでもいいんですよ。コンビニは無理だとしても、先輩の家ならゆっくり謝るチャンスじゃないですか、なのになにあの態度。ピザ注文したこっちが悪いみたいな顔して。言ってやればよかった、人傷つけて謝りもしない奴のほうが最低で軽蔑するって」

「やめといて」

「むかつきますよ、だって先輩のほうが罪人みたいな顔してたっ」

発言すること、他人に自分の感情をぶつけること、が怖くて、数年間ずっとひかえめに受け身姿勢で生きてきたのに、先輩を傷つける人間に対しては黙っていられなかった。

「ぼくはあの人と先輩がどんな素敵な時間を過ごした親友同士かなんて知りませんけど、先輩に非があるとは思えません。世間が認めないからって他人の罪をかぶる必要はないんですよ、先輩は人を好きになっただけじゃないですか」

憤懣《ふんまん》を七割がたぶちまけると、財布から三千円とりだして「ピザ代です」とテーブルにおいた。

俺が決めた店とピザであり俺が招いたこの事件だから、自分で片をつけたい。しかし結局この金も父さんがくれた千円、恵生がくれた千円、母さんがくれる小づかいで、自分で果たした責任は一パーセントもないのがまた焦燥《しょうそう》を増幅させた。

憮然《ぶぜん》としている俺の横で先輩は黙していて、ピザで汚れた指先をティッシュで拭う。

「……ピザ食べなよ」

やがて先輩が、ひとつだけ欠けたピザの円をしめして俺にすすめた。

俺の主張に返す最初のひと言がそれですか、やっぱり〝親友〟が大事ですか、と先輩にまでむっとする俺に、「食べ物に罪はないよ」とまだ追いうちをかける。

もうこんなの食べたくない、とガキみたいにわめきそうになった。

「楠木、顔怖いって」

苦笑いするし。

「ちょっといろいろありすぎてキャパオーバーしてるから、すこしずつ話させてよ」

「なんですかキャパオーバーって」

「セックスのこととか」

……あ、そうだった。

「まあ、ていうか……均との件は全部すんだことだから、楠木が怒るとびっくりする。日記にも立ちなおってるって何度も書いてきたでしょ。あいつと会ったからって、昔みたいにがたがた狼狽するほどメンタル弱くないし……俺はいま、あなたのことで頭も心もいっぱいですよ」

先輩はピザに目を落としたまま、淡々と、切々と話す。

「楠木がもしあいつに傷つけられたら俺が黙ってられないから、なにもしないでおいて。あいつじゃなくて、ほかの誰かでもさ。——あいつのおでこにあった傷、気づいた？」

「え……はい」

「あれ俺がやったの。成人して多少は分別ついたつもりだけど、そういう暴力的な面もなくもないんで、俺のことほんとの犯罪者にしないでね」

「脅した」

「そうだよ。……でも俺に非はないって怒ってくれる楠木の思いやりは、すごく嬉しかった。ありがと」

先輩がそれぞれの出来事を頭のなかで整理して、嚙み砕くように丁寧に話してくれているのが表情からも口調からも十二分に伝わってくる。

先輩に近づいて肩と肩をつけ、またぴったり寄り添った。先輩の想いがかつてのトラウマを目の前にしてもぶれずに、いまちゃんとここにあると信じさせてもらえたことが嬉しかった。

「……でね、俺、楠木にひとつ言ってないことがあるんだよ」

「なんですか」

唇をひき結んで数秒間《ま》をおいてから、先輩が再び口をひらいた。

「俺、あのころからずっと勃たないの」

肌が凍えそうな、冷たい衝撃が心臓を貫いた。

「……それだけ先輩の傷が、深いってことですか」

中学生の当時から、先輩は同性愛者の自分を否定し続けているってこと……？

「いや、そんなに重苦しく考えないで。吉岡あたりなら笑ってくれそうだけど、変に心配されるのが嫌でいままで誰にも言わなかったとこあるし。なんていうか、たぶんタイミングがあえば簡単に治ると思うんだけどね。そういうのもなかったもんだから」

へらっと苦笑して首のうしろをさする先輩を、注意深く観察した。

「本当ですか」

「うん、たぶん」

先輩がそれとなく俺の視線から逃げるのを見ていて、こうやって追及するのも心身に影響するのかなと勘ぐってしまう。性的不能の問題について、これまでまともに考える機会がなかったから、おなじ男といえど対応がわからなすぎた。

もっとも不明瞭なのは、身体に変化をきたすほど先輩を抉《えぐ》った傷がどこまで根をはっているかだった。本人が平然とにこにこしているぶん、治る病なのかどうかまるで判然としない。

「ぼくはセックスで知る幸せとか喜びを、先輩に、初めて教える男に、なりたいんです」

「……はい」

「触りあうだけでも無理ですか。挿入れなくても、ふたりで気持ちいいって思えればそれが同性愛のセックスだって言ってる人もいましたよ。ぼくの身体とか……裸とか、そういうのも、見たいと想ってくれないですか」

「うん、あの……楠木、」

「それで、先輩の傷が治って、勃つようになったら、挿入れるセックスもしたい」

ピザの香りが室内にむせかえるほど濃く充満している。

そっぽをむいて首のうしろをさすり続ける先輩は、耳や首まで赤くなっていた。

「……志生君は大胆ね」

「ぼくだって恥ずかしいけど、真剣なんですよっ」

「うん……嬉しすぎて笑ってないと泣きそうだよ」

先輩も俺の身体のほうに体重をかけてきて、顔が内緒話をするみたいに近づいてきたと思った一瞬あとに、口の右端にキスされた。チーズの味。

「……いまするの」

見つめあえもしない間近で、吐息を口にかけながら訊かれて顔が爆発しそうになる。

「先輩の、気持ち次第で……いつでもいいです」

「楠木はしたい？」

「ぼくの気持ちは、さっき、言いました、」

泣きそうとか言うくせに、先輩はいつもたまに急に意地が悪い。

「先輩は、好みってどんななんですか」と訊き返しつつ、俺も先輩の腕を摑んで正面からむかいあうように姿勢をかえた。

「好み？」

「体型とかです。どんな男がいいのかわからなかったから。……ぼくは、さっきのあの人とも違って、男らしい体型でも、ないでしょ」

「それは、俺も訊かせてほしいよ。楠木は俺に……違和感ないの」

「違和感？　ぼくは兄がいたから、男の身体にはなじみがあるんです。女の人とは接点なくて、たぶんそっちのほうが手を繋ぐのも違和感ありますよ。やわらかくて驚くっていうか……」

「え、そんな感じ？」

「異性のほうが自分と違うんだし、違和感あるのは当然ですよね……？」

先輩が顔を離して、ぽかんと俺を見ている。あれ、変なこと言ったか？　とうろたえていたら、いきなりキスをされた。さっきのとは違う、口に嚙みつくような強引なキス。

喜んでくれたらしいが、なぜなのか理解しきれないうちに腰を右手でぐっとひかれて、うしろに傾いた頭をソファの肘かけにそっとのせて倒された。昨日はできなかったのに、もうコツを摑んでる。

「……できたよ」

先輩が眉をさげて笑う。

「うん……先輩は器用だし、しぐさが優しくて丁寧ですよね」

キスも、とつけ足して笑い返したら、しずかな目で見つめ返された。そしてもう一度、無言のうちにおたがいの心だけで、いい？　いいよ、と許しあって、唇を重ねていった。

俺が口を小さくひらいて、先輩の舌をむかえ入れる。先輩が俺の舌を吸って落ちついた次は、俺が先輩の舌を吸う。自然とできたふたりだけのキスのルールにはもう誰も介入できない。させない。そうしてくり返しキスを続けていると、身体が熱くなってきて「……待って、」とうつむいてとめた。

「もうすこしさせて」

先輩がいつになく興奮して求めてくれるからますます体内が燃える。

「こういうとき……先輩が羨ましいかも」

先輩の肩を押して下半身をよじったら、先輩も「あ」と察してくれたようすだった。

「勃ってるの」

「……うん」

「ごめん、気づかなかった」

肩をぶってやる。

「小さいみたいに言うなっ」

「大きいの？」

「おっ……」

「ご、ごめん、なに訊いてるんだろ俺」

「サイズは……普通です」

「そか、普通か……」

俺が真っ赤になってちぢこまると、先輩も赤くなってうつむいた。

「じゃあこうしよう」

俺をひき起こしてくれた先輩が、俺の身体をまわして背後から抱く格好をつくる。

左肩に先輩が顎をのせてきて、くすぐったくて笑ってしまった。笑っていると、先輩の甘えがエスカレートして耳たぶを吸われたり、首筋を噛まれたりした。

「そこ、汗かいたから、あんまり舐めないでください」

「ん？　楠木汗っかきなの」

「違います。キス、したからですよ」

「ならやめたくない」

俺のせいだから責任とるよ、とおかしな持論をとおして、先輩は俺の左側の耳や首筋やうなじを贈り続ける。口をつけて、前歯で甘く嚙ってから、痛みを和らげるように舐めて、最後に足跡を残すかのごとく吸う。それを一ヵ所ずつ数秒間かけて続ける、先輩らしい丁寧な愛撫。

快感の電流が皮膚を渡って全身にひろがり、指先からつま先までじんじんしびれる。

「キスマーク、つきましたか」

平静を保つために会話を持ちかけたら、

「……いや、キスマークってどうやってつけるんだろう」

と先輩の真剣な、それでいて緊張した声が返ってきた。

「鬱血の痕なんだよね。すこし強く吸ってみてもいい？」

先輩が俺の胴体を抱きなおしたせいで、シャツ越しに左胸へ刺激が走った。

「うん……あの、左側ばっかりだと辛いから、右もしてください」

わかった、と先輩は俺の右側に顔の位置をかえる。……胸と腹をやんわり抱いて支えてくれているんだけど、この人絶対、手でも俺のこと愛撫してるって気づいてない。

先輩の唇が右の首筋について、真新しい快感がおりてきた。強く吸われてちくと痛みが刺さったあと、気持ちよさがじんわり浮きあがってくる。歯を嚙みしめて、声を必死にこらえた。

「つき、ましたか……？」

「んー……うっすらついたかな。鏡のとこに見にいく？」

「いえ、あとででいいです。……いま、ちょっと、立てないから」

「ああ……。志生君のは、大きいんだもんね」

「普通っ」

ふたりでどこかぎこちなく笑いあう。

そうして恥ずかしさや照れを笑いでごまかしながら、しばらくセックスの真似事をした。

先輩の器用さや丁寧さは性格のあらわれだろうけど、手や唇の微妙な力加減からは初々《ういうい》しい不慣れさと遠慮を感じられる。俺がびくと反応すると、ぱっと口を離すか、あるいは愛撫をとめて、落ちつくのを待つ。それから、ごめんね、と謝るみたいに舐めてなだめてくれる。

抱きしめる掌も、俺の身体から一センチぐらい浮いている感覚が常にあって、豆腐を包んでいるような危うさと怯えが伝わってくる。たぶん俺の身体が壊れることじゃなくて、心が折れることを怖がってくれているんだ。

愛撫にも人柄がでる。触ってもらって、やっぱり俺は先輩のことをもっと好きになったし、欲深く贅沢になって、足りなくなった。

「楠木の首、虫に刺されたみたいになっちゃったよ……ピザも冷めるし、そろそろ食べよか」

先輩が俺の身体をうしろから抱き包んでそう言ったころには、全身が火照っていた。

行儀悪いのを許してもらって、両脚を立てて興奮を隠し、冷たくてかたいピザをふたりで食べる。もうあんま美味しくないけど、ほとんど味に集中できないからかまわない。

「コーラもぬるくなってんな……」

ごちた先輩がキッチンへいって、冷えているコーラのペットボトルと、濡れたタオルを持ってきた。手やテーブルを拭く用かなと思っていたら、「楠木こっちおいで」と俺の肩をひいて首のまわりを拭ってくれる。

「……ごめんね、よだれでべとべとにして」

俺の顔を見ないから、照れているのがわかる。

「……謝るかわりに、あれ言って」

「あれ?」

「日記に書いてたの」

先輩の目がまんまるく見ひらいた。

「無理無理無理無理!」

すごい動揺っぷりで、俺は吹きだしてしまう。

「お願い」

俺の肩にある先輩の左手が熱い。反対の右手で目を覆い隠した先輩は、下唇を噛んで一分ぐらい沈黙していたのちに、切れ切れに告白してくれた。

「——……志生は、俺の、天使だよ。……これからも、ずっと」


夕方は先輩と一緒にラーメンを作って食べた。

冷凍ラーメンは、昔、夏休みに家族でプールや海にいって食べたラーメンを彷彿《ほうふつ》とさせる、懐かしい味がした。

「すごく気に入りました。また食べたいです」

先輩は「うん」とだけうなずいて微笑み、俺に身体を寄せて肩をくっつけた。

家にとどまってパズルをしながら、いろんな話をした。

俺が昨夜高校の友だちとどんな再会をしたのかとか、なんでうちの大学を選んだのかとか、サークルでどんなところへいきたくて、どんな場所が好きで、子どものころどんな場所へよくいったか、とか。

先輩は家族旅行の経験があんまりないそうだ。楠木は？　と訊かれて、俺が家族でいった京都や温泉地の思い出話をすると、「俺も京都は修学旅行でいったな」などとふり返る。

とりとめもない会話が、先輩と出会っていなかった過去の空白期間をぽつぽつ埋めていくのと同時に、先輩が過ごしたひとりきりの時間の寂しさも埋まればいいのになと歯痒く思った。

八時をすぎて先輩のバイト時間を意識するころになってくると、一緒に家をでた。いつものルートで河川敷の公園へ寄って、なるべく長い時間過ごそうと決めたのだった。

肉欲まで共有したせいで、俺たちは蜂蜜みたいに甘く濃厚な至福感をどっぷり味わって息苦しくなっていた。それでふたりして、おたがいのあいだに風をとおしたかったんだと思う。

「誰もいないし、いいかな」

先輩がスプリング遊具のパンダにのって、ぎこぎこ前後しつつ「懐かしい〜」と笑うから、俺も隣のゾウにのって遊んだ。掌につく鉄の匂い、頬にあたる雑草の香りの風。自然と笑えてくるのは、ばかなことしてる、と自嘲するからだろうか。それとも童心に返るからだろうか。

「このスプリング、結構かたいですね」

「楠木の体重が軽すぎるだけじゃないの」

「えー。あ、ほんとだ、先輩と揺れ幅が違う」

「羨ましいだろ。あーたのし～」

「羨ましくないよ、先輩でぶってことだよ」

「標準的です！」

「やーい、さとしくんのでぶ～」

ふたりで笑いあう。ふざけまじりでも、先輩の名前を呼ぶのはまだちょっと照れてしまう。

ぐんとうしろに体重をかけてのけぞりながら夜空を仰ぐと、小さな星が光っていた。

「そうやって砕けた話しかたする志生、いいね」

先輩も照れた声音でそっと俺の名前を言う。

河川敷をでる前、先輩に、勃たないってどんな感じですか、と訊いた。

先輩は、んー……と考えてから、身体の一カ所が眠ってる感じ、とこたえた。

俺はそのとき、先輩の心はまだ眠ってるんだと、そう思った。

心が震えるほど熱く誰かを好きになったら、目ざめるんだろうか。

俺はまだ、その〝誰か〟になれていない。


先輩が仕事を始めたであろうころ、二通のメールが携帯電話に届いた。

『母さん、今日一日落ちこんでたよ～。神経質だから志生も困っちゃうね（汗）　志生のほうが母さんのことよくわかってると思うから、きつい言葉つかわないようにコントロールしてみて。泊まらせてもらった先輩ってプリンをくれた人でしょ？　父さんからもごちそうさまってお礼言っておいてね（にこ）』

一通は父さん。

『おい、母さんから志生にひどいこと言われたって告げ口メールきたぞ。外泊先の家の先輩って眞山先輩か？　ヒステリー起こすと面倒くさいからうまくやれよ下手くそ』

もう一通は恵生。ふたりともほぼおなじ内容のことを言っている。

なんだよ俺が悪いのかよ、と携帯電話を伏せてテーブルにおき、でもそのとおり自分の対応が悪かったんだとすぐに後悔した。

恵生の学生時代を見てきた俺は、父さんの言うように母さんの神経質さを知っていた。恵生のアドバイスに従って、母さんの怒りに対して怒りで返さず、冷静に嘘や、嘘にならない言葉を選んでなだめておくべきだったんだ。そうすれば恵生にまで先輩の家へ泊まったことがばれずにやりすごせた。

いまから先輩との関係や先輩の存在を家族に隠して、平和につきあっていけるんだろうか。前途多難だ。

座っていた座椅子の角度をかえて天井を見あげながら、先輩と家族と自分の将来を思う。

――ちょっといろいろありすぎてキャパオーバーしてるから、すこしずつ話させてよ。

――楠木がもしあいつに傷つけられたら俺が黙ってられないから、なにもしないでおいて。あいつじゃなくて、ほかの誰かでもさ。

――……でも俺に非はないっていう楠木の思いやりはすごく嬉しかった。ありがと。先輩をお手本にして、相手を否定しない上手な話しかたができるようになりたい。

冷静沈着に〝そうだね、その意見もわかるよ、でも現状はこれこれこうで、俺はこう思ってるよ〟と相手を尊重したうえで現実を諭して、自分の思いも伝える話しかた。

先輩は格好いい。言動も生きかたも大人で、愛撫が巧みで意地悪で、過去と闘う優しい男。

会いたいな。ずっとくっつけていた肩の半分が冷えて心許ない。

携帯電話をとって、以前吉岡さんに教えてもらった先輩の店のツイッターをなにげなく探してみた。つい数分前に〝(さ〟の呟きがある。

『GWもご来店ありがとうございます。本日はホイップクリームがたっぷりのったふわふわパンケーキと、抹茶大福がおすすめです。＊休み期間中、店の前に集まって座りこむお客さまが大勢いらっしゃいます、ご遠慮ください。(さ』

不快感も穏やかだ。仕事の文字から届く呼吸でも、存在を傍に感じると幸せになる。過去の呟きもさかのぼって見ていった。俺が知らない、出会う前の先輩。

性的不能ってどうすれば治るんだろう。『タイミングがあえば簡単に治ると思う』と先輩は笑っていたけど、本当だろうか。

――あいつのおでこにあった傷、気づいた？　あれ俺がやったの。

――そういう暴力的な面もなくもないんで、俺のことほんとの犯罪者にしないでね。

暴力的。温厚な先輩が他人に手をあげるほど辛かった体験。トラウマ。先輩がどんな表情でヒトシの額に傷をつけたのか、俺には想像もつかない。

素手で殴った？　なにか物をつかって殴った？　もしくはどこかに突き落としたとか？

加害者の先輩を思い描くことができなくて、彼の心を理解できていない自分が助けになれるのかどうか、不安になっていく。

性的不能になる原因も治しかたも、個人個人違うだろうから、携帯電話で検索するのも憚られる。なんか、先輩の心の問題を、先輩を知りもしないネットのサイトに訊くっていうのが、違う気がする。本人と接して、本人と一緒に模索していきたいというか……。

性癖に対する先輩のうしろめたさがうすれて、恋愛を心から楽しめるようになるまで、先輩の恋人でいたいな。先輩の家に帰って鍵をあけて部屋へ入るのも、家でひとりで先輩の帰りを待つのも、同棲みたいで幸せだった。せめてあの空と湖のパズルができるまでは一緒にいられますように。

携帯電話を胸の上において、テーブルの上の手鏡をとって自分の首もとのキスマークを眺めていたら、ポコンと鳴ってメールがきた。

『聞け楠木、ミヨちゃんとカラオケいってきたぜ～』

吉岡さんとポニーテールの女の子がピースしている写メールだ。

『恋人できたんですか？　ミヨちゃんって誰ですか？』

『このあいだの合コンにいたロングヘアーの子だよ、顔ぐらい憶えといてあげてっ』

『髪型が違ったらわかりません……』

『しきりん、女とつきあうのむいてないわ～』

『自覚してますよっ』

いきなり駄目だしされた。

『しきりんは眞山しか目に入ってねーな』

うん。あの合コンの日も吉岡さんと駅で待ちあわせて居酒屋へいくあいだですら先輩のことを話してましたもんね、と思う。自分を先輩の恋人にしてほしくて悩んで焦れてへこんでいた。合コンで女の人としゃべるのも楽しかったけど、恋愛関係の話題になると先輩と結びつけて、先輩ならなんて言うか、先輩だったらどうするか、そんな妄想で悶々としてばかりいて。

『ぼく眞山先輩の恋人にふさわしいんでしょうか』

『おう。眞山は一個下の山本がきたときもそんなにかまってたわけじゃないよ。基本的にいい奴だけど、楠木みたいに手とり足とり面倒見てやる感じじゃなかったからなー』

吉岡さんは普段言動がいい加減なのに、こっちが弱音をこぼすとちゃんと返答してくれる。

『吉岡さん、ぼくのこともっと持ちあげて』

『楠木はすごいよ、すごいすごい』

『もっとちゃんと（怒』

『眞山は絶対楠木に惚れてるよ、鼻の下のびまくっててだらしねえ。べた惚れのべったべた』

『ありがとうございます（にこ』

『楠木はかわええねえ、おまえが女だったら惚れてたなあ。さすがに俺は男には勃たねえや』

勃つ勃たない、と気安く言う吉岡さんにむかっときた。

『勃てたらちょん切りますよ』

『こえぇ』

『ぼくは眞山先輩が男でも女でも好きです。吉岡さんはミヨさんが運命の人だったんですか？また会うの？』

『男でも女でもとか言われちゃったら揺らぐわー。エッチしたのに揺らぐわ〜』

寝たんだ。

『吉岡さん最低ですね』

『最低男でよければいつでも相談のってやるよ』

『ありがとうございます。自信がなくなったら持ちあげてください』

『おだて係かい』

『先輩とのことは先輩に相談して、一緒に考えていきます』

『へいへい』

メールを終えると座椅子の角度を戻して、テーブルにある冷めた紅茶とクッキーを食べた。

世の中には吉岡さんみたいに〝揺らぐ〟ような相手と簡単にセックスしてしまう人もいるのに、眞山先輩はできなくて、なんだかすごく理不尽だ。

先輩の身体のことや〝ヒトシ〟のあの嫌悪の顔を回想して、俺も片岡に謝らないまま終わるのは駄目だよなと考える。謝れ、とヒトシに対して思う自分が謝れていない。それでいて先輩とのセックスについて、はんこ注射を見せるのすらビビっている。俺も自分本位で最低だ。

かといって、高校の三年間まるっと音信不通だった相手に急に連絡するのも、されるのも、きっととても気まずい。片岡のアドレスをだして、中学のころ教わった電話番号とメアドを眺める。昨日高校の友だちは、中学のクラスメイトと仲がよくて、大学進学や就職をした今月、同窓会するんだと話していた。うちの学校も同窓会すればいいのに……って、こうやって他人やながれにまかせて自堕落になっちゃ、さらに駄目じゃないか。

正しい人間になるのも難しい。


翌日の午後一時、三泊四日の温泉旅行を終えて恵生が帰宅した。

「はやかったね」と二階の自室から階下へむかえにいったら、リビングのテーブルにおみやげの包みをおいていた恵生がふりむいて目をつりあげた。

「おまえなんだよその首」

しまった。

「メールの返事もよこさないで休み中なにしてた⁉」

正面に近づいてきた恵生が、ただいまも言わずに怒鳴りだす。

昨夜のメール以来、帰宅したら真っ先に追及するつもりでいたんだと直感できる鬱積のあふれかただった。

「……友だちと遊んで、先輩の家に泊まりにいっただけだよ。悪いことはしてない」

先輩とおなじ話しかた、冷静な話しかた。大丈夫、できる。落ちつけ、落ちつけ。

「なんで俺に言わなかったんだ」

「必要ないと思った。恵生だって黙ってろって言ったでしょ、言わない優しさもあるって」

「ばか野郎、俺には言え！」

「恵生からも自立したかったんだよ、迷惑かけないようにっ」

「おまえ男とつきあうっていうのがどういうことかわかってないんだな」

「わかっ……」

「おまえの言う〝自立〟は家族に黙って将来のない同性愛にハマって、こんなふうにこそこそキスマークつけてくることか⁉」

シャツの胸ぐらを摑まれて、恵生の怒りの形相が目の前に近づいた。

恵生は小学生のときに初キスをして、中一で童貞を捨てている。相手は友だちのお姉さんだ。しかもセックスしたあと真面目につきあったわけでもない。童貞を捨てるためだけに、相手と合意のうえで遊んだだけだった。そんなことうちの両親はいまだ知らずに、北海道でのほほんと幸せに過ごしている。

「恵生に言われたくない、なんで俺だけ束縛されなくちゃいけないいんだよ、恵生のほうがひどいこといっぱいしてきただろっ！」

怒鳴り返して恵生の手をふり払い、眼球がひきつるほど睨んだ。

「俺とおまえは違うんだよ」

「どこが⁉」

「俺はクズでおまえはいい子だろ。父さんも母さんも、志生は大人しくて自分たちの言うことも聞く手のかからない優しいいい子だと思ってんだよ、それ壊すなよ！」

「そんな勝手なイメージ押しつけるな、めちゃくちゃだっ」

「いままでおまえはそういう弟だったんだ」

恵生のひと言にはたしかに落胆の色があった。でも無視をした。

納得いくことと納得いかないことが胸の奥でひしめきあってこんがらがって整理できない、

とにかくむかつく。腹立つ、むかつく。反撃にならない単語ばかり腹にたまっていって、意見を順序立てて叩き返せない頭の回転の悪い自分にも猛烈に苛立つ。

「就職して実家でて、自分がすることに自分で責任とれるぐらい大人になってから眞山とつきあえ、わかったな」

「ふざけんな！」

恵生が部屋へ去っていく背中に暴言を投げつけた。冷蔵庫からお茶のペットボトルをとって、恵生が部屋に入ったころあいを見計らって自分も自室へ戻る。

部屋の中央の座椅子に腰かけてお茶を呷り、テーブルの上におくと、今度は俺が戻ったのを知った恵生がドアをあけて手だけ入れ、

「これ着ろ」

と黒いシャツを放ってきた。俺の右肩にひっかかる。昨日先輩とずっとくっつけていた肩。

「やだ！」

汚いものをはがすようにひっぺがして床に投げつけた。

「今夜外食するからな」

ドアをしめて外から恵生が続けた。たったいまの言い争いなどなかったかのようなケロッとした声色をしている。これが俺たちの常だ。喧嘩をしても一瞬で終わらせる、長びかせずにまたたく間に許しあう。でも今日はまだそのリズムにのれない。

「いらないよ」

外食して、店でも説教されたらたまったもんじゃない。

「拗ねんなばか。夕方六時にでるから用意しとけよ」

　無言でいると、恵生は再び自分の部屋へ戻っていった。

　もう一度お茶を飲んで、床にくしゃくしゃの塊になっている黒いシャツを睨んでいたら、やがて恵生の部屋から甘ったるい口調の話し声が聞こえてきた。理沙さんとただいまコールか。腹立つ。

　女性とつきあうのは常識だってつきつけたいのかよ、幸せだ、って嗤ってんのかよ。

「むかつく」

　自分は若いころやんちゃしたけど更生しました、自身の教訓を糧に弟には厳しくしますって？　なんで二番目の俺だけ自由に経験させてもらえない？　失敗させてくれない？　自分たちの考える常識を押しつけてそこにはめたがって束縛して、〝正しい教育〟をして優越感に浸るのやめてくれないか。最低で狡い。大人は狡い。

　友だちのお姉さんと愛のないセックスで童貞を捨てるのと、一生懸命恋愛してセックスしようとする男同士だったら、絶対に俺たちのほうが正しい。俺たちのほうが真剣で、本物だ。失敗でもない。非常識でもない。

　言ってやればよかった。なんでいつもあとになって言葉がまとまるんだろう。

　言ってやれなかった。先輩のことまで否定されてばかにされたのに、反論してやれなかった。先輩を守れなかった。先輩とおなじしゃべりかたなんて、五秒とできやしなかった。

　悔しい、腹が立つ、苛々する。彼女とにこにこ話してんなよ、全部聞こえてんだよっ。

「くそっ……」

恵生の部屋に怒鳴りこみにいきたいのを必死でこらえて拳を握っていたら、テーブルの上の携帯電話がポコンと鳴った。

『志生、おはよう。今日はなにしてる?』

先輩のメールだった。

昨日と同様に朝方バイトを終えて、十一時ごろに起きて昼食をすませたなら、ちょうどゆっくりしているころだろうか。以前は未知だった先輩の生活が、今日は鮮やかに想い描ける。

『部屋にひとりでいます。聡士さんと話したかったからメール嬉しいです』

先輩の声はたとえ文字でも命の水みたいだ。心を一瞬で潤《うるお》してくれる。

『俺もバイト疲れちゃって、志生と話したかったよ。電話してもいい?』

話したい。けど声が恵生に届くのはさけたい、とくにいまは。

『すみません……タイミングが悪くて電話は無理そうです』

『そっか、いいよ。ごめんね』

先輩の文字の謝罪が胸に刺さった。恵生の存在を危ぶんで先輩に謝らせた。俺が気をつかわなくちゃいけない理由はないのに、今後も恵生や家族に怯えて先輩とつきあい続けるのかと思ったら苛立ちがふくらんでいく。せめてメールが途切れるのだけは食いとめたい。

『そういえば聡士さんの部屋着、変でしたよね』

『えっ、あれおろしたての綺麗なやつだよっ?』

適当に話題をたぐり寄せたら驚かせてしまった。

『生地は綺麗だったけど、猫の絵がおかしかったから。いまはどんな服ですか?』

『あの猫も有名なアーティストが描いたのに〜……いまは風呂あがりなので下着のみです』

裸……そこはまだ未知で、想像できない。

『動画でください』

返事に間《ま》がある。

『志生がなにかくれたらね』

反撃された。でもこれは先輩の心の病を治す一歩かもしれない。

『写真でいいですか』とハードルをさげたら、『うん』と短く返ってくる。

携帯電話のカメラを起動してインカメラにかえ、液晶に自分をうつしてどこを撮ろうか悩む。

下着じゃたいした刺激にならないだろうし、首の痕は恵生との喧嘩を思い出して嫌だったから、Tシャツをひっぱって服のなかを撮影し、送信した。

『服の影が入っちゃって見えづらいけど乳首です』

『本当に送ってくると思わなかったよ……』

『ひきましたか』

『ううん、ありがとう。さくっと送れちゃうところが男前だね。俺は変態になっていくけど』

笑ってしまった。喜んでくれてよかった。

『約束だから聡士さんも』と催促したら、『はいはい』という返事のあとすぐ写真が届いた。

頭の右上から撮ったような横顔と、裸の胸と、トランクスと、ソファに座って組んだ脚。

右側のこめかみがアップになっていて、胸や下半身は小さいからほとんど見えないものの、その前髪に隠れた伏せた目と睫毛と、髪の隙間から耳のでた横顔がたまらなく格好いい。

『格好よすぎて狡い……』

抗議にならない抗議をしたら、『格好よく撮れてた?』と他人事みたいに返ってくる。『見てないの』と訊くと、『見たら送れなくなるからね』と言う。なんだかなにもかも格好いい。

『聡士さんぼくの写真オカズにしてくださいね。ぼくもこれオカズにするから』

またすこし沈黙があった。こういう会話は嫌だっただろうか。

『写真じゃなくて、志生に直接触りたい』

どきりとする。……そうか、メールだとリアルと違って、あー、その、えー、みたいな無駄な言葉が省略されるぶん、ストレートになるのか。

真摯に求められて心臓が忙しなく鼓動する。

『触ってください。また聡士さんの家にも泊まりにいきたいです』

『うん、おいでね。俺も会いたいよ』

さっきまで怒りと苛立ちで煮えたぎっていた腹の奥が、凪いだ海みたいにしんと落ちついていた。かわりに胸が熱を増していく。一泊一緒にいたからかな。距離がちぢんだ気がする。

『聡士さんは癒やしの神さまですね』

俺は全然天使なんかじゃないけど。

『神さまはあなたの乳首見て鼻の下のばしてますよ』

ふぶっ、と吹いた。自分の身体を好いてもらえるのが嬉しいことだなんて、初めて知った。

『また送ります』と言ったら、『はい』と粛々《しゅくしゅく》と返ってきて、幸せで何度でも笑顔になれた。

視界の隅に恵生の黒いシャツがある。

『聡士さん、ぼくいまからちょっとでかけます』

『うん、わかった』

携帯電話をおいて座椅子から立ち、転がっていた恵生の黒シャツを着る。

キスマークを隠せる服を、ちゃんと自分で買いにいこう。


駅周辺のショッピングモールへでかけて、タートルネックの洋服とストールを選んだ。

連休も残り二日となり、街は最後まで休みを満喫すべく集まった大勢の人で混雑している。

店内を駆けまわる子どもがいて、兄弟らしい男の子たちが商品の陰に隠れてはしゃいでいた。お兄ちゃんぽい子が自分の服にくっついている弟を先導して、弟も声をひそめて笑う。

恵生は家でまだ理沙さんと電話しているだろうか。兄弟で留守番している日にひとりででかける際には、いってきますと声をかけるのが当然のルールだったのに無視してきてしまった。

街を歩いていると、次第に罪悪感が芽をだしてくる。風はもう夏の香りがした。

自宅へは帰らず、外で時間を潰して六時に恵生と待ちあわせた。

恵生は先日とおなじく俺に食べたいものを訊ね、俺が寿司と言うと、まわらない寿司屋に連れていってくれた。

店で、恵生が先輩の話をすることはなかった。警戒する俺に呆れて、なだめる口調で世間話をした。理沙さんとの旅行の想い出を自慢げに話すでもない。まるで先輩との件で喧嘩したのは十年も二十年も昔の出来事かのようなからりと明るい普段どおりの態度。

そんなふうにされると、不機嫌に接し続ける自分の幼さがどんどん浮き彫りになっていって、恵生のほうが大人に感じられてくる。

自分だけがばかでガキで、先輩しか眼中にない、視野の狭い拗ねた子ども。

周囲の人たちや世間にまじわることができず、とり残されていく子ども。

「明日母さんたち帰ってきたら、いい子ちゃんしとけよ?」

帰り道、そう言って俺の頭をぽんぽん撫でた恵生は、七歳上の遠い苦笑いを浮かべていた。

考える。『俺は味方だ』と言う恵生に支えられた中学時代のことを。ずっとふたりで暮らしていきたいと願っていた恵生から、離れていく未来を。恵生に彼女ができるたびに味わった、ささやかな寂しさを。

恵生はどんな気持ちで、いま弟の俺に笑いかけているんだろうか。悪人は俺なんだろうか。

本当の正しさがわからなくなっていく。

先輩を想うと心が強靭《きょうじん》になってなんでもできる気がしてくる。事実、俺は言葉を恐れなくなった。他人とむきあって、意見をかわすことからもう逃げたりしない。なのにどうしてだろう。どうして俺には、先輩と過ごす未来を守る、力がこの手にないんだろう。

先輩に相談したいけど、家族の問題をもちかけたら、やっぱり期間限定で終わらせておくべきかもしれないね、と別れを切りだされそうで怖い。ゲイであることを責められて地獄を見た経験のある先輩だからこそ無理だ。この件だけは言えない。自分で解決しなければ——。

連休最終日の午後三時、俺は片岡に携帯メールをしてみた。

『ひさしぶり、楠木だよ。時間あったら電話させてくれないかな。都合いいとき教えて』

電話番号が変わっているんじゃないかと思い悩んだのと、話す時間があるか確認したかったのとでメールを選んだのだが、アドレスが変更されていたらもとも子もない。

一応送信できてほっと返事を待っていると、十五分後ぐらいに携帯電話が鳴った。

『おーすげえひさびさだな。今日暇だからいつでもいいよ』

意外と軽い調子であっさり返事をもらえた。一筋の光明を見つけて、気持ちがぐらつかないうちにすぐさま電話する。二回目でコールが途切れて、

「片岡、ひさしぶり」

と息をとめて声をかけたら、電話のむこうから『おう』と笑いまじりの声が返った。

『ひさしぶり〜、なんだよ、どしたあ？』

ははは、と照れて笑っているようすに、片岡が怒っていないのを察知して胸を撫でおろす。

「あの……いきなりごめんね。いま、片岡どうしてるの？　大学進学した？」

『しましたよ、ちょー必死に勉強してな〜』

「そっか。そのさ、ちょうど節目っていうか、中学のほかのみんなも進学したり就職したりして新しい生活始めたころだと思うから、同窓会みたいに、こう……会って遊んだりしたいなって思ってさ」

『あーなるほどね。それでみんなに声かけてんだ？　おまえが幹事なの？』

「いや……幹事みたいなことを、片岡とふたりでしたくて。相談の電話」

『え、おまえが発案者？』

「……そう」

『なんだそりゃ』

ははは、と片岡が苦笑いになる。不審な思いをさせて、空気が濁ったのがわかる。

当然だ、俺は幹事をやるようなまとめ役じゃないどころか、同窓会をしようと言いだすタイプのクラスの中心人物じゃなかった。そういう魅力と実行力を兼ね備えていたのは片岡で、俺はサポートタイプだったんだから。

早々に本題へ入って正直に話そう。

「あのね、俺、片岡と喧嘩して疎遠になったことずっと気にしてたんだよ。いまさらなに言ってんだって感じだろうけど謝りたかったんだ。……あのとき、本当にごめん」

携帯電話越しに頭をさげた。

「みんなと会いたいのも本当だよ。でも片岡ともまたちゃんと会って謝りたいって思ってる。それで、同窓会一緒に、」

言いかけた言葉を、『おいおい』ととめられた。

『おまえ相変わらず律儀なー？　そりゃ俺も楠木と嫌な感じのまま別れたの気にしてたけど、いまンなってまで怒ってるわけねえし、そんなきちんと謝られると逆にびっくりだわ』

「うん、ごめん。謝りたいって思うのも俺の勝手な都合なんだけども……」

『や、嬉しいちゃ嬉しいよ。──俺、高校ンときに手術したんだよ。だからいまあの鼻くそねえのよ』

「そうなの？」

『そ。それもおまえとの喧嘩がきっかけ。だから俺おまえに感謝してたし。俺もあんとき〝なんでそこまで？〟ってぐらい怒鳴ったもんな、長いこと気にさせてごめんな』

「いや、片岡が謝るなよ」

『ははは。いいだろ、おたがいさまってことで。また会おうぜ。おまえも進学したんなら大学の話とかしようよ。俺、実家でてひとりだから遊びにきてもいいし』

「ひとり暮らしなの？」

『おう。うち親がうるさいからね〜。でようって決めてたんよ』

そういえば片岡の家はかなり教育熱心で厳しかった。片岡も歳の離れたお兄さんがいて、有名大学に進学したとか将来有望だとか話してたな。両親はふたりとも教師で。

『同窓会もやっか。長いこと会ってねえ奴も多いから楽しみだな。みんな大人ンなってたらやべーし、俺もすっげえ頭よさげな格好していくわ。〝大学生ですキリッ〟みたいな』

昔と変わらない快活でリーダー然とした魅力に、自然と惹きつけられていく。

ただし手術、受験期、ひとり暮らしを始めた経緯と、どの事柄をとっても片岡は苦労していそうだった。訊ねればいろんなエピソードが飛びだしてきそうで、自分たちがそれだけ長く別々に過ごしすぎたこともしんみり実感させられる。

「俺も外見だけでも見栄はっていこうかな」

恋愛関係もきっといろんな逸話があるんだろうな。おたがいキスやセックスの単語だけでばか騒ぎしていた洟垂れ小僧ではなくなっている。生々しくて現実的な会話になるんだろう。

『やべーな、おまえあんま格好よくしてくんなよな』

「格好よくないから平気だよ」

『ンなこと言ってすげえ変わってンじゃねえの〜？』

「片岡のほうがひとり暮らし始めてて格好いいじゃん」

『格好いくねえって、こんなのただの反抗だし。不良よ、不良。〝もう親にガミガミ言われたくないっ〟つって飛びだして、そんで親の仕送りで生活してんだから、ガキよガキ』

笑い続ける片岡に、心臓が波うつ強い親近感を抱いて興奮するやらほっとするやら。

「会いたい、週末にでもいくよ。時間ある？」

『いいぜ、暇だからこいよ』

「うん」

片岡と会う日時を決めて、そのとき同窓会の話もまとめようと約束し、電話を終えた。

連絡することに怯えていた数年間が嘘のように、すぐにでも会いたくて週末が楽しみになった。俺は片岡と別れたあと片岡本人と対峙《たいじ》するのを恐れて、片岡は怒ってるかも、謝っても許してくれないかも、とひとりで闇に落ちていった。己の妄想で偽物の片岡をつくりあげて悲観し、勝手にどつぼにはまっていったんだ。本物の片岡は怒っていなかったし、自身のコンプレックスにうち勝って、俺に感謝までしてくれていたらしい。

それになにより、片岡とは背伸びをする必要なく、自分とおなじラインにいる同士として語りあえると思った。〝大人〟や〝自立〟を、一緒におなじ場所からおなじ高さにむかって焦がれられるような。それはいま自分がもっとも求めている相手でもある。

眞山先輩に報告したい。

友だちと仲なおりできたんです、やっと前に踏みだせたんです。

先輩の恋人にふさわしい人間にも近づけている気がして、たとえどんなに小さな壁だろうとも自分でのり越えられた達成感がとても嬉しく心に満ちている。


夕方父さんから連絡がきて、駅で待ちあわせて外食することになり、恵生とでかけた。

「ごめんね、夕飯作るの面倒になっちゃって〜……」と謝る母さんにも、その横で微笑む父さんにも、まだ旅の高揚がまとわりついている。北海道の匂いをした風をひき連れて歩いている感覚だ。

全員の食欲がばらばらだったのもあって、駅ビルにある串焼き屋で個々に好きなだけ食べようと決め、店へ入った。

父さんと母さんの旅の話を中心に、会話がすすんでいく。

恵生は彼女との温泉旅行の話をふられても適当に「楽しかったよ」とか「メシも美味かったよ」と受けながす。母さんに彼女の人柄を〝お嫁さんにふさわしいのか〟と追及されるのが嫌いなので、いつもこうだ。

俺は夕飯になにを食べたのか、健康に過ごせたのかと訊かれた。でもそれだけだった。

北海道の美味しい料理や気候の心地よさの話題に押しやられ、先輩のことはうやむやになっていく。

あの一悶着《ひともんちゃく》を百年も二百年も昔の出来事みたいに風化させるのは、恵生とおなじやりかただった。大人のやりかた。

それでも俺は恵生を見てきたから知っている。全員、忘れてなんかいないことを。今後もし俺が深夜に出歩いたり無断外泊したりと、不審な行動をしようものなら、その都度〝あの先輩のせいなんでしょ⁉〟と蒸し返して結びつけられるのだ。

先輩の存在が家族のあいだで暗いシミになったことだけは、自覚せざるを得なかった。

帰りのバスのなかで、隣に座っていた恵生が俺の頭を無言でぽんと叩いた。


深夜に携帯電話が鳴った。

目をこすってたぐり寄せ、眩しく光った画面を見ると、先輩からのメールだった。

『バイトしてるよ』

時刻は深夜二時。

『お疲れさまです。夜中までご苦労さまです』

ベッドにぐったりしたまま労《ねぎら》いを返したら、またすぐポコンと鳴った。

『返事くれると思わなかった。ごめんね、起こしたよね』

ふふ、と寝ぼけ眼《まなこ》で笑ってしまう。

『大丈夫です。仕事大変ですね。癒やしになるなら、またエッチな写真いりますか？』

返事が届くまでのあいだ、うとうとした。

『志生のいうエッチってどんななの』

意地悪な尋問《じんもん》が始まった……？

『パンツのなか』

またなかなか返事がなくて、意識が遠のく。

『それは俺が自分の手で脱がせて、それで見たいからいい。大事な領域っていうか』

切々と真剣な訴えが返ってきたぞ。

『そこに聡士さんの思い入れがあるのはわかりました。嬉しいです』

『思い入れって……』

『でもそれ以外だと、もう思いつかないです。聡士さんはどこがエッチだと思いますか』

再び間《ま》があって、眠ってしまいそうだったから起きて階下へいき、グラスに冷たいお茶をついで戻った。ドアをしめたタイミングで、ちょうど返事がきた。

『死ぬほど恥ずかしくてなにも言えない』

この沈黙のあいだにどんなこと想像してたの……！

『聡士さんは謙虚ですね』

こういう照れ屋で真面目なところが大好きだ。

『いや……むっつりなだけだよ。勃たないくせにごめん』

『ぼくは聡士さんのリハビリかねて写メしてるんです。身体に自信もないから、喜んでもらえるの嬉しいですよ。じゃあなにか撮って送ります。いい子で待っててくださいね（女王さま』

『はい（犬』

枕もとのスタンドライトをつけて携帯カメラの用意をする。どこを撮るか迷って、今度はパジャマをたくしあげて両方の胸をきちんと撮影し、送信した。

『また乳首です。よく考えたら、こうすれば服の影がなくて綺麗に撮れますね』

『はい、綺麗です。ありがとうございます』

『エッチでしたか』

『うん。左側の胸の先が腕で隠れてるのと、おへそがエッチ』

『そこっ？　聡士さんは焦らされるのがいいんだ』

『今夜の休憩時間は刺激的すぎて、仕事モードに戻るの大変だよ』

小さく吹いてから灯りを消して布団にもぐりこんだ。心の姿勢を正して文字をうつ。

『聡士さん、ぼく中学のときの友だちと仲なおりできたんですよ』

『そうなの、会ってきたの？』

『いいえ、昔の携帯番号は知ってたんです。それで勇気だして連絡してみたら、いまはもう怒ってませんでした。ひとり暮らししてるから遊ぼうって誘ってもらえて、週末いってきます』

『そうか、よかった。志生のなかにずっと残ってたわだかまりだもんね。志生の悩みが消えたなら俺も嬉しいよ』

『ありがとうございます。聡士さんのおかげです』

『俺はなにもしてないでしょ』

『いいえ、ぼくは聡士さんと会ったから変われたんです。全部聡士さんのおかげです』

なにもしてないなんて言わないでほしい。

先輩を想うようになって、俺のなかに住みついた先輩が力をくれている。勇気をくれている。子どものままでいちゃ駄目だと叱って、手をひき続けてくれている。

『ぼくは聡士さんに憧れます。聡士さんみたいになりたいですもん』

『俺になったっていいことなにもないよ』

すこし自暴自棄の響きがあった。

『あるよ。ぼくは聡士さんみたいな話しかたができる大人になりたいから』

恵生も母さんも、誰も傷つけずに、先輩の素敵な人柄を伝えられる落ちついた大人に。

『志生は言いたいことちゃんと口にするでしょ』

『ぼくのは単なる暴走です。聡士さんみたいに相手の心とちゃんと接してるんじゃない』

同性愛は本当に難しいですね。家族とこんなふうに真っこうから対立したのも初めてです。

でも先輩は俺以上に辛い時間を過ごしてきたでしょう。これからも一緒にいられるように、
期間限定で終わりにならないように、すこしずつでも成長して認めてもらいたいんです。

どうしても、どうしても先輩が好きだから。

『よして志生。俺そんな立派じゃないから。言いたいことなんか全然、言えてないんだよ』

――え？

8　あしたも、ここにきみがいるだろう

『聡士さんどうしたの。バイトで嫌なことでもありましたか？』

失敗した。楠木に甘えすぎて心配させてしまった。

『ううん、違うよ。志生が俺のこと過大評価しすぎるから照れたんだよ』

スマフォの時計を確認すると、休憩は残り五分。しかたないので返事を待たずに追送した。

『ごめん、そろそろ戻らなくちゃ。真夜中なのにつきあってくれてありがとうね』

ジーンズの尻ポケットにスマフォをつっこんで店へ戻る。

レジへ入ると暇そうに立っている服部さんがふりむき、口の端をひいてにんやり笑んだ。

「聡士君、おかえり〜。ひとりで退屈だったよ〜」

「職場のレジで〝暇〟はやめてくださいよ」

「聡士君って厳しいよねえ。サドっ気あるぅ？　ぼく聡士君とペアで仕事してるうちにマゾに目ざめちゃいそうだよお……そしたら責任とってね？」

うざい。

楠木と話して幸せな気分になれたのに、現実へ一歩戻ったとたんまた突き落とされた。

毎晩毎晩飽きもせず、ホモだのアナルセックスだのサドだのマゾだのうるさいったらない。

深夜バイトは遊びだとでも思っているのか、服部さんには下品な匂いが絶えない。

「聡士君、休憩中楽しそうにケータイ見てたでしょ？　あれってメール？　こんな時間にメールのやりとりしてくれる相手って特別じゃない？　やっぱり恋人なの？」

「ゲームですよ」

「え～、ゲームって感じのボタンの押しかたじゃなかったよお？」

休憩中、一度服部さんがスタッフルームへきてロッカー前でなにかしていたけど、まさか自分の手もとまで監視されているとは思わなかった。ますます気色悪い。

「彼氏でしょ？　なにかエッチな話してたんじゃないの～？」

楠木がくれた写メが脳裏を過って、とっさに、楠木を汚される、と思った。

「服部さん、やめてください。仕事中ですし、俺そういう話嫌いなんです」

声があからさまにきつくなる。服部さんは、図星だな、とでもいうようににさらににやける。

楠木まで嗤いの的にしないでくれ。

成人したいま、実家の店の従業員に手をあげて流血沙汰になったら大問題だ。均を傷つけたころは未成年だったからまだ……――って、この思考、かなり危険じゃないか。

「いいじゃな～い。彼氏ってどんな男？　格好いい系？　可愛い系？　お尻の穴って女の人のアレより締まりがよさそうじゃない？　彼氏のお尻の穴っていいの？」

いますぐ夜明《よるあ》けろ、朝になれ。でもってとっとと退勤してくれ。

「――聡士、ちょっと」

朝七時、父親の手伝いも片づけてようやく仕事を終え、スタッフルームで着がえていたら母親がやってきた。

「どうしたの」

問題を背負っていそうな、気難しげな表情をしている。

「あんた、嘉人《よしと》さんにいじめられてない……？」

呼吸をとめて身構えた。嘉人は服部さんの名前だ。

「どこで誰に聞いた？」

俺がゲイだとばれてからまだたった三日足らずなのに、噂がながれ始めているのか。深夜勤務中の出来事は俺と服部さんのふたりしか知らない。服部さんが従業員に吹聴《ふいちょう》しているのか、まさか俺たちがレジにいるとき来店した客からの苦情か……。

「聡士、そんな顔しないで。嘉人さんとこのおばさんが教えてくれたのよ。聡士がその……そういう子らしいって、息子から聞かされたのよって」

「服部さんが母親に俺のこと告げ口したってこと？　それ以外の従業員とか客には知れ渡ってないんだね？」

「大丈夫、そこまではひろまってないし、おばさんにも『違います』ってごまかしておいた。でも今後の嘉人さん次第よね。……あんた、なんで言ってくれなかったのよ。ひどいこと言われてまた悩んでたんじゃない？　母さんそっちのほうが心配だよ」

辛そうに眉根を寄せる母さんの双眸《そうぼう》が黒くきらめいて突き刺さってくる。言葉が、喉につかえてでてこない。

「嘉人さんに辞めてもらおうか？」

「……いや、なに言ってるの。私情で解雇したら駄目でしょ。服部さんだってそんなことで辞めさせられたら激昂して、逆効果かもしれないよ」

「そりゃそうだけど……──人助けだと思って採用したのに間違いだったわ。会社リストラされてコンビニでバイトするような人だもの、やっぱり問題あったのね」

「それも偏見だから」

ああ、リストラだったのか。動かない頭でそれだけ理解して納得した。……深呼吸する。

「俺なら平気だよ。母さんにもまた迷惑かけてごめんね。もうちょっとようす見てみるから、母さんも態度変えないように頼むね」

「聡士……」

結局一ヶ月と保《も》たずに母親を巻きこんでしまった。親にも誰にも迷惑をかけないで自分ひとりで解決したかったのにな。中学もいまも、本当になんでこんなことになってしまうんだか。害虫、という過去の思いが心を掠める。……疲れたし、もうなんにも考えたくない。

母親に笑顔を返して、「大丈夫だから」と念を押すと、さっさと着がえをすませて退勤し、帰宅してベッドへ倒れて眠気に吸いこまれるのを待った。

さっき見た母親の歪《ゆが》んだ眉、哀しげな黒い目、俺を労る声、言葉、が頭にこびりついて離れない。──嘉人さんにいじめられてない……？　そんな顔しないで。おばさんにも『違います』ってごまかしておいた。あんた、なんで言ってくれなかったのよ。ひどいこと言われてまた悩んでたんじゃない？　母さんそっちのほうが心配だよ──心配だよ。心配だよ。心配だよ。

「勘弁してくれー……」

特別なもの扱いしないでくれ。特異で奇異で、異常な者にしないでくれ。わかってるから。もう充分わかってるから。俺のために従業員を解雇するとかやめてくれ。ホモって他人の職場を奪う権利まであるのか？　あるわけないだろ。俺はひとりでやっていけるから。母さんたちまで干渉してこなくていいから。成人してるんだから、いつまでもおんぶにだっこで世話してもらいたいとは思わない。これは俺の人生で、俺が抱えていく性癖だから放っておいてくれ。心配しないでくれ。俺のために心を痛めるのはもうやめてくれ。

「いいんだよ……もういいんだって」

起きたらシャワーを浴びて、午後には大学へいこう。はやく楠木に会いたい。

「いっつっ……」

サークル室へむかいながら楠木にもらった写メを眺めていたら、廊下の壁にぶつかって頭をうった。いたい……や、それよりこの画像をどうするかが問題だ。

うちのサークルに他人のスマフォを盗み見る奴などいないとはいえ、誰でも覗けるところに楠木の身体を放置しておくのはさけたい。とりあえずパスロックを厳重に設定してサークル室へ入った。

「ちわー」

いつもの席に近江と曽我がいて、テーブルの中央には近江のさし入れがおいてある。今日はマカロンらしい。ああ……落ちつくな、この空気。この部屋。

「眞山ひさしぶりー」

「ひさしぶり。元気してた？」

「ぼちぼち」

「彼氏とらぶらぶしたんじゃないのかよ」

「したけど〝らぶらぶ〟とか言わないでよ、キモい」

近江と相変わらずの挨拶をかわして、曽我とは視線と手で「よ」と笑む。

俺も席につくと、鞄から紅茶のペットボトルをだして早速「ください」とマカロンに手をのばした。「どうぞ」と近江が笑う。

「ピンクっていちご味だよね。……うん、美味しい。紅茶にもあってよかったな」

さくさく食感の生地の奥からいちご味のクリームがとろっとでてくる。

「マカロンってうちの店にもふたつ入りのがあるけど物足りなくない？　もっとたらふく食べたくなる」

「慎ましやかに味わうの。女の子らしくていいでしょ」

漫画雑誌を読んでいた曽我も緑色のを手にとって口に入れる。

「俺和菓子のほうが好きだから和菓子にしてよ」

「はあ？　食べておいて文句言うんじゃないの、ありがとうございますでしょ」

「アリガトウゴザイマス、マカロンが好きデス、でもどら焼きのほうがもおっと好きデス」

「この恩知らずっ。もう食べんな、ほかの子にあげるから」

近江が黄色と茶色のマカロンを投げて曽我の胸にあたり、「お～ラッキー」と曽我が喜ぶ。

俺は紅茶を飲みながらふたりを傍観していて、思わず、「いいな、この雰囲気」と洩らしてしまった。

「そういや、おまえはどうだったんだよ。らぶらぶディープキス作戦」

曽我がこっちを見てにやける。

「キス？　なに、キスしたからけじめつけるとか言ってなかったっけ。どうゆうこと？」

頭に疑問符を飛ばしている近江に、曽我が「ディープキスだよ。連休中にな、上顎の位置がわかんねえって相談されたの」と暴露しやがる。

「やめろばか。……上顎のは、まだしてないし」

「まだだってさ曽我。眞山奥手だねえ……楠木君が嫌がってるとか？」

「じゃなくて、俺がゆっくり、こう……楠木のこと大事にしたくて」

「まじか。わたし彼氏に大事にしたいなんて言われたことないわまじか眞山」

「いやいや、ンな殊勝なことじゃなくてさ。俺はね、ほら、楠木につきあってもらってるわけだしさ」

首のうしろをさすって苦笑いする。

さっきの写メもそうだ。

——ぼくは聡士さんのリハビリかねて写メしてるんです。

献身的に尽くしてくれる楠木に、俺はなにも返せない同性愛者なわけで。ちょっとでも不快な気持ちにさせたくないし、できれば幸せだと想わせてあげたいし。

「なんかあったか眞山」

曽我が厳しい目になって、ぎくりとする。

「え、なにかって？」

「とぼける気かよ」

「そーだよ眞山、悩んでるって顔してる」

俺が「なんでだよー……」と両手で顔を覆ったのは、ふたりの前で精神状態まで丸裸の自分が恥ずかしかったからだ。ふたりが鋭いのもあるけど、そもそも俺自身がふたりに気を許しているってことなんだろうな。ばれていい、相談したい、と思っているのだ。

「楠木のことじゃないんだよ。じつはさ……」

近江と曽我に、バイト先でゲイだとばれたここ数日の出来事をうち明けた。服部さんの卑しい態度も、その都度楠木にメールをして元気をもらっていたことも。こういうとき、聞き手の真剣さを感じるほどに、つい明るい口調で笑いながら話してしまうのはなんでだろう。

「──うわ、まじか。やベーわそういう奴。歳食って性根腐りきってるぶん扱いづらそー……。どうにかするにしても、おまえの言うとおり下手に恨み買ったらネットで店の悪口言いふらしたり、近所に批判ビラばらまかれたり、動物の死骸送ってきたりしそうじゃね？」

「死骸っ？　なんだよそれ」

「冗談抜きで、頭イってる奴ってなにするかわかんねえからな」

曽我の予想に、近江も「それストーカーでしょ」と肩を竦める。

「店に対してもストーカーってあるのかな、重度のクレーマーみたいな？　でもさ、そこまで病んだ奴だったらリストラされた会社にも嫌がらせしてそうじゃない？」

「もうしてんじゃねえの。ネットで悪口言いふらすぐらいならやってそう」

「あ～……あるね。根暗～」

ふたりが妄想で服部さんの人格をつくっていくので、さすがに「待って」と制止した。

「おまえらにまで悪口言ってほしいんじゃないんだよ。和解策がないか相談したかったの」

「和解って変だろ。まあ、最初はオーナーこみで話しあうしかないよな。ただそういうクズって無駄にプライド高いから、叱られたら〝恥かかされた〟って怒りだすパターンも想定しとけって話」

「ああ……難しいな、ほんと……」

「おまえひとりで解決しようとしないで上に言え。そのおっさんも案外まともかもしれないし。四十すぎてまともな奴がコンビニで働いてるわけねえけど」

「おい、話がループしてる」

「悪り悪り」

「……ねえ眞山、」と近江が上半身をのばして俺のシャツの袖をひっぱってくる。

「昔みたいに自分のこと追いつめてない、大丈夫？　わたしはそっちが心配だよ」

近江が母親とおなじ眼ざしで同情してくれる。シャツをしっかり握っている近江の手の甲をぽんと叩いて「大丈夫」と笑顔を返した。

「俺だけなら我慢できたんだけど、親巻きこんじゃったのがね……」

「ばか」と曽我にひと言投げつけられた。

「中学のときおまえが我慢して解決したのかよ」

「え」

近江が「うーん……」と机に頬杖《ほおづえ》をついて唸る。

「そのおじさん、若い子にかこまれて会話に困ってるってのもある？」

「え……会話に？」

「うん。〝若い男なら下ネタに絶対食いつくんじゃゃ〟って期待してる可能性ない？　自分がもし長年勤めた会社にリストラされて再就職もできなくて、若い子ばっかのコンビニで働きだしたらって想像してみなよ。社会に黒星つけられて自信ないし、従業員の子に白い目で見られて肩身狭いし、なんとか仲よくしたいけど歳が離れすぎて話題ないし……ってなんじゃん」

服部さんの立場か……。目から鱗が落ちて腕を組んだら、曽我が「近江……俺ら来年就職活動だぞ。鬱るわ」と苦笑いでつっこんだ。

「でもそうでしょ？　いいふうに考えればね」

そうかもしれない。自分の性癖にとらわれて、俺は周囲を見られていなかった。嫌悪感のみで拒絶していた服部さんの、現在の心境はどういうものなんだろう。

社会からの黒星、従業員の白い目——誰にでも輪から疎外される可能性はあり得る。服部さんの気持ちを知ろうともせず拒絶した俺も、もしかしたら加害者になっていたんじゃないか。

「俺は善人じゃないんで、眞山が救われりゃどうでもいいわ」

「それはわたしもだけど」

考えこんでいたら、ふたりがマカロンを口に放ってとぼけた顔をした。

俺は後頭部を掻いて「あんがと」と苦笑しつつ、ふたりに話してよかったなとしみじみ感嘆する。自分ひとりの価値観で導きだせる道は限られているが、みんなの意見は地平をひらく。

視野がひろがって、穴に落ちこんでいくことなく浮上できた。

本当に、今日ここへきてからの気楽さったらなんだろう。店とひとつ屋根の下の自宅にいるあいだ息苦しくてたまらなかったのに、サークル室で仲間といると鬱屈が霧散して、安らいで、原っぱの緑の香りや海の波の音に包まれているみたいに心地いい。

楽園。そう思ったときドアにノックがあって、ガチャリとひらいた。

「こんにちは」

まんまるい頭を傾げて、ミントグリーンのワイシャツに身を包んだ楠木が入ってくる。

「お、楠木君きた〜。なんか楠木君って大自然の空気まとってるよね」

「えっ、なんですかそれ」

「爽やかな感じすんの」

近江の指摘に曽我が「シャツの色のせいじゃね?」としれっとつっこみ、「違くてっ」「そうだろ、単純な奴〜」「むかつく、このっ」と痴話げんかを始める。

そのようすをにこにこ眺めて近づいてくる楠木を、

「楠木、ちょっと」

と呼びとめて席を立った。細い手をとってそそくさサークル室をでる。

「先輩?」

ふたりきりになりたくて衝動的にでてきてしまったけど場所を決めていなかったので、このあいだいった空きのサークル室ならよさげかな、と慌てて考えて移動する。

今日もしんとしずまりかえった無人の一室は、ほんのすこしほこりっぽい。

「楠木はちっこいからここ座りな」

「ひ、ひどい」

俺がしめした窓際の机に、楠木が笑いつつ座る。座ると脚がぶらんとなったから「ほらちっこい」と追撃すると、「誰でもこうなりますよ」と肩をぶたれた。むかいあって笑いあう。

「座っても結局ちっこいね」

「先輩しつこいっ」

……二日ぶりだから、本音を言うと照れくさいんだよ。掻き抱いて耳にも首にも唇にも噛みつきたいのに、甘い馴れ馴れしさがとり戻せなくて意地悪するしか手立てがない。それにこのミントグリーンのシャツとストールの下に着ている空色のTシャツの奥には、写メでもらった嘘みたいに桃色の胸も隠れていて……。

「先輩、なにか話があったわけじゃないんですか？」

問うてくる楠木を、我に返って真正面から見つめる。くりっとした瞳、小さな鼻、口。

「……うん、話したいことはなにもないよ。その……単に、ふたりになりたかった」

頬をほころばせてほわっと微笑んだ楠木が、俺の口に素ばやくキスをしてくれた。それがきっかけになって、そのまま俺から唇を重ねた。楠木の舌を吸って、時間をかけて味わったら、俺が自分の舌をさしだして楠木が吸う番になる。キスのしかたを知らなかった俺たちがたどりついたキスの方法。二日のブランクがあっても、楠木も憶えていてくれた。

何回かすると楠木が疲れて舌の動きがにぶくなってきたから、楠木の後頭部を撫でたあと離した。もうすこししたかった俺がふざけて音つきの軽いキスをして笑うと、楠木も笑う。

「……何分ぐらいしてましたかね」

「んー……二分ぐらい」

「本気で言ってます？」

口を尖らせた楠木の頰が若干赤くて、俺は笑いながら両手で包んで撫でてみた。

「すごいもちもち」

両頰を前後にさすったりつまんでひっぱったりするたびに、楠木の口がタコになったりのびたりするのが可愛い。楠木も笑って、「ン〜っ」と顔全部を真っ赤に染める。

恋人の感覚が戻ってきた。

「……他人のほっぺたってどうしてやわらかく感じるんだろうね」

「先輩のもやわらかい？」

「先輩じゃないでしょ」

「……さとし、さん」

楠木の声が照れて小さくなるのが嬉しい。

楠木も俺の頰を触って「むにむに」と笑い、俺は合図も許可も無視して、楠木の口と右頰にキスをしてから抱きしめる。背中や腰をひき寄せると、自分の身体の感触とはあきらかに違って細く骨張っており、いかに華奢か伝わってくる。痩せている繊細な全部を知れば知るほど、可愛がりたい、もっとくっつきたい、守りたい、離したくない、と想いが募った。

「……楠木」

「楠木じゃ、ないです」

きつく抱きしめて呼んだら、俺も怒られた。

「志生。志生志生志生しきしきしきしーきー」

吹きだした楠木が俺の右肩に顎をのせてころころ笑っている。

離したくない。離れたくなくて、キスしていた以上に長い時間、楠木を抱きしめ続けた。

連休の残りなにしてた、とか、会いたかったよ、とか、言いたい言葉はなかなかでていかず、ただ楠木の身体の温かさに安堵して、満たされて、黙する。

……いい加減現実に戻らなくちゃな、と思えてきたころそっと手を浮かすと、楠木がびくりと強張って俺の背中のシャツを摑んだ。「……あ」と小さく洩らした楠木の反応で、いまのが無意識だったのを知った。俺の胸に顔をつけたまま力をゆるめてくる。それにあわせて、俺もまたすこしずつ腕を解いていく。

名残惜しんでくれたの、とは申しわけなくて訊けない。でもとても嬉しかったから、うつむいている楠木の口もとに自分の口先をもぐりこませて最後のつもりでもう一度強引なキスをした。

「……もう戻りますか」

「戻りたい？」

狡い訊きかたをした。楠木は顔を隠して言い淀んでいる。

「今日はちゃんと散歩会議するって言ってたから、いかないとだけど」

嘘をついてまで好きな子を追いつめる自分のばかさと必死さを、胸中では反省する。

楠木は、じゃあ戻ろうと言うだろうか。もうすこし、とひきとめてくれるだろうか。

「会議って、珍しいですね」

「そうだね」

「……じゃあ、いかないとですね」

「うん」

「聡士さんのバイトは、また深夜なんですよね」

「そうだよ」

脈絡のない応酬をして、俺も楠木も動こうとしない。

傾き始めた太陽の日ざしは夕日色になり、楠木の唇まで淡く染めている。

「……聡士さんがどいてくれないと、ぼく机からおりられないから」

「ああ」

諦められちゃったか……と、自分で罠をしかけておいて落胆する。後悔先にたたずで、しかたなく一歩離れて手をかし、机からおりるのを手伝った。

「先輩、この部屋の鍵って壊れてるんですよね」

呼びかたまで先輩に戻ってしまった。

「そうだよ」

「鍵なしでこんなことするの、なんか、危ないですね」

こんなこと。

「そうだね」

楠木の服やズボンのほこりをはらってからドアへ移動する。隣にいる楠木の視線を感じる。

「……先輩、なにか怒ってますか」

「どうして？　怒ってないよ」

怒るというより落ちこんでいるんだけど、なぜなのか冷たい口調になった。短時間しか一緒にいられなかったのは楠木のせいだよ、とでもいうような子どもっぽい傲慢な態度をとってしまって情けないったらない。

恥ずかしいから、しょうがないから、頭冷やすためにもう帰ろう。

「さとしさん、」

ドアノブに手をかけようとした瞬間、楠木に腕を摑まれた。

「ぼく、もっとキスしたいって、言って、よかったですか……？」

いいよ、と頭のなかでこたえたときには搔き抱いて唇をむさぼっていた。

んんっ、と狼狽した楠木の首がのけぞって痛そうな状態になっていることに気づき、それでも離せるわけもなく、舌を吸いつつ後頭部を支えてあげてゆっくり角度を変えていく。

ちょうどいい体勢になると、次は楠木が俺の舌を吸う番になって委ねていたものの、我慢できなくなってすぐ自分の番に戻してしまった。そうして無理矢理楠木を求め続けた。

「……しき」

「ん」

「しき」

楠木の名前は呼び続けていると、すき、と聞こえてくる。

「……ごめんね、俺ひきとめてほしかった」

正直に謝ったら、楠木が俺の身体にしがみついた。

「ぼくは、聡士さんの家に、また……今度いけばいいかなって思ったんですよ」

キスの合間に楠木が言う。

「明日も会えるなら、それまで我慢すればいいかなとか」

そうなのか。それで仕事のシフト訊いてきたんだ。

「ぼくも、しゃべってるだけでもいいから、おなじ場所にいたいですよ」

変なこと言ってすみません、と楠木が小声で謝る。

俺も一緒にいたいよ、今夜また泊まりにくる？　と、余裕を持って誘えるようになるのは、あと何千回キスをしたあとなんだろう。大人ってほど遠い。

「ありがと楠木。……言わせてごめんね」

楠木の眉がさがって、ふたりしてばかだね、みたいな苦笑いになる。

くり返しキスをした。また俺だけが楠木の舌を吸う、散々な、身勝手なキスだった。

なんでだろう。楠木の背中に手をまわして抱きしめているはずなのに、自分の力とは関係なく楠木から切り離されていくような、とめどない孤独に陥る。つかまえているのに足りない。

ここにいまふたりでいるのに虚しくて寂しい。

どこにもいきたくないし楠木のことも離したくないから、この部屋が俺たちふたりきりの家になってしまえばいいのにと、ばかなことをしばらく本気で想っていた。

「先輩、そういえば父がプリンありがとうって言ってました。美味しかったたって」

「本当？　嬉しいけど、あれ俺がプレゼントしたわけじゃないからな。俺のほうこそ、ピンチ助けてもらって感謝してます」

話しながらサークル室へ戻ると、植物オタクの山本がきていた。

Ａ４サイズのプリントを近江とふたりで覗きこんでいて、俺たちが椅子に座ると、

「ねえ眞山、山本君が今度の散歩コース考えてきてくれたよ」

とプリントを一枚よこす。

「ふうん？」と受けとって、はからずも散歩会議っぽくなってる、と内心感謝しながら視線を落としたら、地図と、立ち寄る場所の名称がしるされている。あれ、なんだか既視感……。

「先輩、これずっと前にぼくたちが話してたコースですね。バラ園と商店街」

「ああ、そうだ」

楠木に指摘されて、自分が提案した場所だったのを思い出した。

「近江さんにその話ちらっと聞いてから、バラ園にもいけるならいいなって俺がコース考えてみたんですよ」

山本が言う。

「そう、わたし盗み聞きしてたの」と近江も笑った。

「バラ園と山下《やました》公園でのんびりしたあと、足のばして商店街で食べ歩きって感じです。昼メシはいりません。ほかにいきたいところがあれば徒歩で可能かどうか計算してみます」

「いいよいいよ〜、いこういこう」

山本と近江が話をつめて、俺たちも異論なく賛成する。曽我は基本的にコースへの文句は言

わないうえに、美味いものが食べられるならご機嫌な人種なので無言で雑誌に没頭している。

「いつぐらいにいきますか？　俺、新しいデジカメ買いたいんで用意しときます」

「うん、日時はメンバーにも訊いてみるね。はやくて今週の日曜かな。どんなデジカメ買うの？　山本君植物好きだからすんごいのだったりして」

「いえ、普通のですよ。まだ悩んでるんですけどね」

近江と話していた山本が、鞄からデジカメのカタログをだしてテーブルにならべる。その束に、楠木も飛びついた。

「いいな、ぼくもデジカメ欲しいです」

「ああ、楠木はこのあいだ眞山さんに借りてたね。どんなのがいいの？」

「ん～……画質がよくて小さくて安ければなんでもいいんですけど……」

楠木が椅子をひっぱって山本のほうへ移動し、寄り添ってカタログを眺め始める。

微妙に距離をとられて、机の端でぽつんと孤立した俺に気づいた曽我が、「ぷっ」と吹いて雑誌で顔を隠した。……なんだよ。べつに寂しくなんかねーよ。

デジカメに詳しい山本から画質と機能のうんちくを聞き、楠木はサイズや厚みや色もこみで商品を絞っていく。手持ちぶさたになった俺は、タブレットをだして電卓で一から百まで無意味に足して暇を潰す。

「じゃあこれが第一候補で、こっちを第二候補にする。機能も色も、実際に見て触って決めたいな」

「明日にでも一緒に買いにいく？　値切り交渉してあげるよ」

「え、安くなるの？」

「なるなる。値切るのはコツがあるからね」

「山本さんすごい、格好いい！　──先輩、明日山本さんと買い物いってきていいですか？」

ぼうっとしていたところに突然話をふられて、「えっ」と仰天してしまった。

楠木がこっちを見て微笑んでいる。

「一応、先輩の許可とろうかなと思って」

一瞬にしてタメ口で話せるようになった格好いい値切り師山本とデートをする許可ですか。

「俺の許可なんていいよ、いっておいで」

「……先輩、怒ってますか」

「先輩は怒ってません」

椅子と一緒に戻ってきた楠木が、俺のタブレットを覗きこんできたからとっさに隠した。

「なに見てたんですか」「なんにも」「嘘」とやりあって楠木が飛びかかってくるのをふり払い、俺は「なにしてんだよっ」と笑って叱りつつタブレットの電卓を消す。

「あー消しましたね？　エロい動画でも観てたんだ絶対」

「学舎《まなびや》でそんなもん観ませんよ」

さっき楠木の裸を見ていて廊下で負傷したのと、キスしていたのはイレギュラーとする。

「ふたりってようやくつきあいだしたんですか？」

山本がそう言ったとき、楠木は俺の背中と胸に手をまわしていた。俺は「あー……」と返答を考えながら、楠木の腕を離してきちんと椅子に座らせる。

このあいだバラ園にいったときも訊かれたな。でも指摘されたとおり、あれから関係は大きく変わっている。どこまで正直になるべきなんだろう。近江と曽我はともかく、ほかのメンバーに知れ渡ってしまうのはあまり喜ばしいことじゃない。

「山本は俺らの関係知りたがるね。男同士の恋愛に興味あるの?」

こういうときは質問で返すのがベターか。

「いえ、べつにそんなことありませんけど、仲いいからつい」

普段から冷静な山本がやや怯んだのと同時に、「山本さん、」と楠木が口をひらいた。

「ぼくが眞山先輩に懐いても気にしないでください。サークル内恋愛はいろいろ面倒ですし」

俺には楠木の後頭部しか見えていなかったが、声は凛然《りんぜん》とした真摯な響きをしていた。

「それもそうだね。すみません、もう訊かないどきます」

山本が楠木と俺へ、視線を順番に投げて軽く頭をさげる。

「とりあえず明日は楠木お借りしますね〜」

しまいには、にんまりと冷やかして場を和ませさえして終えてくれた。

「ねえねえ、わたし前から気になってたんだけど山本君は彼女いないの?」

「え、いませんよ」

「意外〜、格好いいのにね? オタクだけど」

近江が話題をかえて、俺と楠木の話がながれていく。

ふりむいた楠木は、俺の目を見つめてしずかに二回まばたきをした。それから俺に寄り添い、俺が持っていたタブレットに指をつけてメモ帳をひらく。

『べたべたしてごめんなさい』

人さし指でそううった。

『でもぼくは聡士さんの恋人ですー‼』

続けてそう書いて、肩をすぼめてくすくす笑う。

楠木が書いた声に気づく奴はいない。誰にも聞こえない無言の叫び。

関係を公にするのはサークル内じゃなくとも容易くない。俺といれば永遠に難しいことだ。

それでも晴れやかに微笑んでくれる楠木の無邪気さに救われる。

俺もタブレットに返事を書いた。

『俺たちは恋人ですー‼』


また消せないものが増えてしまった。

タブレットと楠木からあずかった日記を入れた鞄を背に、楠木と帰路へつき駅で別れた。

部屋の鍵をあけて入ったタイミングでスマフォが鳴り、確認するとSNSでつくっているサークルのグループメッセージだった。日曜日に横浜方面へいける人は何人ぐらいですか、と近江から連絡が入っている。俺は『日中なら平気』とこたえる。

直後に近江からプライベートメッセージが届いた。

『眞山お疲れー。今日の楠木君、山本君とナチュラルにしゃべっててびっくりしたよ、眞山とつきあってからやわらかくなったね。よかったー。日曜日の件、楠木君には眞山が訊いといてよ。あとさ、店の変態おやじの話、途中で終わっちゃったけどあんなんでよかったの？　またなにかあったら聞くからねー』

灯りをつけていない暗闇のなかでスマフォの液晶画面が光っていて、ここに楽園があるな、と思う自分がおかしかった。

部屋へ移動して灯りをつける。明るくなっても一階にある店から暗い陰気な雰囲気がただよってくる気がするのは、精神がやられてるってことなのか、どうか。

楠木にメールして日曜の件を訊いた。楠木は速攻で『もちろんいきます』と返してくる。

『聡士さんもいくでしょう？　楽しみですね』

日曜日は五月十日。……それがなんの日か楠木は知っているだろうか。

聡士さん

こんにちは。

昨日、というかもう今日ですけど、深夜に聡士さんとメールして、寝て起きて、この日記を書いています。

聡士さんは連休の残り二日間、バイト以外はなにをしていましたか。

ぼくは自炊するつもりだったのに、結局外食ばかりしてました。

今度、料理教えてください。冷凍ラーメン、すごく美味しかったです。

あとメールでも話したけど、中学の友だちに連絡できたのが嬉しかったです。

聡士さんが言ってた「出会いも苦難も全部必然」って言葉を何度も思い出していました。

「情熱」と「わがまま」は別物で、「純愛」と「盲信」もまったく違いますね。

もっと地に足をつけた愛情で聡士さんを想えたらって歯痒くもなるけど、頑張ります。

それと写メールまたください。

天使だって鼻の下のばしますよ。

しき

地に足をつけた愛情……──心のなかでくり返してソファの背もたれに身体をあずけたとき、玄関のチャイムが鳴った。誰だ……？　予想がつかなかったので、立ちあがってインターフォンを覗きこむと、ややうつむきがちの美香ちゃんの姿がある。

「はい、美香ちゃん？」

ボタンを押して応答したら、はっとした美香ちゃんに『はい、すみません、あの、すこしいですか』と呼ばれた。「うん」とこたえて玄関へ急ぐ。

あのスタッフルームでの一件以来、顔をあわせてなかったんだよな。深呼吸して、不自然な態度にならないように、と気をひきしめてからドアをあけた。

「いらっしゃい。どしたの、いま休憩だっけ」

「……はい、聡士さんが帰ってきたところ見えたんで、休憩入ってすぐきました」

「そか。えー……と、じゃあ、あがる？」

「いいです、すぐ戻るんで。でもあの……玄関のなか、入っていいですか」

「ああ、うん」

招き入れてドアをしめる。マンションの廊下に響くのはさけたい話題、ってことだろうか。

美香ちゃんはうつむいて「……えっと、」と言葉を発するタイミングをはかっている。去年告白を断ったあとも不自然なほど明るく接してくれていた美香ちゃんが、今日は不穏だった。

「その……聡士さん、まだ聞いてないと思うんですけど、今度遠藤さんが辞めるんです」

え。

「……それって俺の、」

俺の、ゲイっていうのがばれたせい。

「違いますっ、違うんです、そうじゃなくて。……わたし、遠藤さんに告白されてたんです」

「告白、されてた？」

「だから、要は……そういうことなんだと、思います」

美香ちゃんと遠藤と、ゲイの俺。……そうだったのか。

遠藤に嫌われていた理由に合点がいった。俺が美香ちゃんを傷つけたことも、女性自体好きにならないこともすべて、遠藤の恋心を救いはしない。俺は遠藤と美香ちゃんのふたりの想いを宙ぶらりんにしてしまったのだ。害虫だったばっかりに。

「それと、あの……わたしも、来月いっぱいでやめようと思います。受験もあるし、そろそろ準備始めないと、わたしばかだから。親にもバイトする暇があるんなら勉強しなさいってしょっちゅう怒られてたんで」

へへ、と美香ちゃんが頬にしわを刻んで無理に笑ってくれる。

「あと、遠藤さんって、急に休みの連絡入れてきてしょっちゅう聡士さんにシフトかわってもらってたじゃないですか。休憩時間かわるのぐらい、わたし全然いいと思います」

「うん……ありがと。でも俺も甘えちゃってたから、気をつけていくよ」

「聡士さんは、そうやって誰にでも優しくしてるから、舐められちゃうんですよ」

「そうかな。俺も言うときは言うほうなんだけどな」

「いいえ、優しすぎますっ」

美香ちゃんが息を吸いこんで、

「優しすぎるっ！」

と、もう一回叫んだ。

「聡士さん、わたしのこと可愛いって言ってくれましたよね。『美香ちゃんは可愛いから俺にはもったいないよ』って。だからわたし、傍にいて頑張ればいつか好きになってくれるんじゃないかって、本当は、まだずっと、期待してました。……でも期待する隙ももらえないなら、可愛いなんて言ってほしくなかった」

クリスマスイブの前日、何人かの従業員と一緒に忘年会をした夜の光景が蘇ってきた。

二次会のカラオケではしゃぎ倒し、疲労と興奮を持てあまして駅へむかっている途中に、隣を歩いていた美香ちゃんが『好きです』とうつむいて声を小さく絞りだしたのだった。

――……ありがと。でも俺いま恋愛のことは考えられないや。従業員同士だとなにかと大変だし、いままでどおりでいさせてくれないかな。だいたい、美香ちゃんは可愛いから俺なんかにはもったいないよ。

月なみなテンプレどおりの、でも本心からの断りの言葉だった。それがいまだに希望として美香ちゃんを縛りつけていたとは思わなかった。

「……美香ちゃんを傷つけないように断ろうって、たしかに考えてた。ごめんね」

俺を見あげていた美香ちゃんの目の縁に涙があふれてくる。

「美香ちゃんのことを、俺は恋愛感情で見られない。ごめん」

見る間に美香ちゃんの瞳と口が歪んで、笑顔に変わっていった。

「……うん、ありがとうございます」

涙を拭いながら、美香ちゃんが吹きだす。

「わたしばかですね、二回もふられにきてなにしてんだろ」

俺も苦笑いになる。

「戻ります」と言う美香ちゃんをおくるつもりでエレベーターにのり、五階から一階までのあいだに他愛ない話をして別れた。ついでに店でコーラを買って、再び部屋へ帰る。

〝従業員同士〟っていうのもそうだけど、夕方サークル室で山本に楠木との関係を訊かれたときも、サークルメンバーの輪を意識したな。

――ぼくが眞山先輩に懐いても気にしないでください。サークル内恋愛はいろいろ面倒ですし。

楠木がそう言ってくれてことなきを得た。条件はおなじなのに俺は楠木のことは好きになったんだ。

たとえば楠木が女だったら、俺はつきあっていただろうか。

近江みたいに俺の過去を知って、性癖を受け容れて泣いてくれた女の子もいた。それでも好きにならなかったのはなんでだ。女性の身体に興味を持てなかったからじゃないのか。女の子に胸を写メしてもらって喜べるのか。自分だって女性を差別してるんじゃないのか？

——異性のほうが自分と違うんだし、違和感あるのは当然ですよね……？

——恋人になれって言われた相手が先輩じゃなかったら断ってましたよ。

——先輩と会ってたら性差にもっと敏感で、先輩が傷ついたら嫌だって思……あ、それが偏見か、えと、でも、自分が媚びたくないからとかじゃなくて、先輩を守るためならぼくは逃げないでなんでも言えるから、つまり、その……そういう感じです。

——日記にも書いたけど、ぼくは先輩を幸せにしたいって想いますよ。自分になにかできないか考えて、悔やんだりするんです。

——……ぼくも、ゲイに生まれたかった。

懐いてくれるようになったころ楠木が男だったからすんなり喜べたのは事実だ。幸せにしたい、守りたい、なにもできない自分が嫌だ、と追いかけてもらえて正直、浮かれもした。

ただ、立ちなおったつもりで結局、害虫だという思いを捨て去れずにいた俺の心を揺すってこじあけてくれたのは、楠木のあの価値観と性格にほかならない。楠木だからもう一度、人を好きになれた。

仮に楠木が女の子で、ゲイの俺に〝恋人になれ〟と迫ってくれていたとなるとニュアンスが変わってくるから、いままでのことはもしもの話ができないけど、今後はどうだろう。

極端な話、性転換っていう選択も不可能ではない。複雑な願望にのっとってふたりで導きだした結論なら、相手が楠木なら、女性だろうと愛せる気がする。〝これからもずっと一緒にいるためだから〟と楠木が胸を手術して写メしてきてくれたら、自分は泣くんじゃないかと思う。

……なんて、仮定じゃ単なる偽善でしかないか。

――先輩、ぼくたち恋人になれって言われてから今日で十一日目なんですよ。

あの日を十一日目として数えると今日で二十日だ。楠木、どう思ってるのかな。

「会いてーな……」

ソファに転がって目をとじたら、頭のなかにいくつかの記憶が蘇ってきた。

遠藤がバイトの初日、『どうも、よろしくお願いします』と唇の端をひいて笑んだ顔。

クールなほうなのに、好きな映画や夢の話をするときちょっとはずむ声。

俺が店に出勤するといつも元気に『こんにちはー』とむかえてくれた美香ちゃんの明るさ。

さっき目《ま》のあたりにした、涙いっぱいの笑顔。

志生、今日俺、ふたりの人と別れることになったよ。

「聡士君、今度ぼくも二丁目に連れてってってってば〜。テレビで観てると楽しそうだも〜ん」

「服部さん、今夜もご機嫌ですね……」

相変わらず深夜仕事には無駄な疲労がつきまとう。

近江のアドバイスを念頭に接すると、たしかに服部さんへの同情心も湧いてくるが、

「ぼくエッチってここ何年もしてないなあ〜……男同士だとどんな体位が一番いいのお？」

やっぱ調子こいてるだけじゃねえのか、と抗議したくもなってきて苛立ちが倍増した。

服部さんが休憩にいっている一時間だけは一息つける。

レジのうしろの棚に寄りかかってぼんやりしていた早朝四時、ドアを押す音が聞こえて視線をむけたら、ぎょっと驚いた。均だ。鋭い目にちらりと一瞥されて息を呑む。雑誌棚に沿って奥へいき、冷蔵ショウケースを眺めてすすんでいく足音。店内には俺たち以外誰もいない。

ピザを配達してもらって以来の再会になる。……あいつ、俺が深夜シフトだって知ってるんじゃないのか。こんな時間にくるぐらいだから緊急を要する買い物だったとか？　にしては、手持ちぶさたに商品を物色している。朝まで遊んで小腹がすいたけどどこの店もあいてないからしかたなくきた、とか考えるほうが妥当か。

五分ほど店内を眺め歩いて、均はコーラと昆布おにぎりとスナック菓子とチョコをかごに入れてレジへきた。

「……おあずかりします」

商品のバーコードを一個ずつ拾っていって会計する。……昆布にコーラはあわなくないか。

「全部で、お会計六百六十五円になります」

均に眠そうな気配はなく、手もとに視線を落として千円と小銭をだす。

「……なあ、このあいだのって彼氏か」

千円の上に、均の指が一枚ずつおいていく十円を見ながら、全身に悪寒が走るのを感じた。

「……なんで、」

そんなこと。

「おまえひとりだと思ってたから、驚いたんだよ」

おまえ――七年ぶりだよな、均に自分を認識されるの。

「ひとりで、ピザは多いだろ」

「玄関先にくるのがおまえだけだと思ったって意味」

「そうか、……驚かせて悪かった」

なんなんだ、この会話。なんなんだよ、おまえの質問。つか、十円いっぱい持ってるな均。

「なんて子なの、名前」

「どうして」

「なんとなく」

「……。志生」

「しき？　変わってんな」

「大学の後輩だよ」

「へえ、あんな美少年いるんだ、おまえの大学」

教えるべきじゃなかったか。まさか俺は中学のころの悲劇をくり返そうとしているのか。

「はい、これで頼ンます」

俺が商品を袋に入れ終えたのとほぼ同時に、均が六十五円を探しあてた。

おつりをだしてレシートと一緒に渡す。

こいつは俺の大学も知らないし、楠木にたどりつけるわけがない。なにかされるとしたら、やっぱり俺や店への嫌がらせか――。

「よかったな」

「……え」

均はおつりとレシートを握り潰して手ごとパーカーのポケットにつっこみ、商品の入った袋を片手に身を翻《ひるがえ》した。ドアをあけて、白々と明るくなり始めた外へ踏みだす。こめかみを人さし指の先で掻きながら消えていく背中。あれは照れてるときのあいつのしぐさだ。

――……好きなんだ俺。おまえのこと。

――え……は？

――ホモ、なんだと思う。うすうす自覚してたんだけどさ、認めたっていうか、……うん。

――な……なんだよそれ。意味わかんね。なあ、もう暗くなってきたから帰ろうぜ。

俺、思ってたんだよ。おまえと学校帰りにいつも寄ってたあの河川敷の公園へ楠木を連れていった日、やっとおまえと本当に別れられたんじゃないかって。

この七年で俺自身が変わったように、おまえも知らないどこかで変わってたんだな。

道路をスズメがちょんちょん歩いている。

楠木は俺と夜明けを見たことがないって言ってたけど均とはどうだったっけなと、ふとそんなことを思った。

ひと眠りしてサークルへ出席したが楠木とは会えず、携帯メールだけが届いた。

『すみません、講義があったのでサークル室にいけなくなってしまいました。今日はこのまま山本さんとデジカメ買いにでかけます』

サークル室で山本と落ちあうんだと思ってたけど、べつの場所で約束してたの？　山本ともいつの間にか連絡先を交換してたんだね？　……ていううざい嫉妬はともかく、残念だった。

『わかった。楽しんでおいでね』

移動中ならメールするのも迷惑だろうと考えて、近江たちと雑談を楽しんで帰宅した。

連休の数日一緒にいられたせいか、会えない一日が長く感じる。明日はバイトも休みだし、うちに泊まって明後日一緒にサークル参加しようよ、と誘いたい。また夜に連絡してみよう。

夕飯はチャーハンにして、黙々と食べてパズルをしていた夜八時に再びスマフォが鳴った。

『いま帰りました。すごいの買えましたよ！』

新品のデジカメと、それを持つ楠木の手の画像つきメールだ。楠木の手と比べても小さくてうすい青色のデジカメ。

『うん、格好いいね。いま電話してもいい？』

声が聞きたくて訊ねてみたが、返事は『すみません、もう無理で』とのお断り。以前電話したこともあるのに、ここのところ玉砕続きでちょっと寂しい。

『わかった。明日うちに泊まりにおいでって誘いたかったんだよ。バイトも休みだから一日一緒にいて、日曜日もふたりでサークルの待ちあわせ場所にいきたいなと思って』

『すみません、明日は中学のときの友だちに会うんです』

あ、そうか。週末に会うって言ってたな。明日のことだったのか。

『じゃあ来週、平日でも時間あったらどう？』

『ごめんなさい、八時ぐらいに帰れればいいんですけど、夜遊びと外泊はしばらく無理です』

……実家住まいだし、当然と言えば当然だ。

ひっかかるのは〝しばらく無理〟というところだった。先日までできたことが急に一定期間難しくなるとなったら、俺と遊び歩いたり外泊したりしたのが原因だとしか思えない。

『ごめんっていうのは俺のほうだね。ちょっと連れまわしすぎたかな』

楠木の家族が厳しいことは聞いていた。俺は不良にしてしまったのだ。

『謝らないでください、聡士さんのせいじゃありません』

なだめてもらっても納得はできず、苦笑いしてしまう。

——ぼくは、親に隠れて悪さできるぐらい、ずる賢い人間になりたかった。

無茶させてるって知っていたのに甘えすぎたな。謝罪文を考えていたら、追送がきた。

『聡士さんが来週も土曜休みなら、絶対に泊まりにいきます』

日曜日は約束の恋人期間が終わる日だ。

終わらせるつもりはないものの、俺も新しい始まりの記念日は一緒にいたい。

『大事な日にしたいね』

『はい。明後日も楽しみです。お詫びにまたエッチな写真いりますか』

一気に空気変えてきたな……。

『お願いします。今度は顔も入れてほしいな。胸の画像じっと見てると、自分変態だなって落ちこむから』

『わかりました、待っててください(笑)』という言葉のあとに画像つきのメールが届いた。

青いチェックのワイシャツのボタンを胸の下まではずして、うつむき加減に目をとじて恥じらっている写真。ひき結んだ唇も、左手でシャツをひいて乳首を片方だけだしているしぐさも、色っぽくて頭が沸騰しそうになる。

『どうして目とじてるの』

ただの好奇心で訊ねてみただけだったんだけど、

『ごめんなさい、あけたの送りなおしますっ』

と慌てた謝罪が届いた。それで、今度はジーンズまで脱いでシャツ一枚になった上目づかいの画像がきた。『恥ずかしかったんです……腹括《くく》ってちゃんとしたの送りました』とある。

『ちゃんとするとこうなるんですね』

これ眺めて喜んでたら、俺結局変態だよね……もう変態でいいけど。

『ひきましたか』

『ううん、すごく可愛くてエッチ』

『よっしゃ』

聡士さんも、と頼まれて自分も送る。俺が送ると楠木もまたいくらでもくれて、スマフォのなかにいかがわしい画像が増えていった。【志生】と名づけた専用フォルダをつくって収納し、『俺、法で裁かれないかな』『ぼく成人男子ですよ』『……そうね』とふたりで笑いあう。

やがて楠木の首もとにキスマークがうっすら残っているのに気づき、あ、昨日ストール巻いてたのってこのせいかっ、と我に返った。『ごめんね』と謝ったら、『消えるほうが寂しいです』とこたえてくれる。微笑んでいる楠木が見える。

そろそろメールやめよう、とは俺も楠木も言わずに、その後も数時間しゃべり続けていた。

楠木に会えない日が続くと、自分はいままでこんなに退屈な毎日をおくっていたっけな、と不思議になる。おそらく、バイト先でも遠藤がいたおかげで楽しかったのにそれも失くなり、一日の半分が陰気なせいだ。

服部さんに自分からべつの話題をふってみようと努力するも、趣味はないと言われたうえに恋愛関係はご無沙汰と知っているし、四十すぎて独身で実家暮らしの家庭の事情につっこむのは度胸がいる、以前の会社のことなどもっと訊きづらい、となって途方に暮れる。

『中学のときおまえが我慢して解決したのかよ』と曽我は背中を押してくれたが、両親を前にして〝ゲイなせいでまた嗤われてるんだ〟と告げるのは申しわけなく、踏ん切りがつかない。

父親も母親も〝おまえなんて生むんじゃなかった〟とは絶対に言わないことを知っている。両親ともに〝ゲイでも大丈夫だから〟と庇ってくれて、俺の異常さに対しては陰で嘆き傷つき続ける、だからこそ嫌だった。

翌日の土曜の夜、楠木から『中学の友だちに会ってきました』という報告メールが届いた。

『ひとり暮らしの部屋、すーっごい汚かったですよ。二ヶ月も経ってないのによくこんなに汚したなって感じで、聡士さんとはえらい違いだった（笑　昔のことも改めて謝ってきました。

今度一緒に同窓会するんです。ほかの中学のときの友だちともまた仲よく遊べそうです』

きらきら輝いて前進していく楠木が眩しくなる。楠木は立派になっていくのに、自分は再び過去とおなじ苦しみに囚《とら》われそうになって立ち往生しているんだから情けないな。

『志生がいないと俺のうちは殺風景だよ。同窓会、楽しい一日になるといいね。成長していく志生を尊敬する。口下手がなおったらモテ始めると思うけど、俺ともいままでみたいにいろんな話してほしいな。明日も楽しみにしてるね』

はやく会いたい、と勢いで書いてからさすがに恥ずかしくなって、そこは消して送信した。

ほんの数秒後にスマフォが鳴る。

『ぼくには聡士さんだけです。ぼくも明日楽しみにしてます。はやく会いたいです』

志生

こんばんは。

さっき志生とメールし終えて、いま日記を書いています。

ケータイって便利すぎるから日記との話題のずれに相変わらず困って、会う前日のいままで寝かしてぎりぎりで書いてるよ。

連休の残り二日はバイトしてた。

志生は外食したって書いてたけど、家族とゆっくり過ごしたのかな。

冷凍ラーメンは料理に入らないからね？　手料理はまたメニュー考えて一緒に勉強しよう。


中学の友だちのこと、本当によかったね。

志生が成長していくと自分にも刺激になって、頑張らなくちゃなと思える。

こういう感覚って、友だちに対して抱くときは悔しさとか妬《ねた》みもあるんだけどさ、恋人相手だと純粋に焦るよ。志生につまらない男だと思われないように努力していかないとって。


じつは昨日の早朝、バイト先にまた均がきたんだよ。

俺が志生に会えたことを、よかったなって言ってくれた。

あの日志生がいてくれたおかげで、俺と均の関係まで数年越しに進展したんだよ。

ありがとう。


明日サークル活動があってよかったな。

志生に会えないと一日が長いし寂しいよ。

さとし

楽しみにしすぎて、交換日記を書いてベッドへ入ったあとも眠れず朝をむかえてしまった。

普段深夜勤務なのもあるよな、と自分の恥ずかしい浮かれっぷりをなだめて、待ちあわせ場所の横浜駅へすこしはやめにむかったら、近江と小松と曽我がいた。「おはよ」と近づく。

「眞山おはよ〜」

近江に続いて、ふたりも「はよー」「よ」と挨拶をくれる。

大勢の人が往《ゆ》きかう改札口は忙しない。立ち話をしてほかのみんなを待っていると、近江が「そういえば眞山のとこの変態おやじどうなった？」とふってきた。

「変化なしだねー……。俺も共通の話題って見つけらんなくてさ」

小松が「なんのこと？」と首を傾げて、近江が簡潔に説明すると「は？　最悪」とキレた。

「オーナーには言ったのかよ」と曽我がごつい指輪をした手でペットボトルのウーロン茶を呷り、訊いてくる。

「言ってない。やっぱり大ごとにして服部さんが怒る可能性もなきにしもだし、親に迷惑かけんの嫌で、どうにもね」

「眞山、そんな変態に遠慮する必要ないよ、男同士だって立派なセクハラだよ⁉」

事情を知ったばかりの小松が、息巻いて怒りだす。

「セクハラって言っても、俺がきつく言うと『マゾになっちゃうよお〜』って喜んでるタイプだから辛かないよ。苛つくだけで」

「わたし男同士のセクハラで、ロッカーの私物舐められたりした話聞いたことあるんだけど」

「げ、それはさすがに気持ち悪ぃなあ」

「眞山も制服とか汚されるかもしんないよって言ってんの、のらくら許しちゃ駄目だって！」

近江が隣から小松の腕をひいて制す。

「眞山ごめんねー。この子自分も昔バイト先でセクハラまがいのことされてたから敏感なんだよ。眞山がほんとに辛いのはセクハラじゃなくて、ゲイってことと親のことなのにねー」

近江は小松とむかいあって子どもにするみたいに頭を撫でつつ、俺への慰めを口にする。

ゲイってことと、親のこと——胸のうちを暴かれたような感覚に茫然とした刹那、

「楠木きたぞ」

と曽我が呟いた。

ふりむいたら、手をふって近づいてくる笑顔の楠木がいた。真っ白い生地に青い線が入ったシンプルなワイシャツと桃色のVネックシャツを着て、空色のデニムパンツをはいている。蜂蜜色のストールも巻いていた。で、横に値切り師山本がいる。

「おはようございます」

楠木が俺の横に立って頭をさげたのに続き、山本も「ざいます」と挨拶をした。

「珍しいふたりが同伴出勤だな」と曽我がにやにやつついてきて、返した笑顔がひきつった。

「電車のなかでたまたま会ったんですよ」

楠木の弁解に、

「やめてくださいよ曽我さん、俺が眞山さんに殺されるじゃないですか」

と山本もにやけて続ける。おい。

「はいはい、じゃあ今日はこのメンバーだから出発するよー」

近江が仕切りなおして、移動し始める。

まずはシーバスで山下公園へむかうことになっていた。シーバスはその名のとおり海上バスで、みなとみらいや赤レンガを経由する便と、俺たちが今日のる山下公園直行便とがある。

「ぼく初めてです。先輩はのったことありますか?」

「前にもサークルでのったから二回目だよ」

「そっか。近場にもこんなふうに楽しめるとこがいっぱいあるんですね……ぼくもサークルでもっといろんなとこいきたいな」

楠木がわくわく心を躍らせている。メンバーのみんなは客室部へ入っていったが、俺は「こっちにしよう」と後部デッキへ誘って楠木とならんで腰かけた。

「初めてならこっちのほうが楽しめるでしょ」

「うん、すぐ下が海で、眺めがすっごいいい!」

出発すると楠木は「綺麗ー」と感激して、はじけ飛んでくる水しぶきに「顔にあたったたっ」とはしゃいだ。晴天の空は真っ青で、潮風の香りと水面《みなも》の輝きが気持ちいい。

「あの建物、お洒落なかたちしてますよね」

「インターコンチネンタルホテルだよ。ヨットの帆のかたちなんだよあれ」

「ほんと?　帆か～……発想がもうお洒落だ」

うっとり眺める楠木の髪がそよそよながれておでこがあらわになっている。真下で白く泡立つ波、遠くのほうにぷかぷか浮いているカモメ。

日曜日で乗客も多いけど、座席の奥で自分たちの身体に隠れて楠木の手の甲に掌を重ねてみた。はっ、と俺を見返した楠木が、いいの？　みたいに見つめてくる。

「……さっきの山本さんのこと、怒ってるんですか」

不安そうに訊かれて、シーバスの騒音と乗客の話し声をよけて楠木の耳に口を寄せた。

「違うよ。触りたくて我慢できないの」


「ここのローズガーデンはそんなひろくないですけどね。猫もいるから餌欲しい人あげます」

シーバスをおりて港の見える丘公園にあるバラ園へきたら、山本がそう言った。

「餌あげていいのか？」「すでに餌づけてる人がいるんですよ」と曽我と山本が話している。

近江と小松が大喜びで山本から猫餌をもらってバラ園へ入っていき、ふたりのうしろにちゃっかりならんでいた楠木も、ドライフードの小袋をもらってにこにこ俺のところへきた。

「ぼく猫好きなんですよ。先輩、一緒にあげにいきましょう」

かわいい。

「いいよ。じゃ先いこっか。楠木さ、デジカメ買ったのにシーバスで撮らなかったでしょ」

「あ⁉」

楠木が慌ててボディバッグからデジカメをだして用意する。

「大失敗だ……シーバスの写真も撮りたかったー……」

気づいていたけど手を繋ぎたかったから黙っていた、のは秘密にしておこう。

「工場地帯の夜景を見られるクルージングプランもあるから、今度一緒にいこうよ」

「いきます！　そんなのもあるんですね、工場夜景って興味あったから、先輩と観たいです」

「じゃあ約束ね。——……ナイトクルージングだ、って事前に説明して許可もらえれば、楠木も家で怒られないよね」

　苦笑いして訊ねながら、俺もデジカメをだした。楠木の表情が歪む。

「……はい、すみません。先輩には絶対に迷惑かけませんから」

「迷惑なんて思ってないよ、家族は大事にしてほしい。俺も迷惑かけないように誘いたいから、難しいときは遠慮しないで言ってね」

　楠木が俺を見あげて唇を強く結ぶ。喜びがこみあげた、みたいな顔。

「はいっ」

　笑いあって、猫を探して歩く。近江たちは公園の奥へいったらしく姿もないが、曽我と山本はバラを眺めて先日のように真剣に話しこんでいる。

「そういえば今日吉岡いないな。あいつサークルでなにかあるとたいていていくるのに」

なにげなくこぼしたら、楠木が猫餌をあけて「吉岡さんは忙しいみたいですよ」と言った。

「このあいだの合コンで知りあった女の人と、なんだかんだでずるずる遊んでるんですって」

「ふうん、吉岡と連絡とってるんだ」

「メ、メールをもらって、返事してるだけですよ。……ぼくは吉岡さんと話してると、先輩と真面目につきあっていこうって気がひきしまります。吉岡さんはそういう、薬的な存在です」

　楠木の懸命な弁解を聞いていて、俺はどんだけナチュラルに嫉妬を垂れながしてるんだ……と恥ずかしいやら申しわけないやら。

「吉岡は女の子とセックスまではするからね……」

「知ってるんですかっ?」

「まあ一応つきあい長いんで」

　セフレどまりの吉岡だから、近江たちは軽蔑しているのだ。寝るだけ寝ておいて運命の相手を探してるもなにもないもんだと俺も思うけど、ああいう男はいる。

「……志生君はひっかからないでくださいね」

「えっ、ありえませんよ」

「悪いクスリは良薬より甘いんじゃない?」

　楠木の背後から左手をのばしてストールのなかに人さし指を忍ばせ、キスマークのあたりをかりかりくすぐってやったら、「ひゃっ」と跳びあがった。

　俺が吹きだすと、「ちょっと先輩っ」と真っ赤になって腕を叩いてくる。

「ぼくは苦くったってちゃんと良薬を飲みます。甘いものだけ食べて自滅するばかになりたくないですからねっ」

　そうだね。楠木はトラウマにちゃんと立ちむかって、成長していける子だもんね。

「尊敬します」

　微笑みかけたら、楠木も笑って俺の首に襲いかかり「こしょこしょっ」とくすぐってきた。でもくすぐるっていうか、痛いし重い。

「いてー重《お》めー」「ぼくがでぶってことっ?」と木陰でじゃれて笑って子どもみたいに散々はしゃいで疲れてくると、また木々にかこまれたゆるいカーブの歩道をすすんだ。チッチと舌を鳴らして歩き、やっと花壇に一匹、白っぽい猫が隠れているのを発見する。

「いたよ先輩っ」と楠木が近づいていって花壇の縁にしゃがみ、餌をすこしならべていく。

「おいで～美味しいよ～」

名前も知らないピンクの花と花のあいだから、こそっと顔を覗かせてこっちをうかがってい る姿が可愛かった。首にかけていたデジカメで撮影したら、楠木も「あ、ぼくも」と撮る。

さらっと風が吹いてきて葉ずれの音が強くなる。遠くにはベイブリッジが見える。

「あ、きたよ先輩」

のそのそと警戒しながらこっちにくる白い猫は茶色く汚れていた。楠木がならべた餌をカリカリ鳴らして美味しそうに食べ始める。

「山本さんが餌づけされてるって言ってたもんね、人間慣れしてるんだなあ……」

笑顔で猫を眺めている楠木の横顔に惹かれた。

この口にキスしたい。さっきからずっとそんなことを考えている俺も、良薬どころか吉岡を責められない悪い虫なんだよな。


写真を撮りながらバラ園を堪能したあとは、みんなで山下公園へ移動してベイブリッジや氷《ひ》川丸《かわまる》を眺めてのんびり過ごした。

曽我が「ポップコーン売ってんな」とか「ファストフード店の横にコンビニあんぞ」とか食べ物の話をしだしたら、メンバーは〝昼ご飯のタイミングだな〟と思い始める。それで、電車と徒歩で次の目的地である商店街へ移動した。

「キムチのある商店街ってここだと思うんですよ」

山本がちゃんと調べてくれていたとおり、アーケードの入り口をくぐって一歩入ったとたんにキムチのお店がすぐ目についた。じつは俺も噂で聞いていただけでくるのは初めて。

「見て先輩、トマトキムチとか梅キムチとかありますよっ。牡蠣《かき》キムチも！」

「うん、俺牡蠣は買いだなー……あとホタテキムチ」

「ぼくはいっぱい買っても怒られそうだけどー……うん、トマトは絶対買います」

楠木の浮かれかたもすごかったけど、女性陣も「美味しそう買う買う！」と負けていない。

昼間から「青島《チンタオ》ビールとキムチ買ってどっかで呑もうぜ」「いいっスね」とか言っている曽我と山本は無視して、俺たちは商店街を端から端まで歩いて食べ歩きを楽しみつつ、おみやげのキムチとお総菜をいくつか購入した。

「わたしたち串ものも買ったし、今日キムチ鍋パーティーするー」

商店街からでるころ近江と小松がそう言ってにこにこ笑いあうと、曽我と山本も「俺も」「俺もいきます」とそろって便乗した。小松は上京してひとり暮らしをしているので、サークル活動後にメンバーが家に寄って呑み会することも多々あるのだ。

「眞山と楠木君はどうする、くる？」

俺はバイト時間までなら参加できるが、楠木は渋い顔をした。先日『八時ぐらいに帰れればいいんですけど』と話していたもんな。

「たぶん八時までに帰れなくなるよ。家に電話してみる？」

楠木はみんなと俺の顔を眺めて哀しげな表情で悩む。いきたいけど、間《ま》をおかず夜遊びが続くのはさけたい、みたいなところだろうか。

「俺も夜バイトだし、一緒に帰ろうか。こいつらいつでも呑んでるから焦ることないよ」

先を歩いていた近江が楠木の横にきて、

「楠木君、おうちがちゃんとしてる感じ?」

と優しく訊ねると、楠木も「ちょっと……」と苦笑いした。

「今日にこだわらなくていいんだよ、なんなら今度は家呑み会計画しよー」

「すみません……ありがとうございます」

「ううん、家族が大事にしてくれるっていいことだよ、放っぽられすぎても寂しんだから」

「ぼくのところは特別おかしいと思います。大学生なのに、恥ずかしい」

「しょうがないさ、親にとっちゃわたしらずっと子どもなんだもん。お母さんには息子って特別だろうしね」

「なんでわかったんですかっ、そうなんです、母が神経質なんです」

楠木が戸惑って、近江はわははっ、と笑う。

「母親が息子を恋人みたいに大事にするって普通じゃん」

「こいびと⁉」

曽我と山本が「うちも気持ち悪ぃよ」「ありますねー」と同意すると、楠木は口をあんぐりあけて絶句した。

「学生のうちだけ我慢しとけばゆっくり変わってくんじゃない?　家帰ったらお母さんによろしく言っといてね。部長は楠木君がうちのサークルきてくれて感謝してますって」

「はい……わかりました、ありがとうございます」

楠木が照れて苦笑いする。

そして商店街をでて駅につくと、俺たちはメンバーと別れて帰路へついた。

「家までおくっていくよ」と申しでて、今夜は俺が楠木の住む町へいくことにする。電車に揺られながら話をする楠木の笑顔は晴れやかだった。

「……先輩が言ってたの、本当ですね。サークルのみんなに悩みを話すと楽になります」

窓の外の空が橙色から濃紺色へ変わる綺麗なグラデーションをひろげている。

「うん。みんなはともかく、俺はあんまり善意って感じでもなかったけどね」

「え……なんで、」

「俺とのために楠木に夜遊び貯金しといてほしいっていう、そういう欲求もあったよ」

ナイトクルージングも今週末の記念日外泊も、許可をもらって実現させたかったし。

見返せずにいる左隣から、楠木の「ふふ」という笑い声が聞こえてくる。横目でうかがうと、視線だけこっちにむけて照れくさそうににまにましている。

「……先輩、気持ち悪いこと言っていいですか」

「気持ち悪ぅ」

「まだ言ってないっ」

今日も今日とて意地悪をして場を保たせようとしてしまう自分が情けないけど、楠木に膝をぶたれて笑っているうちに、これはこれでいちゃついているのとかわりないなと思えてくる。

「もう〜……」と俺を睨みながら、楠木はスマフォをだしてこっそり俺にむけた。その待ち受け画面に、俺が送ったパンツ一枚の横顔画像がある。

「これ設定したんです」

「ばか、消しなさいっ」

「やだよ～」

「気持ち悪い、最悪だっ」

あははは っ、と楠木が腹を抱えて前屈みになりながら爆笑した。

「なんだよこの羞恥プレイっ」

「ぼくしか見ませんよ？」

「充分恥ずかしいよっ。ああもう～、俺も設定するからな」

「いいよ、ぼくの画像全部やばいけど」

「……やばいね」

「やばいよ」

ばれたら俺の変態が露呈してしまう。そもそも誰にも見せたくないって理由で深層に隠している時点で負けだ。ひっぱりだしてきて待ち受けにしておくなんて、できるはずもなかった。

「楠木はこれ見られたらどうするの」

「ん？　〝格好いいでしょ〟って自慢するよ」

「〝誰これ〟って訊かれたら？　ってことだよ」

「〝憧れの人〟って言う。雑誌の写真みたいだからごまかせるよ」

つっこみたい部分は山ほどあったものの、睨み据えるだけで我慢した。どうせいつか飽きる。浮かれてもらえるうちが花だ。

「先輩」

楠木がスマフォのメモ帳をひらいて、このあいだみたいに文字を書いて俺に見せる。

『ぼくの写真で勃起できた？』

即座に楠木の膝を叩いてやった。吹きだす楠木を放って俺もスマフォをだし、文字を書く。

『勃起とか言うのやめなさい』

読んだ楠木は「んー？」とわざとらしく唸って、

『おちんちん勃った？』

と修正してくる。本人は手で口を隠してめちゃくちゃ笑いをこらえている。

『エロ漫画みたいな言いかたも禁止！』

『先輩がどういうのに興奮するかわからなかったから』

『一緒にいてくれるだけでいいよ』

『えー。ぼくは今日一日キスもできなくて欲求不満です』

楠木は口をへの字に曲げて、わざと不満そうな表情をつくる。頬が赤い。

『おなじこと思ってたんだね』

自分ひとりが悶々と悔やんでいたわけじゃなかったんだと知り、嬉しくて笑ってしまった。

読んだ楠木もぱっと笑顔になって喜んでくれる。

『今週末は、もう外泊の許可とってあるんです。だからいろいろしましょうね』

『そうか、よかった。でもいろいろってなに？』

楠木が肩をぶつけて睨んでくるから、俺は追記する。

『わかるけど、具体的に楠木がなにを求めてくれてるのかわからないんだよ』

『先輩は前にもぼくにどんなのがエッチだと思うかって聞いたけど、先輩自身がぼくに求めてくれることはないんですか』

……俺が楠木に求めること。

数秒前まで笑っていた楠木の表情が哀しさをおびて、すこし曇る。

俺は〝可愛がりたい、愛したい〟という純粋な愛情と、〝服を脱がしたい、身体を舐めたい〟という官能的な欲望を脳内でぐるぐるまわして、駅ふたつぶん返答を考えた。

『真面目なほうと、エッチなほうと、どっちをこたえたらいいですか』

楠木が両手で顔を覆って吹きだす。

『どっちも』

『画像でくれた格好の志生の胸を吸いたい、下着を脱がせたいって言ったの叶えたい、それでベッドで抱きしめてキスして可愛がって永遠に離したくない』

破れかぶれで、正直に、真剣に書いてスマフォを楠木のほうへかたむけた。

楠木は画面に視線をむけたまましばらく黙っていて、やがて俺を見あげた。その瞳が潤んでいて虚を突かれた刹那、うなずいて微笑んでくれた。そうしてうつむいて顔を伏せ、シートの片隅で、ほかの乗客の目を憚るようにこっそり下瞼を拭う。

伝わったかな。約束の一ヶ月がすぎても別れる気はないよっていう俺の意志。

喜んでくれたかな。

同性の悪い虫だけど、志生の枷《かせ》になってないって思っていいのかな。

『ぼくも聡士さんといたい。うちに帰りたくない』


「俺たち電車のなかでキムチくさかったよね」

「ははは っ……うん、くさかったですね」

駅についてから楠木の家へつくまで、楠木はずっと笑っていた。

キスできるような物陰はないかなと最後までしつこく探していたが、あいにく楠木の家は人情味あふれる商店街の先の路地にあったので、人波に翻弄されているうちに到着してしまった。

白い立派な一軒家で、二階のまるくてお洒落な窓から夕日色のライトが洩れている。

「じゃあ、ありがとうございました」

「うん、ゆっくり休んでね」

「先輩も、このあとの仕事、無理せず頑張ってください」

「うん」

触りたい。頬をつつくだけでもいいから栄養補給したい。このままあの陰気な自宅へ帰って服部さんと働くのなんてゴメンだ。けど別れの挨拶もすませた楠木の自宅前でふざけたことができるわけない。楠木も笑顔で首を傾げている。

「……じゃあ、うん。また明日ね」

「あ、先輩そこに」

「え」と楠木が指さした方向をふりむいたとたん、視界の隅で背のびしてくっついてきた楠木に頬キスされた。

「今日はこんだけ」

赤い顔して微笑んでいる楠木を連れ去ってしまえたらいいのに。

「ありがと。志生補給できたよ」

「えー？」

笑っている楠木の頭を軽く撫でて、「いきな」と今度こそちゃんと別れを促した。

楠木が手をふって玄関へむかう。ドアをあける前にもう一度ふりむいて、また手をふる。なかに入ると、顔だけだして笑いながらまだ手をふる。で、いなくなった。

俺も身を翻して歩きだすが、にやけた顔がもとに戻らない。楠木がキスしてくれた頬の一カ所が風に冷えてつめたくなっていく。

「──きみ、眞山君だよね」

そのとき、正面から歩いてきた男に突然名指しで呼びとめられて驚愕した。

「そう、ですけど……」

この町のこの場所で、俺の名前を知っている男といったら──。

「志生の兄です。いまうちの前で志生と立ち話してたから、眞山君だなって確信したよ」

「あ、はい……すみません」

「どうして謝るの？　なにかうしろ暗いことでもあるのかな」

自分とほぼかわらない背丈なのにはるか高い場所から脅嚇《きょうかく》されているような威圧感がある。

頬へのキスを目撃されているのも、自分たちの関係をよく思われていないのも明らかだった。

お兄さんの表情はやわらかいが、目は笑っていない。

「眞山、聡士です。今日はぼくたちが所属してるサークルの活動日で、志生さんにも夜までつきあわせてしまったので自宅へおくりにきました。こんな時間まで、申しわけありません」

「礼儀正しいのは感心するけど、さっき謝罪したのってそっちじゃないよね。機転きく男だな、なかなか頭いいんだ？」

目を、そらしたら駄目だと思った。憎悪に貫かれて全身が硬直し、指先が冷える。唾を呑みこむのさえ怒りをかいそうで緊張する。

「……そんなこと、ありません。人間としてまだ未熟で、勉強途中です」

なに言ってるんだ、もっとまともな返答があるだろ俺。

「勉強途中ね」

暗い夜の路地に突っ立っている俺たちの横を、自転車が軽快にとおりすぎていった。

お兄さんの背後の道の先には、商店街のにぎやかな光や声があるのにひどく遠い。

「うちは昔から両親が仲よくて、しょっちゅう夫婦で旅行にいってたんだよ。そうすると志生は必ず『母さんのオムライス作って』って頼んできたんだよね。たぶんあれ、寂しかったんじゃないかな。俺も真似して作るんだけどうまくいかなくて、でもそれ喜んで食べてくれてね」

「……はい」

「大事な弟なんだよ。だけど俺らが大事にしすぎたんだな、大学生になってもかなりばかで、男とつきあうっていうのがどんなに不幸なことか、いまいちわかってないみたい」

どんなに不幸なことか。

「志生は男だけが好きなわけじゃない。しばらく恋人ごっこ楽しんだあとは、解放してやってくれるかな」

　お兄さんの目を、鼻を、口を、ただ見返していた。

「きみならわかるだろ。このまま同性愛者になれば人生ごと歪んでいく現実が」

　わかる。差別をうけて人生が歪んでいく苦痛など、嫌というほど身に沁《し》みて知っている。

「……ぼくが、」

　守っていきます、と言おうとした。差別からも苦痛からも守っていきます、と言いたかった。だけどいま自分自身さえ守れず両親に心配をかけている俺に、大口を叩く権利はなかった。

「〝ぼくが〟なに？　なにができるの〝未熟な人間〟の分際で」

　奥歯を嚙んで視線をさげる。

「学生さんらしく、適当に遊んで捨ててくれてかまわないよ。あとはこっちが面倒見るから、人生の勉強させてやって。きみみたいに一生世間にまじわれない人種もいるんだってね」

　お兄さんが左横をすり抜けて去っていく。

　追いかけてひきとめて、志生さんとのことを許してくださいと懇願したい、そうするならいましかない。激情が行き場なく体内で燃えるだけ燃えて、凪に煽られて冷めていく。

　楠木がくれたたくさんの想いさえ守れなかった。

　なにもできなかった。


　渡しそびれた日記のページは、家に帰って読み返してから破って捨てた。

その夜、十一時から服部さんと仕事に入ったものの、服部さんのようすががらりと変わり、セクハラまがいの発言がなくなったかわりに仕事の会話さえ無視され、あからさまにさけられ続けた。

「オーナーの息子だと、気に入らないバイト解雇するのも簡単だね。ここはきみの天下だね」

早朝六時、去り際にそう言われてなにがあったのかだいたい把握した。

出勤してきた父親と母親に問いただすと、

「嘉人さんには今月いっぱいで辞めてもらおうと思う」

と父親が言う。

「母さんから聞いた。おまえなんで黙ってたんだ？」

「遠藤君も辞めちゃうし、美香ちゃんにはもうすこしいてくれるようにひきとめたけど、新しいバイトの子も募集してるから安心してね」

「四十すぎてセクハラなんて、言語道断だ。店の品位を落とすようなバイトはいらない」

「母さん、聡士が差別されて我慢してるのたえられないのよ。二度と見たくないの」

父親の口からでるのは服部さんへの非難。

母親の口からでるのは俺を庇う慰め。

「……遠藤も美香ちゃんも、俺がゲイだから辞めるはめになったんだよ」

ふたりの正義感が精神を蝕《むしば》んでいく。

「服部さんまで俺の都合で解雇したら、俺が従業員を三人も辞めさせることになる。厄介払いするなら俺じゃないの。父さんと母さんのそういう贔屓《ひいき》に、本当に……辟易《へきえき》する」

ここが両親の関与していないべつの店舗ならば、辞めさせられる害虫は俺だった。

「聡士……」

ありがとうという感謝の言葉が、喉の奥でかたく凝固してでていかない。


早朝帰宅して眠りにつき、午後三時に起きた。

寝すぎたせいか身体が怠《だる》く、頭もぼんやりする。

『今日寝坊したからサークルいけそうにないや。近江たちにも伝えておいてくれるかな』

楠木にメールを入れて風呂へ入ると、戻ってから着信とメールがきているのに気がついた。

『聡士さんが寝坊？　本当ですか、体調崩したりしてません……？』

『寝すぎてちょっと怠いです』

『いまみんなに伝えました。近江さんたちも心配してますよ、はやくよくなってくださいね。家に帰ったら、お見舞いのエッチな写真送ります！』

よくよく考えたら、俺はいままで楠木に実家で最低なことさせてたよな。自室は施錠できるんだろうか。薄壁隔ててお兄さんの部屋があると教わっていたのに危機感がなさすぎた。

『今日は遠慮しておこうかな。刺激的な写真見たら熱でそう』

『やっぱり深刻そうじゃないですか。お見舞いはひかえるけど、ゆっくり休んでくださいね』

『ありがとう』

タオルで髪を拭きながら、床においてあるパズルの前に腰をおろした。

ピースをひとつとって考える。今後楠木にどんな態度で接していくか。

どうするにせよ、ひと区切りつけられるのは今週の日曜だ。最初、さして重要視していなかった期間限定の条件が、ここまで重要なターニングポイントになるとは思わなかった。楠木と話しあったうえで関係を維持するなり別れるなりのこたえをだしたいが、そうするとなると俺がお兄さんに言われた言葉を楠木に伝えなければいけなくなる。

——兄は普通の会社員で、大学からつきあってる彼女がいて……ぼくの、味方です。

——兄がいてぼくは恵まれてたし、甘えてきたのも自覚してます。でもこれからは先輩を守りたいから、自立していきたいです。

楠木のことだから俺を庇ってお兄さんと不仲になってしまうのは目に見えている。味方、と言い切れる家族を、俺は大事にしてほしい。家族と楠木をひき裂くような真似もしたくない。絶縁は楠木が目指している自立とも、まったく違うものだ。

五年、十年、同性同士の恋人として苦難をのり越えながらつきあっていけたならご家族にも挨拶にいく覚悟でいたけれど、自分たちがまだその段階にないのも承知していた。

——〝ぼくが〟なに？　なにができるの〝未熟な人間〟の分際で。

お兄さんの言葉は正論で現実的だ。いまここにある浮ついた意志では、理解してもらえるような説得はできない。楠木のためを思うなら、どうするのが一番いいんだろう。

——志生は男だけが好きなわけじゃない。

——きみならわかるだろ。このまま同性愛者になれば人生ごと歪んでいく現実が。

一度終わらせて数年後再会しようなどと束縛するのも本意じゃないし、人生の貴重な時間を浪費させて歪めることにかわりない。別れよう、と告げるだけでは、納得いかない、と怒らせるのもわかっている。嫌だ、と縋ってもくれるんだろう。なら俺にできることはひとつか。

心は決まった。

パズルの画がぼやけて見えなくなり、鼻の奥がつんと痛む。手にしていた空の青い色をしたピースにひと粒涙がこぼれて、ため息をついてバスタオルで拭いとった。


夜、服部さんと話しあうために十一時前に出勤すると、服部さんがスタッフルームのロッカー前で荷物整理をしていた。

「服部さん、すみません。ちょっとお時間もらえませんか」

「もう話すことないよ。今日辞めますんでオーナーにもよろしく言っといてください」

「えっ、今月いっぱいいてくれるって聞いてますよ？　急に辞められちゃったらシフトが狂ってきますし、いてくれないと困、」

「都合いいよね」と睨まれた。

「こっちが話しかけても相手にしなかった挙げ句、オーナーとグルになって首切る日まで決めといて、今度はいてくれないと困るって？　いいな、息子さんは本当わがまま放題だな」

「誤解です、俺はただ、」

「いいんだよ、ぼくもこんなコンビニなんかで終わる器じゃないしね。きみのお母さんがどうしてもきてくれって誘ってきたからしょうがなく働いてあげてたけど、恩を仇《あだ》で返されたよね。最低の店だよ」

え、と疑問が過った。俺が母親に聞いていた話と違う。服部さんのおばさんが、リストラされた息子を憐《あわ》れんでうちの母親へ雇ってくれと頼んできたのが経緯のはずだ。

つまりこの人は自分の親にまで〝プライドを傷つけないように〟と嘘をつかせて生きているってことか……？

「ほんとにいいな、うちの実家も店経営してくれてれば人生楽だったのになあ〜。経営者ってどいつもこいつも自由で好き勝手し放題で羨ましいよ」

反論したいことは多々ある。自分が不快に思っていた事柄も正直にうち明けて理解してもらい、辞めないでほしいと交渉するつもりでもいた。なのに暴言を聞いているうちにばかばかしくなってくる。

「そうだ、最後だしさあ、いままでぼくを小ばかにしてたこと土下座して詫びてくれない？　そうしたら辞めさせられたことも この店のことも全部許してあげるよ」

ふざけるな、とあまりの屈辱に歯噛みしたが、全部許す、という言葉にぐらついた。

——下手に恨み買ったらネットで店の悪口言いふらしたり、近所に批判ビラばらまかれたり、動物の死骸送ってきたりしそうじゃね？

——そこまで病んだ奴だったらリストラされた会社にも嫌がらせしてそうじゃない？

——もうしてんじゃねえの。ネットで悪口言いふらすぐらいならやってそう。

——あ〜……あるね。根暗〜。

近江と曽我の言葉がどす黒く膨張して襲いかかってくる。

土下座ひとつでなにもかも忘れてくれるなら、店にも両親にも迷惑をかけずに黙って辞めていってくれるなら、安いんじゃないのか。俺がいままで服部さんと真っこうからむきあう場をつくろうとしなかったのも原因なのだ。

　土下座で解決するなら、それならば。

「……本当に、約束してくれますか。金輪際、店に関わらないって」

「い～よ～？」

　にやついた声音に、下唇を噛む。意を決して脚を折り、スタッフルームの床の上に手をついて頭をさげた。

「……すみませんでした。どうか許してください」

　ぷーっ、はははは、と嗤い声が頭上でこだまする。

「たまらないな～この格好。これがばかなホモの末路だよ。ホモ息子でもオーナーたちだけは可愛がってくれるもんね？　これからもせいぜいママたちにいい子いい子してもらいなね？」

　服部さんがしゃがんで、俺の頭を嗤いながらぽんぽん叩いてくる。

「あ～、いい気分。最初からこれぐらい素直にしてくれてればねえ～」

「……すみません」

　たっぷり一分以上頭をさげたのち、「もーいいよ、満足満足」と嗤いながら解放された。

　服部さんが立ちあがって、俺も続く。そしてすぐさまオーナーのデスクへ移動し、紙とペンと朱肉を持って戻った。

「じゃあすみません、『今後一切、店に手だししない』って一筆ください」

「は⁉　ちょっ……まだばかにする気かよっ⁉」

「いいえ、男のけじめですよ。お願いします」

証拠はこっちももらっておく。テーブルに紙とペンをおいて、唖然としている服部さんにいま一度丁寧に頭をさげ、椅子へ座るよう促した。

「それ、俺が証人として同席しましょうか。オーナーも呼んできますよ」

ふいに声をかけられてふりむくと、ドアをあけて入ってくる遠藤がいた。

「遠藤、」

俺たちの背後をとおりすぎて店へ入っていった遠藤が、父親をつれて戻ってくる。

「どうしたんだい、証人ってなに？」

事態が深刻化して、服部さんもうろたえる。

遠藤はテーブルに腰かけて、俺がおいたペンを服部さんにむけた。

「どうぞ。聡士さんの土下座に、あんたも誠意で返すべきでしょ。この期におよんで、まさか適当な嘘ついて土下座させたってわけでもないでしょうし」

「土下座？」と父親の顔が気色ばむと、服部さんは子どもみたいに歯ぎしりをし、渋々といった体で椅子に座った。ペンを持って「……なんて書くんだ」と訊ね、遠藤が「まず日づけと本名」と指示をする。

遠藤にもにわかな怒りが垣間《かいま》見えた。不思議に思って盗み見ていると、遠藤も俺を一瞥して軽く頭をさげる。俺のせいですみませんでした、と言われたような気がした。

一応穏便に片づいたものの、やはり困ったのは深夜の人員だった。

小さな町のコンビニなのでひとりでまわすことも可能ではあるが、補充作業で裏にいると万引きの恐れが増すし、トイレすら自由にいけず防犯上万全とはいえない。

　相談した結果、父親が深夜も入ることになった。

「最近深夜勤務してくれるバイトの子いないからね……」

　いってしまえばこれも俺のせいだ。

「いいよ、オーナーはスタッフルームで寝てて。必要なときだけ声かけるから。俺も日中にも働くようにするしさ」

　父親と組んで働くのは、それはそれで気がはる。

月曜から身体的にも精神的にも疲労困憊《こんぱい》して、夜が明けるころには精根尽き果てた。

　正午に仕事を終えて自宅のベッドへ倒れるように眠りにつき、起きたらまた午後三時すぎ。動く気になれない。スマフォに楠木からメールが入っている。

『聡士さん、今日も体調悪いんですか？』

　……心配かけたくないんだけどな。

『ごめんね、いま起きたよ。店の従業員が減ってちょっと忙しいんだ』

『それで疲れて、体調も悪いんですね』

『うん、ごめん。サークルはどう？　次にいく場所、話しあったりした？』

『いいえ、今日は吉岡さんと山本さんがいてにぎやかだけど、聡士さん以外でちゃんと散歩の場所考えようとする人っていないです』

　みんなが狭いサークル室で笑いあっているようすが想像できた。むさ苦しい男たちと、若干不機嫌そうな近江と、テーブルの中央にあるお菓子。窓からおりる日ざし。

『明日はいけるように努力するよ』

『努力が必要なほど辛いんなら寝ててください、ぼくがお見舞いにいきます。ぼくは明後日と明明後日《しあさって》はサークルに出席できないから、会いにいきたい』

『志生も忙しいの？』

『明後日は兄が家に彼女を連れてきて食事会なんです。明明後日は講義があります』

自分が一所《ひとところ》で地団駄を踏んでいる間《ま》に、楠木たちは刻一刻と前進していってるんだな。

『俺も会いたい。志生補給しないとしんどいよ』

『ぼくも聡士さん補給しないと干涸《ひか》らびるよ』

会ったらどうしようか。話しておきたいことも、しておきたいこともたくさんある。そしてこのパズルを完成させないと。

深夜の休憩中、スマフォに届いていた近江からのメールを確認した。

『眞山、大丈夫？　楠木君から聞いたよ、従業員の件ってあの変態と関係あるの？』

あちこちに心配かけて、まったく情けないったらない。

『ごめん。服部さんも辞めて、俺のせいで三人いなくなるから困ってる。新しいバイトの子が入るまで忙しそう。俺も講義あるし、大学いきたいんだけどね』

『そっか、納得。楠木君も寂しそうだよ、昔ほど孤立しないでみんなとわいわいしてるけど、あからさまにしょんぼりしてるっていうか。変態おやじも辞めてくれたんなら、はやく元気になって戻っておいで』

戻っておいで、か。近江たちは帰る場所をつくって待っていてくれる。俺がゲイでも差別せず、常に笑顔でむかえいれてくれて、出会ったころから本当に変わらない。

『近江、ありがとうね。楠木と期間限定の恋人になれって提案してくれたのも感謝してるよ』

『のろけが始まった！　やめてよね～そういうのは楠木君だけに言ってよ』

『楠木にも言うけど、近江にも一応さ』

『ひゃ～もう鳥肌！　感謝はスイーツか現金でよろ』

『現金かよっ』

『プレゼントならわたしが好きなブランドの財布にして。いま狙ってるのふたつあるから』

『女性怖いわ～……』

スマフォのむこうで笑っている近江が想像できる。

「聡士、父さんもちょっと休憩いいか」

返信をうっていたら父親がスタッフルームに入ってきた。

「ああ、じゃあ俺がいく」

「悪いなー……深夜まで働くのはさすがに腰にクるわ……」

スマフォの画面をとじて、ロッカーのなかへしまう。父親は椅子に座って、テーブルに突っ伏した。連日昼夜働いて、俺以上に疲れているのに違いない。

「寝てていいからさ」

声をかけたら「お～」と笑いまじりの返事があった。身を翻してレジへ急ぐ途中、「聡士」と背中に再度呼び声がぶつかった。

「……おまえに土下座なんてさせて、すまなかったな」

店からただよってくる夜気が足もとを無情に冷やしていった。

俺は親に、あと何度謝らせてこの人生を生きていくんだろう。


翌日の午後四時すぎ、楠木からメールがきた。

『聡士さん、さっき近江さんたちに挨拶してきて、いまおうちにむかってます。最寄り駅に、あと十分ぐらいでつく予定です』

起床して風呂に入ったばかりだった。駅から俺の自宅への往復時間と、楠木の家までの移動時間と門限を計算して、どこで会うべきか考える。

『じゃあ河川敷の公園で待ちあわせよう。うちにきてもらったほうがくつろげるけど、時間的には公園のほうが長く一緒にいられるよ』

『うん、わかった。公園ならぼくのほうが先につくと思うから待ってます』

返信を読んだのち、急いで支度をした。髪は乾かしている時間がないので諦めて、近くにあった綺麗めなTシャツとワイシャツと、ジーンズを身につける。

スマフォを尻ポケットにつっこんで家の鍵をしめているときに、楠木がこのあいだおかしな猫の絵、と言っていたTシャツを着てしまったのに気づいたけど、かまわずに公園へ急いだ。会いたかった。

走って、でも身体がくさくならないよう汗には気をつけて、足早に公園へむかう。

土手を駆けあがって公園を見おろすと、炎みたいな雲が連なる夕空の日ざしを浴びて、楠木がブランコにのっていた。俺を見つけてぴょんと飛びおり、着地して笑顔で手をふる。

息せき切って傍へいき、俺は楠木の腰を抱きあげてぐるぐるまわした。

「あははは っ」と楠木が俺の頭を抱えて笑いだす。楠木が手に持っている白いビニール袋が肩のあたりでがさがさ音を立てる。

「楠木重《おも》た……っ」

「ひどいっ」

ふたりで空一面に響き渡るぐらい大笑いして、楠木をおろした。まわりに犬の散歩にきてるおじいさんや学生服の男女がいたけどかまわない。

「びっくりしたー、高い高いなんてひさしぶりにされましたよ!」

「映画の再会シーンみたいの、一度やってみたかったんだよ」

「それか〜、でもでぶって言われたからなあ、全然ロマンチックじゃなかったな〜」

赤橙色に照る楠木の笑顔に、鼻梁《びりょう》の影がのびている。キスがしたい。けどさすがにここじゃ人目がありすぎるかなと、思いとどまる。

「先輩、駅のそばにお肉屋さんがあってね、ぼくコロッケとメンチカツ買ってきたんですよ。一緒に食べましょう」

「いいね。ちょうど小腹すいてきたもんね」

このあいだいった川辺へ移動して、石の堤防に腰をおろした。「先輩は元気つけないといけないからメンチね」と言われて受けとる。「お茶もありますよ」と続けてでてきたペットボトルのお茶は、俺たちのあいだにおかれた。濡れたボトルの雫が、堤防に染みていく。

「なんでメンチだと元気つくの？」

「肉だから」

「ふうん？　コロッケも食べたいし半分こしようよ」

紙の袋からだしてふたりでかぶりつく。さっくり揚がっているメンチカツは、奥まで熱くて肉汁がじわっとあふれ、はふはふしながら食べた。楠木も「あふっ、あふっ」と笑って懸命に嚙む。ほころぶ頰がふくらんで、笑顔にも愛嬌が増す。

「いいけど、コロッケは元気つくかなあ」

対岸の車道を自転車が走っていく。ジョギングしている人や、犬の散歩をしている女の子も。川はゆったりながれて、夕日を受けてちかちか輝いていた。しずかで綺麗だ。

「先輩、身体はもう大丈夫なんですか？」

「うん、俺より父親のほうが辛そうかな。そろそろ大学もいくよ。楠木はどうしてた？」

「先輩に会いたいって思ってた」

いたずらっぽくにやけるから肘でついてやったら、「言ってほしかったくせにー」と笑う。

「でも本当だよ。……三日も我慢できないってやばいですよね。長期間会わなくても平気な大人なカップルって、何年経ったらなれるんだろ」

コロッケを嚙る楠木の横顔は、あどけなくて初々しい。

「何年だろうね。まず大人にならないとねえ……」

大人の楠木がタキシードに身を包んで、ドレス姿のお嫁さんと笑っている姿が脳裏を掠めた。

食べ終えた半分のメンチカツを「はい」と楠木に渡すと、楠木も急いでコロッケを半分口のなかに押しこみ、頬をぱんぱんにさせて「はい」と俺によこす。俺が笑って「お茶飲みなよ」と持たせたら、胸をとんとん叩いて「ンン」と飲んだ。

「はあ美味しかった……——先輩はもう充分大人だよ」

「全然ですよ」

「大人だよ。ぼく、自分にはすごく贅沢な恋人だなって思いますもん。先輩が恥ずかしくないようにしなくちゃなって」

「恥ずかしいのは楠木じゃないの？」

え？ と目をまるめた楠木に、俺はわざと胸をそらしてTシャツを見せた。楠木が、ぶっ、と吹きだす。

「おかしな猫〜」

「慌てすぎて着てきちゃったんだよ」

「可愛いよ。てか、先輩髪濡れてますよね。お風呂あがりでした？」

「うん」とうなずいたら、楠木が手で口を押さえてにこにこした。「なに」と訊いても「ううん」と首をふる。「なによ」と追及して肩をぶつけたら、赤くなってにやける。

「だって急いじゃってさ、先輩も会いたかったんだなって思ってさ」

くすくす嬉しそうに笑ってくれる楠木のむこうで、夕空が群青色に染まり始めている。

会いたかったよ、という言葉をコロッケで押し戻して、「いきなりメールしてくるからでしょ」と意地悪を返した。楠木の頬はゆるんだままもとに戻らない。

「楠木、何時ぐらいまでここにいて平気なの」

八時まで平気なら喫茶店にでもいこうかと考えたのだが、楠木はスマフォをだしながら、

「あ、六時ぐらいには帰らないとかもしれません」

と時間を確認する。

「やっぱりおうちの人に怒られた……？」

「違うんです。明日兄の彼女さんがくるって言ったじゃないですか。その予定がかわって、今夜から泊まることになったんですよ。それで母と彼女さんで夕飯作ってくれるっていうんで」

「そうなんだ」

「婚約でもするのかな。なんか最近、兄の機嫌がいいんですよねー……」

まばゆく光る川面を眺めて、ふうん、と相づちをうった。

胸の奥で熱くうずき続ける高揚と、恋苦しさと、形容しがたい寂しさとを受けとめながら、楠木とふたりで日が暮れていくのを眺めて話をしていた。

「先輩、なんでそんなにじっと見るの」

「んー……？　楠木のことちゃんと憶えておこうと思って」

「え……」

「今日ここにいるいまの楠木は、いまだけの楠木でしょ？」

「なんだ、そういうことか。じゃあ明日も明後日も、これからのぼくも見てください」

「明日と明後日は会えないいんじゃなかったっけ」

「……エッチな写真送るから」

こそっと耳うちして、楠木が赤い頬で無邪気に笑う。

夜に覆われる寸前の、その夕日色の楠木の唇をもらって優しく吸った。やわらかい数日ぶりの唇はほんのすこし脂っこくて、コロッケとメンチカツの味がした。

楠木

こんばんは。

さっきはきてくれてありがとう。

会って話ができて嬉しかったし、おみやげも美味しかったよ。

思い返せば、近江が言いだした期間限定の恋人なんていうとんでもない発想から始まって、いままで楠木につきあってもらってきたんだよね。

この交換日記も近江のしょうもない思いつきだったのに、手書きのあったかな文章をしたため続けてくれたおかげで、いつも読むのが楽しみだった。

最初は楠木の手助けになればばって考えていたけど、短期間で着実に成長していく楠木が眩しくて、いつの間にか心から尊敬していたよ。

そういう楠木の一生懸命さと優しさに、俺は何度も救われました。

これからもサークルメンバーとして、いい刺激を与えあえる関係でいてください。

一ヶ月間、本当にありがとう。

眞山　聡士

翌日の木曜は午前十一時まで働いて大学にもいった。楠木とはすれ違ったが、近江と曽我、小松、吉岡、山本には会えたので、服部さんとの顚末《てんまつ》や、楠木との今後について自分の決心と感謝を伝えておいた。

金曜日は深夜から土曜日の午前九時まで働いた。予定どおり休みをとっていいものか悩んでいた俺のかわりに、「深夜、俺が入りますよ」と申しでてくれたのは遠藤だった。

『聡士さん遅くなってすみません、いま電車にのりました。あとすこしでつきます』

楠木と落ちあったのは夜六時すぎ。

お兄さんが予想どおり婚約したそうで、土曜の今日も家族全員で急遽《きゅうきょ》買い物へいくことになり、でかけていたのだという。

「遅くなってすみませんでしたっ」

「ううん、おめでたい日に外泊させてごめんね」

「とんでもないです、兄も兄ですよ、ぼくが遊びにいくのは一週間前から言ってたのに！」

駅のスーパーで夕飯やお菓子を買ってうちへむかうあいだ中、楠木はお兄さんへの愚痴を何度かこぼした。お兄さんが人のものになってしまう寂しさもあるのだろうか。

「……先輩」

右手で買い物袋、左手で楠木の右手を摑んで歩き始めると、楠木は困惑した。

「あの……いいんですか。ここ先輩の地元……」

「いいよ」

土曜日は道路を走る車も、歩道を往きかう人も多いが、家までの二十分間離さないつもりで楠木の手を繋いで歩いた。楠木もそれならと覚悟を決めたように握り返して微笑んでくれる。

時間は有限で、無限ではない。

家についても玄関で靴を脱ぐ前にキスをして数分間じゃれあい、料理をするときもなるべく隣にいて、時折キスして笑いあった。

「先輩、すごく甘えてる」

「大事な日にするって言ったでしょ」

「そうだけど……」

本当はとても照れくさくて、大人ぶったキスを仕かけたり、楠木の肩や頰に触るのすら緊張したけど、今夜は怯まないと決めていた。

楠木がリクエストしてくれた俺の食堂風オムライスを一緒に作って食べたあとも、身体が離れている数秒を惜しんでソファで抱き寄せ、キスをして、丁寧に楠木の身体を横たえた。

「……お風呂は、入らないいんですか」

「あとで。写メの格好見せてほしいから」

「あ、そうでしたね」

じゃあ、と楠木がTシャツをたくしあげようとするから、「ああっ」ととめた。

「俺にさせて」

「先輩、顔がすごい必死っ」

「必死だよ、大事でしょうが」

「えぇ……。男のこだわりだ〜」

楠木がころころ笑うせいで、色っぽい空気がうすれてしまう。

俺は「もう」と不満を洩らして楠木の背中を抱きかかえ、Tシャツを胴体の半分までたくしあげながら、それでもちょっとほっとしていた。楠木の笑顔を見ていると緊張が半減する。

だけど俺が楠木のお腹を撫でてから胸の上のシャツをそっとよけようとしたとき、俺のしぐさにあわせて「じゃじゃ、じゃーんっ、乳首です」とふざけたのは、いくらなんでも「ばかっ」と怒って、笑ってしまった。

「色気なさすぎだよっ」

顔を両手で覆ってこらえきれずに笑う楠木が、「だって怖い」と言う。

「怖い人はじゃーんなんて言わないよ」

「言う」

短く反論してきて、顔を隠したまま、もう俺を見ようとしない。

楠木も緊張している。

「俺、楠木の身体見て、がっかりしたって言いそう？」

「……あんまり肉ついてないし、綺麗じゃないから」

唇をきつく結んで両肩を尖らせ、全身強張っている。

俺の目に触れること、見て嫌われること、を本気で怖がってくれているのがよくわかった。

俺との関係やこれまで重ねてきた想いをどれだけ大切にしてくれているかを、楠木は恐怖心で教えてくれる。ほんとに、楠木はばかだ。

めくったTシャツから半分でている楠木の左胸を、右手で撫でた。人さし指と中指の腹で転がしているとすぐにかたくなってきて、かたちをたしかめるように先をつまみ、口に含む。

「ンっ……ん、」

楠木のあえぎ声は終始苦しげで、噂で聞くような甘ったるさが全然ない。

「せん、ぱ……うあぁ、わぅっ」

俺がちょっと笑ったら、楠木が俺の頭を抱えて「……待っ、まって、まって、」と髪を摑んで力んだ。痛みをたえて、俺は胸に舌を絡めて吸い続ける。

「せん、ぱぃ……気持ちぃ……から、まって、」

腰と脚をよじって逃げようとする楠木を抱きとめた。

「気持ちいいのに待つの？」

「嬉しいんだけど、……どうしていいか、わからなくなる」

紅潮した顔が羞恥と戸惑いでいっぱいで、ほとんど泣きそうだった。

「どうすれば安心できる？」

灯りを消してとか、そういう要求がでてくるのかなと思っていたら、楠木は上半身を起こして、「下も、脱ぎます……」と声を震わせた。

「ぼくの上に先輩がいると、勃ったときあたるの恥ずかしいし……下着、汚れるから」

「焦ったのそこ？」

「……うん。いっそ脱いでおいたほうがいい」

度胸があるのかないのか……。楠木も初めて官能を他人にさらすことで、混乱しているみたいだった。面白くて可愛い子だなと思いながらも、俺も服を脱ぐタイミングがわからないから、「じゃあ俺も脱ぐよ」とシャツとTシャツを脱ぎ捨てる。

下だけ着ている俺と、上だけ着ている楠木とで、顔を見あわせたらまた笑いがこみあげた。強く抱き竦めると、楠木も俺の背中に手をまわす。

「先輩の裸、格好よくてやばい」

「俺こそ肉なんてついてないけど？」

「ううん、もう大人の身体になってるよ」

そうなんだろうか。

「……身体だけ大人でもね」

楠木のシャツの襟の奥へ鼻先と口で分け入って、首筋に吸いつく。このあいだキスマークをつけて迷惑をかけてしまったから、人目につく箇所への愛撫は優しくしようと努めたけど、理性を保つのに苦労した。

「先輩、待って」と楠木がまたとめてシャツを脱ぎ、自分の尻の下に敷く。

「ソファ汚れたら困るでしょ」

「……楠木、さっきからそこ執拗に心配するね」

「しますよ。人の家にきてるのに汚したら申しわけないですもん」

「べつにいいよ、気にしなくて」

「する」

苦笑いして、もう一度楠木の身体を仰むけに倒してキスをする。

交互に舌を吸いあうのも短めにすませて、急くように、再びTシャツのなかに手を忍ばせた。

「……せんぱい、次は、右の胸にして」と赤い顔で哀願されて、「わかった」と微笑み返し、やんわり咥《くわ》えてしゃぶる。

自分の舌のなかでかたくなっていく乳首と、楠木の肌の味が愛しい。欲望と興奮がいよいよ抑えきれないほどあふれてきて自制心が消えていくのを、楠木の腋《わき》や腹を舐めつつ自覚する。

自分の手と口は思いのほか不自由だなと思った。楠木の小さな身体さえ、全部抱きしめて、包みこんで食べ尽くすのに精一杯体力をつかう。

必死に愛撫している俺をよそに、楠木は「うっ、ふ、うぅっ……」と快楽に溺れるのを怖がるような声をあげて、身をよじりながら震えてくれる。

胸を掌で包んで、乳首をいじったり舌先でつついたりしても怒らない。自分の所有物みたいに唇や頬を思うさま吸って、鎖骨を噛んでも、「んっ、ン」と気持ちよさそうに悶《もだ》えて吐息でこたえてくれる。

可愛くて恋しくて、楠木をまるごと抱き竦めたいのに腕が足りなくて、もっと気持ちよくしてあげたいのに知識もなくて、劣情にもどかしさと愛おしさが絡みついて破裂しそうになる。

「せん、ぱい……あの、」

楠木も肩と胸ではあはあ懸命に息を吸いながら、上半身を起こして俺の背に手をまわした。

「あの……ぼく、ちゃんと、挿入れられるようにしてきたから……勃っても、大丈夫だから」

「挿入れられるようにって、」

楠木が俺の右肩に顎をのせて、きつくしがみついてくる。おたがいの汗ばんだ胸と胸が密着して、かたい乳首がひっかかる。楠木は耳まで赤くて、腰や背中も熱い。

「自分で……ほぐすと、いいって、ネットで見たんです。絶対勃って、とか、プレッシャーかけたいんじゃなくて、あの……ぼくは、先輩の恋人だから。どんなことも、していいから」

「楠木……」

俺の耳の横で荒い呼吸を整えて、羞恥と闘いながら一生懸命かけてくれた言葉に、名状しがたい激情が迫《せ》りあがった。愛情と感動と、罪悪感が綯いまぜになったような感情。

楠木の上半身をすこし離させて顔を覗きこむと、瞼に涙をためて真っ赤になっている。脚が膝を曲げた状態で、微妙に不安定な体勢をしていたから、「こっち座って」とひき寄せて自分の膝の上にまたがらせた。

むかいあって、楠木の色っぽくめくれたTシャツから覗く胸を撫で、唇にキスをする。

「いろいろしてくれてありがとう。……苦労させてごめんね」

「苦労じゃ、ないよ」

俺たちの腹のあたりで、しっかり屹立《きつりつ》した楠木の性器がある。「触ってもいい」と訊ねたら、

「そんなの、訊かないでください」と怒ってしがみついてきた。これじゃ見えない。

「……志生は、世界一可愛いね」

　楠木の背中を抱いて支えたまま、乳首を触っていた右手をおろして性器を探りあてた。掌におさまる、かたく湿った感触。目で確認できないので、指を駆使して根元から先端まで触って見た。

　恐る恐る握りこんでも、しっかり摑んで撫でても、楠木の肩がびく、びく、と逐一反応する。

「恥ずかしくていや？」と心配して気持ちをうかがったら、頭を激しくふった。

「……嬉しいです。もっと、触ってほしい」

　首にキスして「わかった」とこたえ、痛めつけないように握力を加減して扱《しご》いていく。

　楠木は両腕と両腿で俺の身体に強く縋りついて、「うっ、ンっ、ぅうっ」と声をあげて反応する。

「やっ、や、せんぱぃ……先輩っ、」と泣いているのか怒っているのか判然としない呼びかたをされて、かまわずになおも扱き続けていると、楠木が自ら腰をふり始めたのと同時に、声も甘くなった。

「だめ、だめっ……ンンっ」

　駄目？　と疑問に思った瞬間、掌のなかで性器がふくらんで楠木が達した。

　ぐったり俺に凭《もた》れかかって小さく震え、息を整えて、洟をすする。

「……せっかく、シャツ、敷いたのに……先輩が汚れた」

　俺の腹とジーンズを濡らした精液が気になるらしい。

「それで〝だめ〟って言ったの……?」

うん、と右肩の上で首を上下する。

「駄目じゃないよ。気持ちよくしてあげられて、俺も嬉しいよ」

「……聡士さんは、なにしても上手で、気持ちいいよ」

ゆっくり顔をあげて、楠木が俺を見る。ふたりして恥ずかしくなってきて、にやにや笑いあった。でもどことなく恥ずかしさの種類が違う。一緒に快楽を共有して、また一段階関係が深まったことを実感するような、喜びと満足の内包されたにやにや笑い。

どちらからともなくキスをして、今度はおたがいの舌を長い時間かけて吸いあった。

口腔《こうこう》を嬲りながら、楠木の身体の好きなところを触りたいように撫でて、愛でて、そうして疲労感が抜けていくのを待つ。怠惰《たいだ》に、貪欲に求めあうキス。

「……先輩、汚れたとこ拭こう」

気力が戻ってきて楠木がそう言うと、「じゃあ風呂いこうか」と誘った。笑顔でうなずいてくれた楠木とまた笑いあってソファを立ち、「先輩の手、気持ちかった」とか「楠木は可愛かったよ」とか話しつつ、官能的な空気を押し退けて平静をとり戻していく。少々残念な反面安堵感もあるのは楠木もおなじみたいだなと、表情を見ていると感じる。

ふたりで服を脱いで、風呂へ入った。おたがい裸になるとまたちょっと照れくさい。楠木の視線が微妙に泳いでいるのが可愛い。

湯船に浸かって、楠木を背後から抱いて胸やお腹をさすりながら話をした。

「楠木さ、さっき〝ほぐしてきた〟って教えてくれたけど、どういうふうにしたの」

「指、二本挿入れたよ」

「どの指？」

「ここ」

右手の掌をひろげて、人さし指と中指をくっつける。細くて白くて繊細な指。

「楠木の指小さいからな」

「先輩のと違う？」

俺が自分の左手を楠木の手の横にならべて人さし指と中指をむけたら、楠木は見比べて
「んー……たしかに先輩のほうがすこし太い」と真剣に唸る。

「でも大丈夫。たぶんこれぐらいなら挿入《はい》る」

自信満々に宣言した楠木が、俺の掌を自分の頬にあてがったり噛んだりして無邪気に笑う。

「……ありがとね」

俺とセックスするために、本当に努力してくれたんだと実感した。男が男に抱かれるための身体をつくるなんて、本来なら屈辱でしかないのに。

「先輩ぼくのことわかってないよ。ぼく結構エッチですよ」

「志生君の言う〝結構なエッチ〟はどんなことなのよ」

「またそれ訊く。ん〜……なんか、こう……ここ、しゃぶったりとかしたい」

「フェラチオのこと？」

「‼　先輩、そういう単語ずばっと言うのやめなよ」

「ははっ。志生のいやらしいはたかがしれてるね」

「違う、言うのはやらしいけどするのはいいの」

「普通、逆じゃない？」

「ない。言うのはからかうことでしょ？　するのは愛の営みだから」

自分で言って、楠木は〝愛の営み〟のセリフににやけて笑った。

「じゃあ愛の営みさせて。ここなら汚してもいいから志生も安心だろうし」

「いま？」

うん、とうなずいたら楠木はふりむいてきょろきょろした。「どういう格好したらいいの」と悩んでいて、すること自体はオッケーらしいから湯船の縁に座ってもらい、楠木の腿《もも》をひらいて顔を寄せる。もう半分反応している。

「期待してくれてるのに、うまくできなかったらごめんね」

「き、きたいって、」

声は焦っているが、性器はうなずくように微動する。可愛くて、ふっ、と笑ってしまったら、楠木が腿をとじようとして抗い、

「浴室、明るいから……はやく、」

と胸や腹まで真っ赤にさせて恥じらった。

「どこもかしこも可愛いな……」

感想を洩らしたらおやじみたいな物言いになって、楠木に「ばか」と頭を軽く叩かれた。

「はやく」とも再度急かされて、鼻の下をのばして「はい」と小ぶりな性器を口内におさめる。

まだほのかに柔かった全体を舌の上にのせて、歯を立てないよう咥えて吸引してみた。

「あぁっ！　ふ、ぁっ……せ、ぱぃ……や、やっ、」

容易く感じてもらえて嬉しさのあまり調子にのり、性器の裏も先端も舌で舐めて味わい尽くしていく。まだ誰も触れていなかった、志生の初々しいところ。俺だけが知っている味。優しい愛撫をする前に独占したくて、支配欲に似た情熱で強引にしゃぶっていたら、「も、だめ、やっ……」と楠木が俺の頭を摑んだままぶるぶる震えて達してしまった。

こぼさないように舐めとって呑んでみる。塩《しょ》っぱくて苦い。

疲れ切ってふらついている楠木を抱きかかえ、湯船のなかに戻して「大丈夫」と訊いてみた。目をとじてうなずくものの、息はまだ乱れている。湿った前髪を撫でて、はあ、はあ、という息つぎの合間に桃色の唇を食んでいたら、「先輩は、最強だね」と楠木が呟いた。

「最強？」

「果てがないから、絶倫で、最強……」

「それは喜んでいいことなんでしょうか」

「男としては、格好いい」

「いや、あの……絶倫ってそういうんじゃないと思う。ちゃんと挿入れてあげたうえで、延々と快感に翻弄させてあげられるのが、格好いい男でしょ」

「挿入れなくたっていいんだよ。それがセックスの終わりじゃないんだから」

威張られた。

「志生さんセックスの達人じゃないですか」

「そうですよ、なんでも訊いてくださいよね」

ふざけあって笑って、ちゅっちゅと音を立ててキスをする。声をあげて笑っていても、キスを続けているうちにおたがい真剣になってきて、やがてそれぞれの舌を吸う水音だけが浴室に響き始める。

息を吸いこむために、楠木が「ふ、ン、」と喉を鳴らすのが色っぽかった。左手で乳首をくすぐってお腹を撫で、性器に触れたら、またすこしかたちをかえている。俺は無反応なのに。

「志生に魅力がないわけじゃないからね」

「……うん。ぼくは平気だから、聡士さんこそ傷つかないでくださいね」

ぼくの身体は、自由に好きなだけ触って、と続ける楠木が純真で真摯な目をしている。

頭ごと自分の胸のなかに搔き抱いて、骨が軋《きし》むほど力一杯身体と身体を密着させ、束縛して、涙をこらえた。

この子が初めて俺の恋人になってくれた子。未熟さや異常さや性的な不能さまで受け容れてくれた子。キスをさせてくれた子。身体を許してくれた子。両想いの幸せを教えてくれた子。

「……志生とこうしてるだけで充分幸せだよ」

「ぼくもです。……ちょっと、苦しいけど」

いたた、と身をちぢめる楠木を解放して、吹きだした。

「のぼせるからでようか」「はい」ともう一回キスをして、浴槽をでる。

身体や髪を洗って風呂からあがったあとは、俺も楠木もTシャツに下着一枚のラフな格好をして、ソファでアイスを食べて涼んだ。俺が好きなバニラコーンのソフトクリーム。

「先輩、きたときから気づいてたんですけど、パズルすごいすすんでますよね」

「うん。大学いかないでぐだぐだしてたときつくったんだよ」

「じゃあ今日完成させよう、きっとできるよ」

楠木がアイス片手にパズルの前にしゃがんで、ピースをじっと探し始める。俺もうしろから抱きしめるように座って、アイスを舐めながらピースを眺めた。

そろそろ日づけがかわる。

ふたりでパズルを楽しんでのんびり過ごしているあいだ、楠木はここ数日サークルで起きたことや、お兄さんと婚約者のことを話して聞かせてくれた。

「先輩は、お店でなにがあったんですか？　日曜日に〝また明日ね〟って別れたのに、急に人が辞めたって言って忙しくしてたから」

「うん、ごめんんね心配かけて。最近は深夜に働いてくれる人、少ないからさ」

「結構大変なトラブル？」

「ううん、大丈夫。もう解決したよ」

ごまかさないで教えてほしい、と楠木の目が訴えているが、もうすんだことだからこそ掘り返したくなかった。とくに今夜は、ゲイで嗤われたなんて話はせずに朝をむかえたい。

「店やってると毎日大なり小なりなにか起きるけど、志生がいてくれて、支えになったよ」

「本当ですか。ぼくなにもしてないのに」

「〝恋人がいる〟〝待っててくれる〟って思うだけで、全然違ったの」

背後から楠木のお腹を抱いて左肩に甘えたら、楠木が「ふふ、くすぐったいっ」と竦んだ。Tシャツ一枚の細い背中と肩。おなじシャンプーとボディソープをつかっても、楠木は楠木の匂いがする。

ピースをはめた楠木の左腕の袖をめくってみた。

「なに？」

「はんこ注射ってどこかなと思って」

「なっ⁉」とびっくり眼で飛び退かれる。

「え、そんな反応？」

あちこち触って舐めてしゃぶったあとに？

「さりげなく見て〝ほほう〟って思っといてくださいよ、探されると恥ずかしいっ」

「いいでしょ、どれどれ」

「スケベおやじっぽい～っ」

口では嫌だ嫌だ言うけど、楠木は抵抗せずに委ねて見せてくれた。サイコロの目みたいに四角くならぶ九つの点の塊がふたつある。

「俺とおそろいだよ」

「え、先輩もあるの？」

うん、とうなずいて、舌をつけて舐めた。舌触りにはとくに影響がない。爪でいじるとへこんでいるのがわかる程度。

「もう駄目、先輩も意地悪してないでパズルして」

「意地悪じゃなくて甘えてるんだよ」

楠木の耳先の冷たさを唇で食んで感じて、Tシャツのなかのおへそや乳首をこすって、「もうっ」と笑って怒られながら、楠木の感触を自分の肌に刻んでいく。

買いそろえてきたお菓子やお茶をおともにパズルを続けていると、そのうち楠木が「ちょっと眠たい」と俺の左足の膝に頭をのせて横になり、にまにました。

「なにその顔」と頬をつついてやったら、「膝枕」となんだか嬉しそうに言う。

「ねえ先輩、河川敷に夜明け見にいこう。川辺って綺麗だろうなって思ってたんだー……」

「いいよ。じゃあすこし寝なよ。俺は深夜仕事しててこの時間強いから」

「お、たくましいー。——……それでね、言ってなかったんだけど、ぼく明日用事があるから、そのまま始発で家に帰ろうと思います」

別れの時間が唐突に決まってしまった。

「……そっか」

「……うん」

ベッドにあるかけ布団をひきずりおろして楠木にかけてあげたのは、深夜一時半だった。

楠木が寝入ると、今度は俺がパズルの完成にむけて集中した。

最近は四時になると空が白んでくる。河川敷まで歩いていく時間を計算して、三時四十五分ぐらいに家をでるとなると、帰り支度も含めて猶予は二時間。

俺が店のことを隠しているように、楠木も家庭の事情を隠して今夜俺の傍にいてくれたんだと悟った。

このひと月、どれだけ楠木に迷惑をかけてきたんだろう。家族との絆や男としての性癖を脅かして、悪影響しか与えられなかった気がする。

膝の上で眠っている楠木の髪を撫でて、胸のうちで、ごめんねと謝った。

俺は関係が継続していく恋愛っていうのを経験したことがなくて、たぶんこれからも、楠木をここまで好きになってしまったぶん、一生添い遂げたい相手がすぐに見つかるとは思えないんだけど、それぞれの出会いは糧になっているんだよな、と思えた。永遠に忘れない。

楠木と恋人でいられたひと月は夢みたいな時間だった。これも、幸せな恋愛だった。


「……あっ、パズル」

三時半、最後のひとピースまで完成した画を前に、楠木の肩を揺すって起こしてあげたら、ぱっと起きあがった楠木が目をこすって、パズルと俺の顔を交互に見やり、「やったー！」と俺の首にしがみついて喜んだ。

「はめていいよ」とピースを渡すと、楠木は「緊張する」と大げさに唾を呑みこんで四つん這いで画に近づき、かた、とはめる。

「すごい……綺麗」

空と湖の、青と白。

ふたりで声をなくして見入る。パズルを長年趣味としてやってきたなかで、俺にとって初めて他人と共同でつくった記念の画でもあった。

「部屋に飾るよ」

見るたびに楠木のことをきっと想い出す。

「うん」

微笑んだ楠木の頭を撫でて、それから帰り支度をして夜明けに間にあうよう家をでた。

「俺も河川敷で夜明け見るのってひさびさだな」

早朝の空気は冷たく澄んで透きとおっており、俺たちの息も白く浮かぶ。

「やっぱりたまに早朝散歩したりするんですか？　すごく綺麗そうですもんねー……」

笑顔を返して楠木の手を繋いだ。〝中学のころ辛くて、現実逃避目的でたそがれにいってたんだよ〟なんて恥ずかしくて言えるわけがない。

人けのない暗い歩道を楠木と一緒に歩く。楠木と何度も歩いた地元のなじみの道には、楠木との想い出が上書きされていて、いまはもうここが中学のころ逃げだしたくてしかたなかった町だとは思えない。住んでいるのが嫌でたまらなかった、憂鬱なだけの町でもない。

「先輩」

土手へあがって河川敷を見おろしたら、ちょうど太陽がわずかに顔をだして空に日ざしがのび始めていた。地平線に覗く太陽が黄金色の光を放って、夜空の濃い群青色を溶かしていくようなグラデーションがひろがっている。川も青く揺らいで、太陽の光を反射する。

「綺麗ー……」

感激している楠木の横顔も、きらきらまばゆい。

まじりけのない透明な空の青。楠木と手を繋いで見つめていると、グラデーションはどんどん変容して、青かった雲の影が桃色に染まってきた。

仕事しているときいつも空はこんなに綺麗なんだな。鬱々した目で見ていたころにも気づかなかったけど、本当は何百年も何千年も前から朝は綺麗で、青くて、ここにあった。

「志生」

手を握りしめて呼んだ。空と対峙して記憶の志生を見つめて、隣にいる志生は見なかった。

「俺の恋人になってくれてありがとうね」

「はい。これからも、ずっと一緒にいてください」

元気で覇気のある、温かな告白を左耳で聞いた。

「……先輩、なんで最後みたいな顔してるの」

うつむいて苦笑いして、見返したら、楠木が唇を曲げて不安そうな表情をしている。

浮かぶ言葉がどれも伝えられないものばかりで、しかたがないからキスをした。しかたのない、純粋な恋情とはいえないそんなキスも、楠木は照れて微笑んで受けとめてくれる。

「先輩、感動してるでしょ？」

「してるよ」

「やっぱなーだって泣きそうだもの」

笑っている楠木に肩をぶつけてやったら、安心したのか余計無邪気に笑った。

風が吹いてきて楠木の髪が乱れ、雑草のさざめく音が強くなる。

土手をおりて公園へ移動し、始発に間にあうぎりぎりまで一緒にいよう、と約束してブランコをこぎ、夜明けを眺めた。太陽がのぼってスズメが鳴きだし、一日の始まりが周囲に満ちてくると、「……朝になっちゃったな」と呟いた楠木の手をきつく繋いで、また駅へむかった。

「志生、これ交換日記ね」

「あ、はい。ひさびさだ、楽しみ」

鞄からだして日記を渡したら、楠木は喜んでボディバッグにしまった。

繋いでいた手をふって、笑顔で別れた。改札をとおってふりむいて手をふり、短い階段をのぼってふりむいて手をふり、エスカレーターにのる寸前でまたふりむいて手をふって、楠木は最後まで笑っていてくれた。

好きだ、と言葉にし損ねた。

俺たちは恋人だと叫べたのもタブレットのメモ帳のなかだけだった。

それでも楠木はいる。俺の心のなかに楠木と恋人でいられた時間は、ずっとあり続ける。

9　楽園へつなぐ

『これからもサークルメンバーとして、いい刺激を与えあえる関係でいてください。一ヶ月間、本当にありがとう』

早朝の電車内で、眞山先輩にもらった日記を読んだ。

——これからもサークルメンバーとして、

——一ヶ月間、本当にありがとう。

くり返しくり返し、何度読んでもそれは別れの言葉にしか思えなくて、血の気がひいて日記を持つ指から髪の先まで全身が冷えていく。

どうしてだろう。さっきようすがおかしかったのは、別れるって決めていたから？　だってこの日記の冒頭には、『さっきはきてくれてありがとう。会って話ができて嬉しかったし、おみやげも美味しかったよ』とある。これはたぶん川辺でコロッケとメンチカツを食べた水曜日の夕方のことだから、少なくとも三日前から先輩は今日で終わるつもりでいた……？

愕然と放心していたら自宅の最寄り駅をとおりすぎそうになってしまって、慌ててホームにおりて、それから携帯電話をだした。

先輩の電話にかけたけど、コールはするのにでてくれない。メール画面をひらいて『先輩、お話したいです』と送り、返信を待ちながら暗然として家へ帰る。

今日は家族と理沙さんとで、父方の祖父母のお墓参りへいくことになっていた。それも昨日みんなでショッピングへいったとき突然決められてしまった外出で、理沙さんと、恵生の婚約に舞いあがる両親を前にして強く拒否できるはずもなく、渋々ひき受けたのだった。

先輩と、本当は一日一緒にいたかった。

今後も一緒にいられるから今日焦る必要はないと信じて諦めたのに、なんで。

俺、先輩になにしたんだ。

サークルで横浜にいった日はまだ恋人同士っぽくしてくれていた。シーバスで手を繋いでくれたり、吉岡さんに対して嫉妬してくれたり、帰りに『俺とのために夜遊び貯金しといてほしい』と照れた顔で言ってくれたりした。

そのあともサークル欠席の連絡を近江さんたちじゃなく俺に届けてくれたし、会いにいった水曜日だって、周囲に人がいたのに公園で抱きあげて一緒にまわってはしゃいでくれた。

昨日の夜も、全然、ちっとも嫌われている雰囲気はなかった。

——……志生とこうしてるだけで充分幸せだよ。

なんで。

俺、なにが悪かったんだろう。

この日記、本当に別れの言葉なのかな。俺いまもう先輩の恋人じゃなくなってる……？

自宅の玄関前で涙があふれそうになって、足をとめて唇を噛んで懸命にこらえた。

泣きたくない、まだ泣かない。泣いたら終わりを認めることになる。

まだ認めない、先輩の気持ちを聞くまで信じない。

『ごめんね、楠木おくって帰ってから店にでてたんだよ。今夜も忙しいから、話は明日にしてくれるかな』

午後、恵生が運転する車で霊園へきて、祖父母へ恵生の婚約報告をしていたとき、先輩からメールの返事が届いた。

明日にして、と会話を後日にまわされるのは珍しい。一日待つのなんて辛くてたえられないと怯える一方で、首が繋がってよかったとほっとする自分もいて、感情がめちゃくちゃだった。

『わかりました。明日サークル室で待ってます』

無視できないのは〝楠木〟というふた文字。メールや日記では必ず〝志生〟と呼んでくれて、昨夜は途中から声でも呼んでくれていたのに。俺が照れてちゃんと呼べなかったから怒ってる？　……いや、先輩は呼びかたぐらいで別れを考える人じゃない。

「志生君、どうしたの」

理沙さんが隣にきて微笑みかけてくれた。大人の女性の香りがして、それが肩で揺れる髪からなのか紺のワンピースからなのかわからず、不思議に思っているうちに魅了されてしまう。

「……いいえ、なんでもないです。メールがきて返事してました」

「そっか、今日忙しそうだったもんね。ごめんね、志生君もつきあってくれてありがとう」

理沙さんは男が〝結婚するならこういう女性〟と語るとおりの理想の教科書みたいな人だ。過去の恵生の彼女のなかでも素直に好きだと思えるから、義姉さんになってもらえて嬉しい。

「志生も彼女からメールか～？」

にやけてからかってくる恵生を睨み返した。

「違う」

わかっているくせに、婚約して浮かれているのか恵生は毎日〝彼女をつくれ〟としつこい。

「遠慮しないで、志生も彼女連れてきなさいよね」

「そうだよ、こそこそ外泊しなくていいぞー」

母さんと父さんも便乗してからかってくるせいで、家族といると居心地が悪かった。

「志生君は人を見る目があるから、見つけるのに時間がかかっちゃうんだよね」

ガキ扱いされて嗤われていると、助けてくれるのは決まって理沙さんだった。こういう瞬間俺はどうしようもなく、眞山先輩を想い出す。

「……はい。ぼく、自分の目に自信があります」

なけなしの気力をふり絞ってうなずく。

「へーじゃあ母さん、志生が連れてくる子楽しみにしてよっと」

「父さんも志生の人を見る目はいいと思うな」

携帯電話の待ち受けにいる先輩を見て、ロックをかけてバッグへしまった。

「昼ご飯、どこにしようか」と家族が相談して歩き始める背中に、俺もついていく。


翌日、講義を終えて四時前にサークル室へむかい、ドアをあけると、近江さんと曽我さんと眞山先輩がいて、先輩がすぐに席を立ち、移動しよう、というふうに視線と顎で合図をした。

注意深く表情をうかがうが、「なに?」と苦笑いしてそらされてしまう。

誘導してくれたのはたまに逢瀬に利用していた空いたサークル室で、先に入るよう俺を促してくれて、ドアをしめる。夕日に満ちた狭い室内も、そこにいる先輩も見慣れた光景なのに、おたがいを包む空気だけが違っていた。

「日記のことだよね」

間《ま》をおかず、単刀直入に切りだしたのは先輩だった。

むかいあって見あげる顔に、不快感や憤懣はない。ただ怖いほど穏やかだ。

「……はい。どういう意味か訊きたくて」

「言葉のままだよ。一ヶ月ありがとうね」

背中に冷たい絶望が走った。

「恋人……終わりって、ことですか」

「そう」

先輩は断言して口をとじる。伝えるべきことは言った、という意思を感じて困惑した。

「ぼくは先輩に、別れたくなることをしてましたか。気づけなかったから、教えてください。なおせることなら、これから努力す、」

「楠木に落ち度はないよ。救ってもらったって言ったろ?」

「……じゃあなんで、」

「楠木こそどうしたの、俺は期間限定だって決まってたからつきあったんだよ。自分に本当に恋人ができたような疑似体験が楽しめて、しかも相手が楠木みたいに可愛い子で嬉しかった。

楠木もまさか男とずっとつきあっていけるなんて、本気で思ってたわけじゃないでしょう」

先輩、なに言ってるんだろう……言ってることの意味が全然わからない。

「疑似体験って、どこからですか。いつから……？」

「最初からだよ。ここで、期間限定の恋人お願い、って頼んだときから」

「嘘……そんなの、嘘ですよ」

——俺も自制できなかったし、楠木との関係をこのままなあなあにしておくのは駄目だと思うんだよ。だからとりあえず、れいの期間限定の恋人っていうの、お願いしてもいいですか。

そう言ってくれたのを憶えている。

「あのときの〝自制〟ってなんですか。〝できなかった〟って教えてくれましたよね」

「それは……まあ、俺もキスとかしてみたかったし」

「ただの性欲ってこと？　本当に単に恋人遊びするためにぼくを利用したってことですか？」

「うん、ごめんね」

苦笑して、先輩はこともなげに謝罪ひとつで片づけた。冷酷で、残忍な男に変貌していく。

「嘘ですよ、吉岡さんに嫉妬してくれたのも、夜遊び貯金してって言ってくれたのも演技だなんて、そんなの信じられません」

「信じてもらえなくても真実だよ」

「一昨日、幸せだって言ってくれたじゃないですか。ぼくのこと世界一可愛いって言っ、」

「やめてって楠木……ごっこ遊びじゃなかったらあんな恥ずかしいこと言えないから」

苦々しく頬を歪めて、先輩が後頭部を掻く。

快楽だけを求める、吉岡さんみたいな男もいる。恵生も昔はそうだった。最低な嘘つきの、性欲に正直なクズ。先輩にもそういう面があったってこと……？　俺が巧みに騙されていただけで、幸せなんて一時的なもので、永遠なんてなくて、なにもかも幻想だった。

「……シーバスで、工場の夜景、観にいく約束は」

「あれはいいよ。デートとかじゃなくて、サークル活動としてってことだけど」

——触りたくて我慢できないの。

小さな海上バスにのって、横浜の景色やカモメや波しぶきや真っ青な空を見ながら、繋いでくれた手の体温が蘇る。

裸の写メールを送って話していたときも、返信に時間をかけて真剣にこたえてくれた。

性的不能だと告白してくれたときに俺が欲したら、『嬉しすぎて笑ってないと泣きそうだよ』と言ってくれた、その切実な声も耳に残っている。

そうだよ。セックスした夜『俺、楠木の身体見て、がっかりしたって言いそう？』って訊いた。丁寧に愛撫してくれて、性欲だけぶつけようとなんかしないで、『どうすれば安心できる？』『恥ずかしくていや？』といちいち俺のことを優しく気づかってくれたじゃないか。

——気持ちよくしてあげられて、俺も嬉しいよ。

——じゃあ愛の営みさせて。

絶対に違う。絶対に、この人は誰かと遊びでつきあうような非道な男じゃない。

「楠木」

だけど俺がそう信じても、もう先輩には俺と恋人でいようとする気持ちがない。

「……泣かれると困るよ、楠木」

目の前にいる先輩が涙にぼやけて見えなかった。

「……俺は結局、先輩を救えなかったんですね」

「充分救われたよ」

「違う、救えてない」

服の袖で顔を拭いながら、辛くて辛くて、悔しくてたまらなかった。

「でも、ぼく絶対に信じないです。先輩が遊びでつきあってたなんて信じない」

「勝手にしなよ」

無情に突き放されて心臓が痛み、涙がぼわぼわあふれて落ちる。

「楠木も本当に自立したいなら、男に騙されてうつつ抜かしてないで現実見な。お兄さんも結婚が決まったのに恥ずかしくないの？　……俺、先に戻ってるから。顔洗っておいでね」

踵《きびす》を返してドアへむかい、去っていこうとする先輩の腕を摑んでとめた。

ふりむいた先輩は訝しげな表情をしていて、以前『ひきとめてほしかった』と言ってくれたときの面影はない。それでも後悔したくなかったから口をひらいた。

「聡士さん、好きです。大好きです。……ぼくは最初から、会ったときからずっと好きです。これからも、男でも、聡士さんのことだけ好きでいます」

視界がにじんで先輩の表情がわからず、目をとじて涙を押しだしていたら、手から先輩の腕がすり抜けてそのまま部屋をでていってしまった。

……なんで俺はゲイじゃないんだろう。ゲイに生まれなかったんだろう。

先輩はノンケに排除されているのかもしれないけど俺だっておなじだ。ゲイの輪から邪険にされて、まじわらせてはもらえない。

これが本当に俺たちの別れだとして、いつか先輩が俺じゃないゲイの誰かを好きになり、恋人になって、その人を心から愛して抱いて笑って幸福に暮れる日がくるのなら、俺はいますぐ消えてなくなってしまいたい。

床に落ちる涙を見ながら顔を拭き続けていると、しばらくして室内の夕日の色が変化し始めていることに気がついた。このまま帰りたいけど、近江さんたちに一度姿を見せている手前、先輩をさけるような態度をとって不審に思わせるわけにもいかない。

部屋をでて顔を洗い、深呼吸をくり返して気持ちを整え、二十分ほどしてからサークル室へ戻った。

「おう、しきりんきたか～」

吉岡さんが曽我さんの隣に立っていて、明るくむかえてくれる。眞山先輩の姿だけがない。

「こんにちは吉岡さん」

「お兄さんが慰めてやるからこっちゃこい」

結局、だいたいの状況はばれているらしかった。近江さんや曽我さんの表情も曇っている。サークル内で大胆に始まった関係だったから、あたり前といえばあたり前か。

「ぼくは大丈夫ですよ。全然平気ですから、変に気づかわないでくださいね」

「しきりん健気やのう。だっこしてやるから俺の胸で泣きなー」

両腕をひろげて近づいてきた吉岡さんの手をよけて、「吉岡さんだけは遠慮します」とわざと嫌な顔をして笑う。

「俺だけは、ってどーいう意味だよ」

「そーいう意味ですよ。……っとに、ミヨさんとはどうなったんですか?」

「ミヨちゃんはミヨちゃん、しきりんはしきりんでしょ」

「うわ、もうほんと最低なんですけど」

「しきりんまで俺のこと最低って言いだしたっ」

「最低です。サイテーサイテー」

八つあたりみたいに自分の物言いが厳しいのを自覚しても、加減ができなかった。

吉岡さんは怒るでもなく、「しきりんにまで嫌われたらへこむわ〜」と普段どおりに接してくれる。

こうやってメンバー内でも、俺と先輩がつきあっていた事実が自然と消滅していって、来年にはなにも知らない後輩が入り、再来年には先輩たちが卒業していって、そしてなにもかもが過去になっていくんだろうか。

俺、先輩と別れたんだ。


家に帰ると、リビングのテーブルに結婚関係のカタログを積んで眺めている母さんがいた。

「志生、おかえり〜。ねえねえドレスとかすっごい綺麗だよ、志生もおいで」

「……ごめん、疲れたからあとでにするよ」

「えーもう、男はこういうの興味ないのかしらねえ」

「理沙さんならどんなドレスだって似合うよ」

「そうね！　それは言えてる！　あの子はドレスも白無垢《しろむく》もどっちも似合っちゃうわ〜……」

まるで自分が結婚するみたいに浮かれている母さんを尻目に、二階の自室へ移動した。

——楠木も本当に自立したいなら、男に騙されてうつつ抜かしてないで現実見な。お兄さんも結婚が決まったのに恥ずかしくないの？

恥ずかしくなんかない。

鞄をおいてベッドに寝転がり、脱力して目をとじる。恥ずかしくないし、先輩とつきあった時間を恥ずかしい出来事になんか絶対に、一生しない。そう思ったら涙がまたあふれてきて、ようやくひとりで誰にも気兼ねなく号泣できた。

鼻水がでてきて、起きあがってティッシュをとる。ベッドの縁に座って洟をかんでうな垂れていると、部屋の中央のテーブルにおいていた交換日記が目について、座椅子に腰かけて表紙をめくってみた。

『眞山先輩へ』という自分の文字から始まっている交換日記。

最初の自分のページには、片岡を傷つけて人づきあいができなくなった話が書いてある。

口下手だけど先輩と切れたくない、謝らせてほしい、という内容だ。

その返事として先輩がくれた日記の冒頭には、青インクで『日記書いてくるって約束したのに破って悪かった』という謝罪がある。楽しみにしていた気持ちをふいにされて、俺が拗ねたんだった。でも先輩は自分も辛い経験をしてサークルメンバーに救われたから、俺にももっと歩み寄ってごらん、とアドバイスをくれている。〝守ってやる、見捨てない〟とも。

つぎのページには、先輩の過去を詳しく知った俺が『ぼくも先輩に返せるものがないか探していきます』と悩み始めている姿があった。このときにはもうちゃんと恋人になりたいと望んでいたんじゃないかと、いまは思う。

そして先輩が『志生』と名前で呼び始めてくれて、可愛いっていう言葉を照れてぐちゃぐちゃに消して。

——俺かなり恥ずかしいこと書いてるから、もし近江たちに訊かれても内容絶対教えるなよな。約束。

このあとは俺が『自分も助けてもらっているぶん恩返しをしたくて、なのに役立たずな自分がいやになったりするんです』と、こうして日記にも書いた想いを直接先輩に会って伝えて、キスをして恋人になった。

——志生にとってすこしでも幸せな時間になるように、志生のことを大事にするよ。

——経験がなくてリードしてあげられないのが情けないんだけど、不満があったら遠慮なく言ってもらって、そうやってふたりで関係を育てていけたら嬉しいです。

——自分にとっても幸せな時間にする。すでに幸せだけど、もっとたくさんね。

——ありがとう。明日のデートも楽しみです。

——志生といると、人間って見えない力にひっぱられるようにそのときそのときで必要な試練に翻弄されて、そして必要な人間とめぐり会ってるんだなって感じるよ。

——出会いも苦難も、自分に降りかかることは全部必然なんだなって。

——誰かを大事にするとか恋愛するとかっていうのも人生の勉強だね。

——志生が自立しようとしているように、俺も成長していきたい。

この言葉全部が嘘だったっていうんだろうか。

「聡士さん……」

続きのない真っ白いページをめくっていく。涙が落ちてしまって、一ページ無駄になる、と焦ってとっさにティッシュで拭って、あ、必要ないのか、とすぐ我に返って余計に泣けた。

三十枚、ほとんど埋まらなかった。

ここにも、ここにも、もっともっとたくさん気持ちをつづって、返事をもらって、照れて声にできない言葉もきちんとかわしながら、恋人でい続けたかった。一緒にいたかったのに。

悔しさと虚しさを噛みしめて最後のページをめくったその瞬間、驚いて息がとまった。

〝聡士〟〝志生〟というふたりで書いた青い名前を、おなじ青いインクの線がハートでぐるっと括っている。

「……なにこれ」

演技なんかじゃない。絶対に、やっぱり嘘のはずない。

ばか、とうめいて突っ伏したそのとき、携帯電話のにぶいバイブ音が聞こえてきた。鞄のなかに入れっぱなしにしていたそれをとりだして見たら、近江さんからの着信だ。洟をすすって、「はい」と応答する。

『楠木君？　いまちょっといいかな』

もう一度「はい」とこたえた。……なんだろう。先輩とのことを今後はサークル内に持ちこまないで、と注意されるんだろうか。

『……ごめんね。楠木君と眞山のこと、眞山から聞いてるよ。今日も、さっきふたりがどんな話してたかはなんとなく察してる』

「はい。……すみません。サークルのみんなにも迷惑かけて」

『楠木君が謝ることじゃないよ、ふたりにつきあえってけしかけた張本人はわたしでしょ？　だから……ちょっと、見てられなくて』

近江さんの声が苦しげにつまった。

『確認させてもらいたいんだけど、楠木君は眞山のこと好きだよね？　わたし期間限定でつきあえって言ったけど、楠木君は一ヶ月で別れるつもりだった……？』

追及されていると、先輩との幸せな想い出も、夕方の厳しい拒絶の言葉もどちらも襲いかかってきて、涙が左目からこぼれて喉が痛んだ。

「言っても、いいんですか」

『聞かせて』

「……一ヶ月経ってもつきあっていきたいって思ってました。まだ、眞山先輩が好きです」

涙声にならないように喉を押さえてこたえる。けどかわりに近江さんのほうが泣いていた。

『……ありがとう』と言うから、「近江さんまで泣かないでください」と苦笑した。

『ううん……わたしは結局、眞山と楠木君の人生をかわりに生きていけるわけじゃないから、それこそ迷惑だってわかってるんだけど、でもこういうかたちでふたりが別れるのは異性とか同性とか関係なく間違ってるって思うから。つきあうにしろ別れるにしろ、ふたりでもう一度、正直に話しあって決めてほしいんだよ』

「こういうかたちって、」

『眞山ね、すこし前、店でゲイってばれて、バイトの変態おやじに目ぇつけられてたんだよ』

「え……」

『それでまた昔のことぶり返しちゃったんだと思う。楠木君の将来とか親子関係とか考えて、ゲイにさせて自分とおなじ目にあわせられないって決めたんだよ。だから嘘ついてるの』

先輩を、追いつめていた人間がいた……？

「それ、いつごろからですか」

『ゴールデンウィーク。休み明けてすぐ聞いた』

ちゃんとつきあい始めた直後のことだ。じゃあ先輩はほとんど最初から、ずっと。

『眞山先週忙しくしてたでしょ。あれ変態おやじが辞めたせいなんだって。眞山の親が辞めさせて、それでとばっちりくらって土下座までしたらしいよ』

「土下座っ？」

『かわりに店との絶縁状書かせたらしいから、眞山もやるよね』

はらわたが煮えくりかえるほどの苛立ちに苛《さいな》まれているのに、衝撃が強すぎて自分がなにに対して腹を立てているのか把握しきれない。変態にも、先輩にも、自分にも憤懣が募る。

『さっき楠木君と話して戻ってきたとき、あいつ涙目だったよ。で、帰るって言ってでていっちゃってさ。――……わたしが教えたことあいつが怒ってもかまわないから、楠木君、もう一回あいつと話しあってくれないかな。嘘と誤解で一生棒にふるんじゃなくて、現実とむきあってふたりで決断してほしいんだよ。お節介だけど、わたしの責任でもあると思ってるから』

「わかりました。……ぼくは近江さんに感謝してます。いまから先輩のとこいきますね」

お願い、と言い残して、近江さんが電話を切った。

先輩も哀しんでくれていた。その事実を思って今日一日や、それ以前の記憶をたぐり寄せていくとなにもかも合点がいって、涙の痕がひきつって痛くて、言葉にしきれない熱情があとからあとからこみあげてきた。

いこう。まだ六時半だ、先輩は仕事前で夕飯を食べているはず。きっと会える。

携帯電話と交換日記をボディバッグに押しこんで、部屋の灯りを消してドアをあけたら、

「うわ、びっくりした」と驚く恵生が目の前にいた。

「ただいま。父さんも帰ってきたぞ、志生はでかけるのか？」

「うん、おかえり。帰りは遅くなるかもしれない」

うつむいて恵生の横をすり抜けようとすると、腕を摑んで顎をあげられた。

「なんだよ」と睨んだら、目もとを凝視されて「泣いてるのか」と訊いてくる。

「眞山のところにいくんならやめろ。もう夕飯だろ」

「なに？　呼び捨てにしないでよ。母さんにはちゃんと言ってでかける」

婚約して浮かれている男は、自分のことだけ考えていてほしい。俺にまで〝彼女つくれ〟と執拗に揶揄したり、行動を束縛したりして最近本当に不愉快だった。

手をふり払っても摑んでひき戻されて、いつにないしつこさに「なんなの」と当惑する。

「別れたんだろ？」

「は？」

「俺が眞山にそうしてくれって頼んだんだよ」

また新たにふり落ちてきた打撃に、脳が麻痺《まひ》してほとんど思考が停止した。

「……いつ」

「このあいだの日曜日、おまえがサークル活動にいった日。うちまでおくりにきた眞山と外で会ってな。まあ素直に従ったってことは、やっぱりその程度だったんだろ」

「なんて言ったの」

「常識の話をしたんだ」

「なんて言ったのか訊いてるんだよ」

「恋人ごっこ楽しんだあとは別れてやってくれってオネガイした」

ごっこ——先輩の口からも聞いた言葉だ。

「どうしてそんなこと言ったの」

「弟がホモになるの黙って見てる兄貴がいるわけないだろ」

「恵生は同性愛者の友だちでもいるの？　自分が男を好きになったことがあるの？」

「経験はなくても知識はある」

知識。

「俺と先輩が人生を失敗するって、どこのどんな偉い人が恵生に教えたの？　俺たちの性格まで知ってる人が言ったの？　なんの専門家？　その人はどういう人生おくってるの？」

「一般常識だろ」

そんな反論、全然心に響かない。

「先輩と話したんなら、真面目な人だってわかったよね。俺は女性を見る目はないかもしれないけど、男だから男の選びかたには失敗しないよ。最低な男ならたくさん知ってるしね」

　恵生が目を眇めた。

「恵生自身はどうなの。学生時代女の子をおもちゃみたいに扱って散々泣かして、セックスだって遊びでしてきたよね。学校サボるのもあたり前、無断外泊も日常茶飯事、だから母さんあんなに心配性になったんじゃない？　誰とどんなふうに童貞喪失したのか、恵生は理沙さんに教えられる？　どうして恵生が異性愛者の代表みたいなでかい顔できるの？」

「……志生、おまえな」

「恵生が心配してくれるのはありがたいけど、じゃあ眞山先輩と別れさせたあと俺のことどうしてくれるつもりだったの？　恵生は理沙さんと結婚するんだよね。俺のこと一生守っていってくれるの？　俺を恵生と理沙さんの住む家まで連れてって一緒に面倒見てくれるの？　俺のこといつまで大事な弟にしてくれるわけ？　恵生の守るってどこまでのどういう覚悟？　中途半端な庇護欲なんて、それただの恵生のエゴじゃないの？」

　返答を待っていても恵生は下唇を嚙んで話さないから、続けて訴える。

「恵生のおかげで救われた面もたしかにあったよ。でも恵生といても俺は成長できなかった。俺の口下手をなおしてくれたのも、片岡にもう一度連絡する勇気をくれたのも、全部聡士さんだった。俺はもう恵生に守られなくちゃ生きていけない子どもじゃない。恵生の理想の弟のままでいてあげることはできない。そういうの、恵生だからこそわかってほしい」

　まっすぐ見返して冷静に思いを伝えた。

恵生は目線をそらして苦々しげに歯を噛みあわせている。

「……わーったよ」

ぶっきらぼうで、幼いころ母さんに怒られた恵生によく似た横顔だった。

「ちゃんと言って」

「わっかりました！」

俺は恵生の両腕を摑んで真正面から見あげる。

「ねえ恵生、拗ねないでよ。子どもじゃないんでしょ。ちゃんと俺の目見て、眞山先輩のこと認めるって言って」

揺すぶって真剣に訴え続けたら、恵生が肩を上下させて、はあっとため息を吐き捨てた。

「……わかった。俺が悪かった。眞山君とのことも口ださない。黙認する」

よかった。

「ありがとう。じゃあ俺これから先輩のところいってくる。今夜帰らないよ」

「おまえっ、さっき遅くなるだけって言ったじゃないかよ！」

無視して階下へおりた。リビングのドアをあけて顔をだし、ソファに座っている両親に、

「ちょっとでかけてくる。サークルの先輩のうちに泊まってくるから」

と声をかける。

「なに、またなの⁉　こんな時間から泊まりにいくなんて非常識でしょ、よしなさいっ」

相変わらずヒステリックになる母さんを、父さんが「母さん、」と苦笑いで諫《いさ》めた。

「お願い母さん。俺、母さんたち裏切るようなこと絶対しないし、そんな人とつきあわないよ。

眞山聡士さんていうすごく誠実な大人の男だよ。そのうち連れてきて紹介するから信じて」

「大人の男って、」

父さんも「まあまあ」と母さんをさらにたしなめて加勢してくれる。

「土日も志生のことつきあわせて、せっかくの遊びの予定も邪魔しちゃったじゃない。志生は大丈夫だよ」

「そりゃあ、恵生と違って志生なら大丈夫かもしれないけど……——でも、だったら本当に、一度ちゃんとその人連れてきなさい。変な人じゃないってわかれば母さんも安心なんだから」

「うん」

「志生ならってどういうことだよ」と恵生もきて、母さんと父さんが吹きだした。……こんな暴挙が許されるのも恵生の婚約で両親とも機嫌がいいおかげだな、と納得する。

「……志生、車で連れてってやろうか？」

恵生が仏頂面で申しでてくれて、俺は頭をふった。

「ううん、いい。自分の足でいきたいから」

七時にはつくな、と計算して靴をはき、外にでた。家を背に先輩のもとへ踏みだしていく。

——俺が家にひとりでいるって教えてるときなら平気だよ。平気、っていうか……嬉しい。以前先輩の家へ突然いったときちっとも気持ち悪がらずに許してくれて、優しい人だと実感した。今夜は怒られるだろうけど、近江さんが言ってくれたように嘘や誤解のない、現実の、将来の話をふたりでしてこたえをだすまでは、きちんと時間をもらいたい。

変態おやじってなんだよ。土下座ってなに。

俺も先輩に心配かけないように自分で解決したいと思う事柄があるから、黙っていた気持ちはわかるしなにもかも話せなんて言わない。恵生のことも、俺と恵生の兄弟仲への思いやりだって理解できる。

腹が立つのは、同性愛の辛さを突きつけられただけで逃げると思わせていた自分に対してだ。世間の偏見も差別も、一緒に悩んでのり越えてくれる相手だ、と信頼させてあげられなかった未熟な自分に苛々する。

好きだって言うべきだった。照れないで心から真摯に何度だって伝えて、信用してもらえる恋人にならなきゃいけなかった。初々しさを盾に大事な努めを怠ってきた罰が当たったんだ。

暗くなった夜の河川敷の公園を、電車内から眺めて拳を握る。

——無理にここにいようとしなくていい。必要なときはきっとなにもしなくても一緒にいるよ。

絶対に会える。先輩の言葉を反芻して、噛みしめて、電車をおりて歩調をはやめた。

二十分歩いてお店の横にあるエントランスからマンションへ入る。幸いちらっと店内を見た限りでは先輩はいなかったから、いつもどおり深夜勤務だろうと予想した。

エレベーターで移動して、深呼吸して気をひきしめてから、先輩の部屋のチャイムを押す。

『はい』

インターフォン越しに若干疑問系の、先輩の声がした。

「先輩、志生です。いきなりきてすみません、お話しさせてください」

沈黙がある。

『話は夕方すんだよ』

「もういいんです。近江さんからも兄からも、全部聞きました。嘘の話はしなくていい」

一拍おいて『……声が大きい』とくぐもった返答があったのち、はあ、と息が洩れ聞こえてインターフォンが切れた。かすかな足音が室内から近づいてきて、鍵があく。

「先輩、」

ドアノブに手をかけて姿を現した先輩の厳しい目と瞼は、赤く腫れていた。

なりふりかまわずその腰に両手をまわして抱きついたら、先輩の身体がぐらついて「わっ」と靴を踏みつつ室内へすすみ、背後で玄関のドアがしまった。「危ないだろ楠木」と怒る。

「ぼくは同性愛が辛くたって、先輩を……聡士さんを捨てたりしません。逃げたりしません。一緒に悩ませてください、信じてくださいっ」

勢いづいたまま思いの丈を訴えたら、また沈黙がおりた。先輩の体温が腕に浸透してくる。

「……お兄さんと喧嘩してきたの」

「いいえ、ちゃんと説得してきました。悪かったたって謝って、聡士さんとのことも静観するって言ってくれましたよ」

「……。近江は、志生にどこまで話した」

「連休中にゲイってばれて、変態おやじにつきまとわれたって。それで土下座したたって」

「そうか……」

「ぼくまだ知らないことありますか。あったら教えてください」

「いや、ほぼばれてる」

Tシャツのやわい生地に頬を押しつけると、先輩の胸板の厚みと体温と匂いを強く感じた。

「……なんでこうなっちゃうんだろうな」

ぼんやりと、でも重みのある嘆息をこぼす。

「ぼくここにいます。聡士さんの味方でいますっ」

変態おやじのことも恵生のことも、この人にひとりで我慢させて俺は脳天気に笑っていた。

「これからはなにかあったらぼくにも聞かせてください。歳下で頼りないかもしれないけど、支えになれるように努力するし、辛いとき助けになれない恋人にはなりません」

先輩の右手が俺の後頭部をなだめるように覆った。

「……俺、考えてたんだよ。自分がいつか志生を傷つけるんじゃないかって。自分が味わったような辛いめに、俺があわせるんじゃないかって。それが嫌なんだよ」

「傷つきました、聡士さんが嘘ついたから。ぼくが傷つくのは気持ちを無視されることです」

「それは悪かった。けどわかるだろ。俺とするのは楽しい恋愛じゃないんだよ」

「楽しいだけの恋愛なんて異性でもありませんよっ」

「そういうふうに情熱だけで押し切って続けられるものでもない」

「ぼくのは情熱じゃなくて愛情です！」

きっぱり言い切ったら、先輩が苦笑いした。

「……ほんとおまえは」

俺が頬をつけている胸にも、情けなさそうな苦い笑い声が響く。夕方別れてからどれぐらい泣いてくれたんだろう。大好きな声が喉につかえて、時折掠れる。

「ここで、いま本当につきあうことにしたら、俺志生のこと離せなくなるよ」

「離させないです。兄にも啖呵《たんか》切ってきたんで、ずっと一緒にいてくれないと困ります」

大きくため息をついた先輩が、観念したように脱力した。

「かなわないな」

「ぼくだってそれだけ本気なんです。本気で、ずっと、真面目につきあってきたんですよっ」

言い募る俺の身体にゆっくり上半身を凭れかけて、背中に両腕をまわしてくれる。

「……あったかいね、志生」

痛いほど抱き竦められた。「聡士さんも温かいよ」とこたえてしっかり抱き返すと、先輩の顔が俺の右肩に埋もれていった。

「たくさん泣かせたね。ごめん。……俺、嘘下手だな」

疲弊しきった先輩を受けとめて守るように、俺も背のびして先輩の背と頭を抱き包む。

「知ってるよ。聡士さんに嘘なんかつけるわけない」

「なんだよ……俺だってお人好しじゃないんだから、悪い面ぐらいあるよ」

「悪くたって嘘はわかります。性欲だったとか言っちゃってさ、笑っちゃうよ」

「俺はキスしたかったって言っただけで、性欲って言いだしたのは志生だろ」

「おなじだし」

「いや、俺はびっくりしたし」

嘘つきながら内心驚いていた、というのが先輩らしい。俺が笑ったら先輩もまた苦笑した。

「……じゃあ本当はどうなんですか。ぼくと期間限定の恋人になったとき、どう思ってた」

上半身をすこし離して先輩の顔を見あげると、先輩も優しい目で俺を見おろす。

「あのとき志生がキスキス迫ってきたからな」

「うん。最初は渋々だった？」

俺はそう思っていた。好きなのは自分のほうなんだろうって。

「どうかな。秘密にしとく」

「なにそれっ」

「嘘全部崩されたし、一個ぐらい秘密持っとかないと格好悪いだろ」

「意味わかんない、そんなの格好悪くていいいし」

背中をぎりぎり抱いて締めつけてやったら、先輩も「いてて」と顔をしかめた。

「……サークル勧誘したときから志生さん可愛かったから、俺はでれでれなんですよ」

「最初会った日？」

「そう。こんな可愛い子がつきあうのってどんな女の子なのかな、選び放題だろうなと思ってたの。だから高嶺の花だって言ったんだよ。なのに女の子じゃなくて男の俺に懐いてくれし、キスしろって迫ったり、裸の写メールくれたりするから……浮かれないわけないでしょ」

「ぼくはあのときから好きだったけど、聡士さんはキスとおっぱいがよかったんだ。やっぱりぼくのほうが先に好きだったんだ」

「なんで拗ねるの……。だって身のほど知らずだよ、高嶺の花のおっぱい見たがるなんて」

「ぼくは花じゃないしはんこ注射だって言ってるでしょ」

「はんこ注射もあったけど、そこも可愛いからね」

先輩が俺の右側に顔を寄せて、肩に顎をのせた。

「……まあ、だからつまりは、会ったときから好きだったたってことだよ」

細身だけどしっかり大人のかたちをしたたくましい腕が、俺の頭と腰を抱き竦めてくれる。

「好きだよ志生。……俺も大好き」

知ってるもん、とじゃれた応酬を続けたかった。いまはちゃんと好きだって想ってくれてること知ってたもん、と。だけど至福感と安堵感のほうが強くて、胸がつまって無理だった。

夕方俺が言った告白への、そのとき噤んだ返答なのかと思ったら、苦しいほど嬉しくて。

「ぼくと恋人でいてください」

ちゃんともう一度約束がしたかった。先輩も微笑んで、頬と頬をふんわりこすりあわせてから、俺の目を覗きこむ。

「……俺からもお願いいね。俺とずっと一緒にいてください」

おたがいの前髪が絡みあう。掠れた声で、はい、とこたえたら、先輩の吐息が口にかかった。ぱく、と上唇と下唇をまとめてひと噛みされて、幸せすぎて卒倒するんじゃないかと思う。

「とりあえず、部屋いこうか」

笑いあって、靴を脱いでお邪魔した。ソファに座ってて、と促されて真っ先に気がついたのは、ベッド側の壁にあの空と湖の水鏡のパズルが飾ってあったこと。

レモンティをグラスについできてくれた先輩とソファに一緒に落ちつくと、彼が改めて俺と恵生がどんなふうに話をつけてきたのか、その内容を知りたがったので、丁寧に説明した。

「……わかった。お母さんも誘ってくださったんなら、今度ちゃんと挨拶にいくよ」

「え……〝息子さんください〟ってですか」

「ちがう。外泊させてるの俺です、って面どおしするの。心配かけてすみませんでした、って。お兄さんにもこのあいだろくな返事できなかったからきちんと話さないといけないし」

先輩は相変わらず大人だなと思う。

「聡士さんありがとう。うちの母さんは単純だから、聡士さんのこと知ったら好きなだけ遊んできなさいって許してくれるようになりますよ」

「どうなろうと、つきあってること隠してる罪は消えないよ。せめて志生を大事にする」

俺の髪の乱れを整えるように、先輩が頭をさらさら撫でてくれて微笑んだ。

「ぼくも聡士さんを大事にする」とこたえながらも、幸せでほうけてしまう。

「うん。じゃあ俺、今夜ははやめに仕事入る予定だから、そろそろ送ってくよ」

「あ、いえ、泊まってくるって言っちゃいました」

「えっ？　なんで、明日大学もあるんでしょう？」

「一緒にいたかったんです。聡士さんが仕事でも、ここで待ってます」

俺を睨み据えて先輩が押し黙る。……怒らせた？　と身を竦めて萎縮していると、いきなり近づいてきた先輩に腰を抱いてソファの上に倒され、覆い潰された。ごちっと額がぶつかる。

「いたっ」と俺が額に両手をあてて笑ったら、先輩も右手で俺の額を撫でて笑いながらキスをした。キスの合間に「ごめん、うまく倒せなかった」と、いつかみたいに謝る。

返事はキスでした。大丈夫、というふうに唇を吸い返す。それで俺も先輩の額をさする。

「……仕事の前に元気つくなら、おっぱい吸いますか」

わざとふざけた言いかたをしてヘンリーネックシャツのボタンに手をかけたら、先輩が「ばか」と照れて怒った。かまわずに俺が笑ってはずしていくと、「仕事の真面目な気分がすっ飛んでいくから」と抵抗する。「やめておこう志生、帰ってからにしよう」と。でも触ってほしくて全部のボタンをはずし終え、「どっちがいい」と訊ねたら、先輩は赤くなってうつむいて声にだして「う〜……」と唸り、やがて「……ひだり」と求めてくれた。

真面目な先輩を駄目にする。

「ぼく、聡士さんの悪い虫ですね」

苦笑いして左の乳首を服から覗かせたら、先輩がいま一度顔をあげて俺を見つめた。なにか驚いたような、まるい目をしている。

どうしたの、と訊いて先輩の頰に左手で触ろうとしたのと同時に、先輩は俺の口に強引に、むさぼるようなキスをして、それから胸を撫でて吸ってくれた。

「んっ……さと、しさ、ン……」

「志生は俺の天使だって言ったでしょ、虫なんかじゃないよ」

ちょっと叱られた。

「……ン、聡士さんも、ぼくの神さまだしね」

許してほしくてへらっと笑って返したら、右の胸も痛いぐらい吸われた。……なんで怒られてるのかわからない、けど気持ちよくて考えられなくなっていく。

「あ、ぅ……わ、ぅっ、さと、さん、」

ままだ吹きだす。

恍惚《こうこつ》として快感に意識を委ねていたら、自分の腹がぐぅと鳴った。先輩が乳首を口に含んだまま吹きだす。

「そういえば夕飯食べたの？」

「……食べてないです」

「うち、今夜はなにもないよ。店に買いにいこうか」

口にキスをしてから俺をひき起こして、シャツのボタンをはめてくれる先輩は、紳士然としている。物足りない。自分の空腹感が憎い。

「……いいな、聡士さんは最強だから、こういうことといきなりやめても全然余裕で」

「余裕なわけないでしょ。どれだけ興奮してるか教えてあげられないのが残念だよ」

キスしてレモンティを飲んで笑って、心身ともに落ちつくと、ふたりで一階の店へいった。

「せんぱ……聡士さんは、お店にいくの照れくさかったりします？」

「先輩はお店で買い物するのもとっくに慣れてますよ」

肩をぶつけて、じゃれながらご飯を選ぶ。ああ本当に恋人に戻れたな、と熱い実感が湧く。

しかし先輩の慣れはともかく、レジからは視線を感じた。たぶんあの温厚そうなおじさんとおばさんは先輩のご両親だと思う。先輩が俺の親や兄に挨拶すると言ってくれたように、俺も誠実に接したいと思う反面どうしたって不安もあるというのに、先輩だけはしれっと「この新作パスタ美味しいよ」とか言っている。

俺は濃いお茶と先輩おすすめの生パスタ、先輩はストレートティとロコモコ丼とフランクフルトに決めていよいよレジにならんだ。

接客してくれたのはおばさんだ。商品のバーコードを読み終えると、俺たちがお金を用意しているあいだに先輩のフランクフルトを持ってきて袋づめをする。その最中、俺と先輩の顔を凝視していて、先輩に〝誰なの〟と訴えているのがあからさまだった。

先輩が切りださないのに俺が挨拶するのもおかしくないか、本当にお母さんなのかわからないし、と迷っていると、ようやく先輩がため息で反応した。

「……じろじろ見ないで」

「だってひさしぶりじゃない、聡士が誰か連れてくるの。しかもこんな可愛い子。お友達なら紹介してよ」

「なんで知りたがるの」

「知りたいわよ、大事な息子のことなんだから。——ねえ？」

笑顔で同意を求められてどきりとした。やっぱりお母さんだ。

「すみません、初めまして楠木志生と申します。聡士さんの、えっと……大学の、後輩です。聡士さんにお世話になっています」

「あらあら、丁寧にありがとね」

ありがと……先輩とおなじ言いかた。

「ねえ聡士、もしかして……そういうお相手？」

「レジでやめてって」

「違うの？」

先輩は珍しく突っ慳貪な態度をとっていて、会話の内容を深読みしなければどこでもおなじみの母親と息子の光景に感じられた。知りあいの前でお母さんにかまわれて恥ずかしがっている息子。

「すみません、ぼく、その……聡士さんとおつきあいさせていただいています」

「志生、」

「いまはまだ聡士さんに守ってもらってばかりですが、自分も支えるために努力していきますので、どうか、よろしくお願いいたします」

焦って慌てて、周囲のお客さんに悟られないよう小声で、急いで言葉を選んだものだから、納得のいく挨拶にならなかった。

〝どうか〟じゃなくて〝どうぞよろしくお願いいたします〟って言うべきだったろ、とかあれこれ後悔して反省していたら、おばさんは泣きだしそうに表情を崩して口を押さえた。

「ありがとう、こちらこそお願いいね、長く一緒にいてやってね。この子ずっと、ひとりだったから っ……」

袋にフォークとスプーンとおしぼりを入れながら、おばさんが言葉をつまらせる。

先輩から何度も聞いた孤独な生活を、お母さんもちゃんと把握して心配していたんだ。

「はい、ひとりにしません。約束します」

お会計を終えて、おばさんが笑顔で嬉しそうに俺におつりをくれた。

先輩が買い物袋を受けとって、去る段になっても、「またね、いつでもきてねっ」と歓迎の声をかけてくれる。「はい」と何度も頭をさげて笑顔を返し、手をふりあって退店した。

先輩は左手で首のうしろをさすっている。

「……ありがと志生。でもあんな、店のレジでさ……うちの母親もどうかしてるよ」

オーナーの息子としての責任感と、個人的な喜びを持てあましているみたいだった。

「そんな言いかたしなくてもいいじゃないですか」

俺は苦笑してマンションのエントランスへ入り、エレベーターのボタンを押す。

「唐突だったから、ぼくはあまりうまく言えなくて駄目だったな。もっとちゃんと言葉考えておけばよかった」

「いや、充分だよ」

「ううん、またそのうち挨拶させてくださいね」

先輩も苦笑して俺の手をとり、強く繋いだ。横顔は穏やかなのに視線は遠くを捉えていて、凜々しくもあり、物憂げでもある。

「お母さん、聡士さんに恋人できてほしかったんですね」

「……。知らなかった」

先輩と、ゲイの息子を見守ってきたご両親のあいだには、どんな複雑な愛情があるんだろう。その絆の輪のなかに、俺もすこしずつ加えていってもらえますように。


夕飯を食べて、先輩をいってらっしゃいのキスで見おくったあと、俺は先輩が買っていた新しいパズルをして過ごした。今度は朝焼けの流氷のパズルだ。

『帰るのは早朝だからベッドで寝ててね』と言われていたので、眠気の限界がきた深夜一時すぎにヘンリーネックシャツと下着だけの軽い格好になって先輩のベッドへもぐりこんだ。

『そろそろ眠ります。聡士さんの枕すーはーしますよ。朝、帰り待ってますね。しき』

一応、携帯電話からおやすみメールも送って、幸せな気持ちで目をとじる。

「――……き、志生、」

目がさめたとき、仰むけで横たわる自分の上に、他人の身体の重みがあるのに気がついた。それと、口によだれが。それから、胸と脚が寒い。

「さとしさ、」

呼ぼうとした口を塞がれて、歯列や上顎を舌で嬲られる。気持ちのいいキスに酔って目をとじていると、また意識が眠りに吸いこまれそうになる。

「……志生、」

いつの間にか服がたくしあげられていて、あらわになっている胸から腹、脚を撫でられた。温かい腕。よく知っているかたちの掌。乳首や脇腹を指先で暴かれて、ぞくりと劣情が走る。

「志生、起きて……抱きたい」

直截《ちょくせつ》的な欲求を囁かれて、え、と重たい瞼をあけたら、先輩の切羽詰まったような息づかいが右の首筋にかかった。徐々に覚醒して、思考が現実になじんでくる。

「おはよう、聡士さん……どしたの、興奮してるの」

右手で先輩の後頭部を撫でたら、左の乳首の先を人さし指の爪先でくすぐられて、強い快感にびくりと身体が強張った。直後に首筋を嚙まれる。

「やっ、な……どし、て、」

混乱していると乳首にあった手が腰におりていって強引に抱きあげられ、自分と先輩の下半身がぴったり重なった。今度こそ一瞬で目がさめる。自分とおなじ、かたくごわついた感触。

「聡士さ、」

「……うん、だから抱かせて。優しくする自信全然ないんだけど、理性保てるように努力するから」

「理性、って……」

先輩が俺のシャツをめいっぱいひきあげて、胸を両方とも鷲摑《わしづか》んで乳首をいじりながら鎖骨を噛んでくる。

「あ、ぁっ……いた、ぃ、聡士、さ、」

もう理性なんかないくせに、と抗議したくなるほど痛くてしかたないのに、そこまで烈《はげ》しく求めてもらえるのも、先輩の身体が治っているのも嬉しくて、至福感が矛盾する。

剝《む》きだしになった乳首や腋や腹を指で捏《こ》ねて弄《もてあそ》ばれて、舌で舐めて吸われて、恥ずかしくて苦しくて涙を拭ってあえいでいたら、ふいに部屋に朝日がさして明るくなっているのを知った。

……こんな朝から俺たち、発情期の動物みたい。

「ぁ、わっ、」

おへそを舐めていた先輩の手が、俺の下着をひきおろした。

「なんで驚くの、このあいだも見たところなのに」

「い、きなりで、強引だったから、」

おへそくすぐったい、唾液冷たい。

「ごめん、見たい。……俺余裕ないや」

左脚を折ってひらかれて、内腿を膝からつけ根まで舐めたり噛んだり、唾液まみれにされていく。そうしながら手で性器を扱かれて、気持ちよくて逃げたくて快楽に脳が蕩《とろ》けだした。

「聡士さ、ン……も、そこ、許して、」

腹の底から押しあがってくる強烈な快感も、秘部がまるだしになっている羞恥心も、いったん整理したくて休憩したくて、必死に抗って腰をよじるのに、今度は後孔を濡れた指でこすられて跳ねあがった。

「や、ぁっ……」

「俺の指、挿入るって言ってたよね」

「挿入る……はぃ、る、けど、」

「大丈夫、ちゃんと濡らすから」

先輩が上半身を屈めてうしろに顔を埋《うず》め、まさかと思っていたら案の定舌のぬるっとした感触につつかれた。

「ぁ、やっ！　舐め、だめっ……」

「可愛いよ」

「ばかっ……そんな、とこ……かわい、なぃ……っ、」

挿入るのは指だって教えたのに、舌を入れて奥まで押しひろげられる。

ばか、ばか、と顔を覆って弱々しく脚をばたつかせて、羞恥と快感のどちらもを蹴散らそうと闘っている俺を無視して、先輩はいつまでもそこを味わって、指先も加えた。

「はぅ、あっ」

　異物感に背筋がぞくりと震える。先輩の指というだけでも自分の指とは比べものにならない悦びを生んで、内部を探ってこすりあげられると全身が燃える。

「なンっ……さと、しさ、……もう、達きそ、なる、」

「指でほぐさなくてもいい……？」

　俺ももう志生のなかに挿入りたいよ、と辛そうな掠れた声で懇願してくれる。そんなふうにされたら俺も胸が痛くて、意識がほとんど飛んだ頭で何度もうなずいて、いいよ、欲しいよ、とくり返した。

　目をとじて、息を必死に吸いこんで、自分のなかにあった指が抜かれて先輩自身が押しあてられるのを感じとる。ぐっと奥へ侵入してきて、迫りあがる快感とにぶい痛みを肩をすぼめて受けとめていたら、先輩が俺の上へ戻ってきて力一杯抱きしめてくれた。

「……志生、痛くない、大丈夫」

「だ、じょぶ……すき、聡士さ、……好き、」

　うわごとみたいに好き、大好き、と何遍も伝えて俺も先輩の背中を抱きとめる。

　一度ひき抜かれて、再度奥へ。俺の体内へ想いをうちつけるように先輩の腰が動く。

「俺も、好きだよ……志生、」

　しっかり俺を抱いて、ゆっくり腰をすすめてくれる先輩が、恍惚とした吐息をこぼしながら、とじた目尻に涙を浮かべていた。自分を求めて泣いたりしてくれる切実な愛情に俺も涙があふれてきて、好きで好きで、身体と身体のあいだに隙間ができるのが悔しくて縋りつく。

余裕ない、と言ってくれていたけど、果てたのは俺のほうが先で、追いかけるように先輩も達して脱力した。それでもすぐに両手をのばして、骨が折れそうなぐらい強く抱きしめて、耳や頬にキスをくれる。守られてる、と感じながら、ふたりで夢と現実の狭間《はざま》で余韻に浸った。


「……らんぼうもの」

横で仰むけになって、両手で顔を覆っている聡士さんの頬をつつく。

「すみません……」

掌に隠れてくぐもった返答がある。

「なんでいきなり襲ってきたの」

「……志生さんの寝顔が可愛かったからです」

「そんな理由じゃ許さんぞ！」

聡士さんの身体に腕と脚を絡みつけて雁字搦《がんじがら》めに抱きしめる。俺の笑い声につられて、聡士さんも一緒になって笑う。聡士さんの裸の肩が朝の日ざしに白く照っている。

「……治ったとたん、したくなったんですか」

「違うよ、帰ってきて志生のこと見てて、可愛いなと思ってキスしてたらこう……反応して、とまらなくなって、……らんぼうしました」

ははは、と笑う俺の身体に、聡士さんも両腕と脚を絡めてくる。

「でも、なんで治ったんだろうね」

「うん……」と考えて俺の汗ばんだ髪を梳きながら、聡士さんは真面目な表情で息をついた。

「原因は、親だったのかもしれない」

「親……?」

「俺は自分が異常だっていうのを誰かに許してほしがってきたけど、その対象には、友だちとか恋人のほかに、親があったんじゃないかなと思って。ゲイの息子で申しわけないっていううしろめたさを無くせないままだったから。だけどそれを昨日、志生が変えてくれたでしょ」

「変える……」

俺が挨拶した行動、のことだろうか。……嬉しいけど、俺自身はさして関係ない気がした。

――ありがとう、こちらこそお願いね、長く一緒にいてやってね。この子ずっと、ひとりだったからっ……。

きっとお母さんのあの涙まじりの祝福が嬉しかったんだ。でもそれは指摘せずに、聡士さんの胸に顔を押しつけてすり寄った。

「……志生、俺ね、サークル入ったとき、ここが自分の楽園だって思ったんだよ。パズルの画みたいに狭くて小さくて、でも絶対的な幸せの場所。――志生と会ってから、志生がいるところも楽園になったよ。でもよくよく考えたら、親がゲイの俺を許してくれてたここも、楽園だったんだなって、昨日思えた」

「うん。楽園は、ひとつじゃないです。これから出会う楽園もきっとたくさんあるよ」

聡士さんが俺の目を見つめる。俺も見つめ返して、照れくさくなって笑顔をむける。

「今度はうちの親に、俺からちゃんと志生のこと紹介させて」

「はい、お願いします」

朝日のなかで甘やかに、晴れ晴れ微笑む聡士さんがいる。その温かい胸にくっついて、ぴったり身体をあわせた。

「……どうしよう、俺いますごく志生が好きだーってなってる」

「どうしたっていいよ」

またらんぼうしても怒らないから、とこそっと伝えて笑ったら、後頭部の髪をぐちゃぐちゃに掻きまわして抱き竦められ、ふたりで笑ってはしゃいでじゃれあった。


朝食を食べながら、俺が、一度帰宅したあと大学へいこうかなと悩んでいたら、聡士さんも講義は午後にでる予定だから家までおくっていくよ、と言って一緒にきてくれた。

玄関先で母さんと対面した聡士さんは、立派な社会人みたいに九十度に頭をさげた。

「サークル活動後の打ちあげで、メンバー同士ハメをはずすこともありますが、志生さんのことはぼくが責任持って守ります、不良にはさせませんので、安心してください」

母さんは聡士さんを家に招き入れて、温かなアップルティとクッキーまでだして歓迎した。もともと温和な好青年が好みなので、あっさり気に入ったみたいだ。

「なんでもっとはやく連れてこなかったの。眞山君なら母さん安心してまかせられるわっ」

ころっと変わった態度に俺は喜びながらもげんなりしてしまったけど、聡士さんはやっぱり
「……嘘ついて喜ばせて、申しわけないな」なんて、どこまでも実直に苦笑いする。

「嘘じゃなくて、まだ言ってないことがあるだけですよ」

俺はそう言って微笑みかけた。

初デートのとき、聡士さんが購入した宝くじは二百円になった。

ぼくたちの初デートは二百円なんですね、と勝手に結びつけて落胆する俺に、聡士さんは、これからデートのときたまに買って、当たったお金を空き瓶《びん》に貯《た》めていくよ、と言った。

それを志生とのためにつかう。たとえばまあ……同棲資金とかさ、と。


「はやく五億円当たらないかな～……」

午後、聡士さんと大学構内で落ちあってサークル室へむかう途中、そうごちたら笑われた。

「そういうのは時期がきちんと決まってるんだよ。俺たちに必要なときがきたら、自然と当たるなり貯まるなりするものなの」

「ぼくは明日だっていいよ。どかーんと五億。いや、三億でもいい」

「なに〝おまけしてやった〟みたいな言いかたしてるの……バイトしようとか考えないの?」

「あ、じゃあ山本さんが本屋でバイトしてるって言ってたから紹介してもらおうかな」

「……うちの店でもいいんじゃないですか」

「聡士さん嫉妬してる?　……ねえ、ねえねえ」

「やな子だな」

「ふぶっ。……仕事をする場所で、恋人同士がいるのは困ると思いますよ」

「……まあそうね」

「今日って山本さんくるのかな。近江さんと曽我さんはいるって知ってるけど」

「どうかね。近江たちになに言われるかなー……」

「ぼくたちのこと?」

「そう。『呑みいくぞ!』とか『赤飯炊くぞ!』とかからかわれそうで怖い」

「そんなに盛大に祝福してくれるんですか? んー、でもぼく呑み会したいな。小松さんの家での呑み会もいき損ねたし」

「また期間限定で変な提案つきつけられるかもしれないよ?」

「いいよ、ぼくそれで幸せになれましたもん」

ちょうどサークル室の前にきて、顔を見あわせて笑いあう。

ノブを摑んで聡士さんがひらいていくと、淡い陽光が洩れてきて初夏色の風が吹き抜けた。

聡士さん

こんばんは、志生です。ひさしぶりに交換日記を書いています。

今日は聡士さんと会ってから七回目の誕生日、聡士さん二十八歳の大事な日ですよ。

この日記も、まさか七年間もつかい続けるとは思わなかったな。

さっき読み返していて、ちゃんと恋人になったあとはほとんど記念日にしか書いてなかったから、間が空きすぎてるのが切なかったんだけど、どのページも懐かしくて幸せでした。

最初、どこまで埋まるんだろうって思っていたこの日記も残り数ページです。

また二冊、三冊って増えていくぐらい、ずっと一緒にいてください。


昨日お母さんにも「志生ちゃんこれからも聡士をお願いね」ってすこし泣かれちゃったよ。

身体に気をつけて無理だけはしないで、でもたまにはぼくとデートもしてくださいね。

さっきも言ったけど、ぼくはいまでも学生のころとおなじように、あなたが好きです。

しき

あとがき

しばらくしっとりした作品が続いたので、今回はひさびさに日々のデザートとしての明るく温かい物語をお贈りしたくて、初々しいふたりの恋物語を書かせていただきました。

このあと志生には同級の友人ができて散歩サークルに誘い入れ、眞山が嫉妬したりします。眞山たちが卒業していくまでの数日や、七年後の誕生日の一日など、まだまだ書きたい掌編があふれてやまないほど、作者としても大好きな作品がまたひとつ増えました。

今作はダリア文庫リニューアル記念に、編集部の皆さまと読者さまへご恩返しをすべく努力した作品でもありました。

絵をお願いしたのはカズアキ先生です。新しい始まり、輝かしい一歩、を感じられる夜明けの風景を、と切望して描いていただいたカバー絵は、記念としてふさわしいうえに、自分が執筆中に見ていた色彩と彼らの至福感がそのまま生きていて、眺めていると胸が熱くなります。

読者さまにも、お話を楽しんでいただいたあと、この景色と彼らの笑顔を見るたび、想い出すたびに、清々しく温かい幸福感を贈れますようにと、心から祈っております。

『夜明けの嘘と青とブランコ』をお手にとってくださいまして、ありがとうございました。

癒やしを求めて、時折ひらいていただけるような作品になっていたら幸せに思います。

朝丘 戻

イラスト担当のカズアキです。

朝丘先生の描くお話は
その場面の空気や匂いを
感じるような気がします。
そこが凄いなー素敵だなーって
思いながら読んでました。
そして2人もその場にいるんだなって

そんな空気を壊さないよう
ちょっと緊張しながら描かせて頂きました。

素敵な物語に、2人に
出会わせてくれて有難うございます！

眞山と志生、寄り添いながら
ずっと幸せでありますように。

初出一覧

ダリア文庫をお買い上げいただきましてありがとうございます。
この本を読んでのご意見・ご感想・ファンレターをお待ちしております。

〒173-8561　東京都板橋区弥生町78-3
(株)フロンティアワークス　ダリア編集部
感想係、または「朝丘 戻先生」「カズアキ先生」係

夜明けの嘘と青とブランコ

2015年12月20日　第一刷発行

著　者
朝丘 戻

発行者
及川 武
発行所
株式会社フロンティアワークス
〒173-8561　東京都板橋区弥生町78-3
営業　TEL 03-3972-0346
編集　TEL 03-3972-1445
http://www.fwinc.jp/daria/
印刷所
図書印刷株式会社